CHANGJIANG GE

周环玉 / 著

时代出版传媒股份有限公司
安徽文艺出版社

图书在版编目（CIP）数据

长江歌/周环玉著. —合肥：安徽文艺出版社，2024.4
ISBN 978-7-5396-8004-0

Ⅰ.①长… Ⅱ.①周… Ⅲ.①长篇小说－中国－当代 Ⅳ.①I247.5

中国国家版本馆CIP数据核字(2024)第027484号

出 版 人：姚　巍
责任编辑：周　丽　　　　　　装帧设计：徐　睿

出版发行：安徽文艺出版社　www.awpub.com
地　　址：合肥市翡翠路1118号　邮政编码：230071
营 销 部：(0551)63533889
印　　制：安徽省瑞隆印务有限公司　(0551)62673012

开本：700×1000　1/16　印张：13.25　字数：220千字
版次：2024年4月第1版
印次：2024年4月第1次印刷
定价：59.00元

（如发现印装质量问题，影响阅读，请与出版社联系调换）
版权所有，侵权必究

一

靠街的窗户玻璃被一块石头击碎,玻璃碎片瞬间开了花似的飞落在梳妆台上。君华从睡梦中惊醒。她披上一条粉色披肩,拖着懒散的步子来到窗边。她已经毫不在意这突如其来的袭击了。窗外楼下传来南道巷亮叔的声音,他疯疯癫癫地从巷头跑到巷尾,又从巷尾跑到巷头,他口中唱着的小曲恐怕连他自己也听不懂。听说一个月前,他的大儿子和小女儿都在上海被日本兵砍了头,两颗人头在码头上的电线杆上悬挂了七天七夜;小儿子生死不明。

这是从昨天后半夜开始的,外面一直没消停过。城东边的百姓都往西边跑,乱哄哄的,搞得人心惶惶。有消息传来,驻守芜湖的国民党军队已经开始撤退。看来消息是真的,日本兵进攻芜湖城的消息不是凭空捏造的。

这是这一年里芜湖城区最不安定的一天。自从日军偷袭了湾里机场,整个芜湖城区已经成了无空防的城市,现在外面又闹得这么凶,好像世界末日真的就要来临。

一大早,楼下有人敲门。君华是穿着睡袍下楼的,此刻她的脑子还不够清醒,是被刚才的梦搅乱的。门口是芜湖一等邮局的划夫江少明。她从江少明手里接过信的时候,江少明随口告诉她日本兵驻守城外的消息。这让她有些慌了。前些日子,有人捎来口信,玉蓉近期要来找她,按照捎信人所说的日期,玉蓉在一周前就该到了。

这是同安里八号灰色的独栋小楼,坐落在临江广场的正对面。小楼的左边是通往长江码头的主干道,后面是有名的南道巷和北道巷。巷子里聚集了很多人,很乱,也很嘈杂。他们似乎在商量着什么事情,有人开始争吵,接着又动手打起来。有个戴眼镜的男人抱着木箱子开始往码头的方向跑,然后其他人也跟在他身后向那个方向跑去。

君华裹着米色长袍睡衣安静地站在二楼的窗口。这是她临时居住的房子。她右手的食指尖轻轻地弹了一下烧了一半的香烟,烟灰便在冰凉的空气中飞散开,转眼消失在潮湿的空气中。这是她近一个月来养成的习惯,每天起床后,都要抽上几口哈德门牌香烟,这是周承德特地从上海带回来的。烟牌上是上海名角苏媛媛的头像,君华并不欣赏这位名角,她觉得苏媛媛脸上的深红并不好看,但她喜欢这个牌子的香烟,她感觉最近有些离不开这个味道了。从她鲜红的两片薄唇间飘出一个个漂亮的烟圈,就像一个美丽的少女在这初冬的早晨自由地舞动。她斜着身子依靠着古色古香的窗台,有些宽松的睡衣依然不能掩盖她凹凸的曲线。她夹着香烟的手停在胸前,眼睛盯着广场上那个不知名的女神雕像。她的样子就这样迷人。君华甚至比那个女神雕像都要美,这是周承德对她说的。后来,君华就喜欢这样看着它。

这是一个初冬的早晨,雾气终于散去。晨光从前排的楼顶探出头来,微弱的光线滑过她的肩头,落在她身后紫色的床单上。她这才感觉到早晨的屋里终于有了一丝温暖。

"咚、咚、咚!"房门口响起三声低沉的敲门声。

哑巴站在门口,他已经做好了君华出行前的准备。君华看了一眼墙上的闹钟,正好八点。

街道上冷冷清清,街道两边的大小商铺全都歇业了,估计是听说日本兵要来,都忙着逃命去了。哑巴两手稳稳地握住车把,两只脚强健有力地蹬着地面上的青石板,黄包车飞快地向东边驶去。

君华到达莺花坊时,只见大门敞开,莺花坊里空荡荡的,不见一人。她和哑巴从一楼找到三楼,找遍了每个房间和其他各个角落,都不见她的姐妹。往日欢声笑语、灯烛辉煌的场所,突然如此寂静,这不免让她有些失落。

她坐在一楼大厅的沙发上,点上一支香烟,并不着急去码头。她在等玉蓉。这时,只听得从远处传来重重的车轮声。很快,一支部队从门前经过,他们正在急速向码头的方向前进。

芜湖城怕真是保不住了。君华这才想起几天前周承德对她说的话,她相信了。哑巴关上门,他在君华面前不停地比画着,君华懂得他的意思,哑巴是让她赶紧离开这里。君华把整个身子都蜷缩在沙发里,身子弓成一个弧形,沙发的柔软和温暖或许能够带给她一丝安全感。她的脸转向沙发的里侧,眼睛微微闭起来。时间一分一秒地过去。突然,大门砰的一声被撞开,青莲站在门口,满脸是血。

"青莲……"君华站起来。

"姐……姐……"青莲一看见君华,就控制不住放声大哭起来。

"西街和东街都封路了,凤仪被两个当兵的拖走了。"青莲一边哭着一边说。

君华把青莲紧紧地搂在怀里,这个小丫头昨天刚满十五岁,在莺花坊,君华一直把她当自己的亲妹妹一样保护着。

从西边逐渐传来一阵高过一阵的吵闹声,就像暴风雨里的海水一样,一浪高过一浪。去往码头的百姓从西边回来了,江面上已经全线停航,他们被一群持枪的警察驱赶回来。有警察开始向天空放枪,街上乱作一团。

哑巴从外面找来一根粗壮的木头把门从里面死死地顶住,他守在门口,一边挥手示意君华和青莲上楼。

在充满了香水味的闺房里,青莲躺在君华的床上,她的腹部还在流血。她是在去码头的路上被警察的子弹击中的。那时,整条街上堵满了逃难的百姓,为了维护码头的秩序,来了大批持枪的警察,码头上的人越来越多,有很多人和警察打起来,最后,有几个警察开了枪。君华拿来消毒水和止血粉开始给青莲的伤口消毒,她的心里痛得慌,生怕青莲的脸上会受伤,这么漂亮的脸蛋要是划了口子,留下疤痕,将来还怎么去找个好婆家?

"青莲,姐这就带你去医院,你忍一会儿。"君华心疼地说。

青莲是在下午四点钟,在去医院的路上断了气的。她身上的血几乎流干了。哑巴把她的尸体背回来,在后院的石榴树下草草安葬了。

"这里还有没有人?"

两个警察气势汹汹地冲进来,说话的警察叫丁宝,一进门就扯着嗓门喊。他挥动着手里的警棍,正要上楼,迎面撞见了君华。

"丁宝,你在这里犯什么浑?"君华从二楼下来,站在丁宝面前。

"都走了,你还在这儿,看来你这命就是贱。"

"你这嘴吃屎了吗?"

"这娘儿们骂人的话都这么好听,难怪是个红人。"丁宝的眼睛迅速扫了一下君华漂亮的脸蛋,他的脸瞬间发烫。

"就在这儿待着,出去要死人的。"丁宝说完,和另一个警察二炮走了。

外面的形势很糟糕。君华担心玉蓉,她怕玉蓉不熟悉这里的路而去了同安里,她让哑巴守在莺花坊,然后匆匆出门了。她回到了同安里八号。

她从后门进了住所。她进入巷子的时候,听到人们在谈论日本兵驻守城外的各种消息。她心里很发慌,不是为了自己,而是为玉蓉感到不安。

夜色慢慢降临,空气中夹杂着冰冷的味道。君华点燃了炭炉,屋里终于有了暖气。她取下发髻里的金凤簪,又用簪子轻轻地拨动着挂在壁柱上油灯里的灯芯,屋里顿时通亮了很多。从簪子上反射的金色光芒映在她的脸上,别有一番风韵。她身穿霓裳羽衣,腰系蟒袍玉带,纤细的身体开始在灯光下舞动。她的水袖已经达到师父常说的"行云流水"般的美感了。在灯光的照映下,她将自己瘦长的身形与狭小的空间完成了最美的融合。她的指尖慢慢地停在半空,两滴泪珠从她眼角滚落下来。

外面又吵闹起来,吵闹声越来越凶。这样的夜晚,君华反而觉得外面的吵闹声会让她有些安全感,她害怕那种寂静。她把窗户打开一条缝隙,看到巷子里来来往往有人在走动,脚步开始加快,快得让她也跟着紧张起来。

"日本兵要进城了,日本兵要进城了……"有人在喊。这是从北道巷传来的声音。

"丁宝,日本兵真的进来了?"君华推开窗户,朝楼下的巷子里喊着。

丁宝抬头朝这栋小楼看了看,没有说话,他和他的同伴向巷子的深处跑去。

这又是一个极不平常的日子。半轮月亮已高挂在头顶,月光洒落在巷子里,不再让人感到亲切。旁边一棵百年老树的枝缝中闪现的光线,一明一暗,忽远忽近,光线照在院墙上,一片苍白。

这是吉和街最长的一个古老的巷子,以君华租住的这栋小楼后面前方十米的路口为界分为南北巷。路口左方向是北道巷,右方向是南道巷。北道巷里都是这一带的有钱人,他们当中有很多人从祖辈开始在这个巷子里住了上百年,听说有跑山东、河南的徽商,也有在南京和上海做买卖的。而南道巷居住的基本都是穷苦人,他们生活在这个城市的最底层,过着吃了上顿没下顿的日子。

"想活命的赶紧去码头,不想活命的就在屋里待着。"

丁宝带着他的助手二炮在挨家挨户敲门。丁宝的警棍在各家各户的门上敲得闷响,他的嗓子喊得接近嘶哑。这让君华有些意外。在她的印象里,丁宝虽然没做什么伤天害理的事情,但他也不是巷子里的人喜欢的警察。可今天,这巷子里人的生死却是他丁宝最关心的事情,这确实让很多人感到意外。君华从窗户向外看去,她看见丁宝和二炮的身影在巷子里的路灯下变得越来越小。

夜里,天空下起了大雪,这是这个冬天里最大的一场雪。雪花在寒风中漫天飞舞着,好像是在向这个世界做最后的告别。君华披上外套,裹着一个厚厚的紫色头巾。她点亮两盏纱灯分别挂在前后门,她怕玉蓉找到这里摸不清家门。

上半夜,北道巷空了。很快,南道巷基本也空了。

富人的命是命,穷人的命也是命。在北道巷的富人们都撤离后,南道巷的穷人们也坐不住了,在一阵骚乱之后,丁宝和二炮带着这些穷人离开了巷子。只可惜,码头已是人山人海,在昏黄的灯光下,是一片黑压压的人群,到处是国民党军队的士兵,军用卡车一车接着一车往码头运送物资。

车轮压得路面的雪和竹板咯吱咯吱响,喇叭声粗暴地从人群中划向乌黑的夜空。江边停着几艘货船,都由士兵持枪把守。这些船是那些当官的人为自己逃生早预备好的。

后半夜,哑巴回来了。哑巴用手比画着,他告诉君华,莺花坊里出事了。

君华和哑巴是冒着大雪回到莺花坊的。街道上铺满了厚厚一层雪,黄包车是不能上路了,他们就一路踏雪走到莺花坊。而此时莺花坊的一楼有很多人,他们都是南道巷的那些穷人,是被码头上的那些士兵驱赶回来的,丁宝只好带着他们来到莺花坊避难。

君华一进门,就闻到一股浓浓的难以入鼻的味道,是坐在地上的人的身上散发出来的味道。君华踮起脚,双手提着宽松的大衣小心翼翼地从他们中间穿过去,走到楼梯口时,她像被贼追赶一样快速跑上了二楼。她靠在二楼的柱子后面,深深地呼吸着。平时在巷子里遇见他们觉得也没什么,真的看着这一群人就坐在自己的眼皮底下,君华的心很快就怦怦跳起来,跳到了嗓子眼儿。

"亮叔,你家丁宝靠不靠谱?这都什么时候了,还不见人影。"人群中有人开始不安地扯着嗓子问。

"是啊,亮叔,你家丁宝怎么回事?"

"大家伙听我说,要我说啊,我们还是赶紧走,再不走,小鬼子一进城,我们就都被他们吃了。"修鞋匠钱大春站起来说。

"我说一句,我们是不是先去两个人探探路?"

"对,先探探路。"

有两个人自告奋勇出去了,所有人又安静下来,他们在等着出去的那两个人探回的消息。

"君华,这几天没有爷儿们陪你,这身子上痒不痒啊?"钱大春冲着二楼楼梯口的君华调戏起来。

"是啊,要不下来让我们几个爷儿们也快活快活?"

人群中开始沸腾起来。他们是第一次来到这种地方,在以前,这是他们想都不敢想的事情。

"有一次,我在门口修鞋,就看见北道巷的张老板来过,那才叫有面子,一到门口,他就被两个裙子开衩的妮子搂着进去了。"

"听张老板说,他就喜欢君华那样的妮子。"

"哐啷!"从二楼飞下来一个尿盆砸在钱大春的后背上,尿盆中的一些残尿飞溅到钱大春和旁边几个人的身上。君华从二楼下来了。

"你这不要脸的骚娘儿们……"

"大春,你这张嘴是吃屎了,还是喝尿了?"君华提了提嗓子说。

"对,他吃屎了,他吃屎了,嘿嘿……嘿嘿……"亮叔在后面挥动着手臂,傻傻地笑着。

"你修一年鞋挣的钱,恐怕也不够上老娘的床。"君华又故意在钱大春的面前晃荡了一圈,她水蛇般的腰肢扭动起来,那叫个迷人。

君华的话立即引来众人一阵大笑。此刻的钱大春和旁边的几个人正忙着用袖子抹擦身上的尿液,他们也不再说话了。

几分钟后,人群中有人开始不安分了,他们开始埋怨大家不该听丁宝的话待在这个鬼地方,立马有人跟着骚动起来。

"这日本兵马上就要来了,我们不能在这里等死,我们要出去。"

"你说得对,你走吧,你往哪里去?"君华站在楼梯上问他。

"我们去哪里,也不用婊子操心!"那个人很不耐烦地吼着。

君华认识他。他在码头跟着老五混,有一个搬运的差事,大家都叫他顺子。

"你有本事别来莺花坊。"君华也毫不示弱地撑了他一句。

顺子在码头混的时候,什么人都见过,他一身有两样本领:一是有搬运的力气,所以很受老五喜欢;二是学会了油嘴滑舌,在巷子里就很讨那些小妇女欢心。他从人群中挤出来,来到君华身边,冷不丁一把抱住她,他强有力的身体紧紧地顶着君华的胸脯,还没等他尝到甜头,他的后背就受到重重一击——哑巴双手举着板凳站在他身后。

哑巴和顺子扭打在一起,他们从楼梯上滚下来,楼下的人把他们围起来看热闹,还有人在起哄助威。这时,丁宝和二炮已经回来了,他们就站在门外。

"这是玩命吗?"

"砰!"

丁宝站在门外朝里面喊了一声,见屋里乱成一团,他掏出盒子炮朝天空开了一枪。

"你们这是要玩命吗?"

丁宝和二炮迈着大步走到大厅中间,他们没兴趣去关心顺子和哑巴打架的事由。在场所有人这下安静了,没人再闹事,他们都在等待着丁宝带回的消息。

丁宝晃悠着来到君华面前,从君华的手指间抽出刚点上的哈德门,他猛吸上一口,然后把香烟又放回到君华的手指间。

"惊扰到君华姐了。"这回,丁宝倒像个绅士。

"这两天大家都在这里等着,五号才有船。"这就是丁宝带回来的消息。

"老子就知道你没有用。"钱大春一听丁宝这么说,第一个暴跳起来。接着,人群中又是一阵骚乱。

"大家听我说,听我说……我的帽子……"丁宝和二炮被众人轰出了莺花坊,没人再愿意听他们说什么。

君华早早就回到了房间,她看着莺花坊里现在的情况,想着不能在这里继续待下去了,她做好了和哑巴出去的打算。此刻,窗外远处的天际划过一丝亮光,这是黎明前的征兆。这让她想起了君茹抱着玉蓉走的那天早晨,大雪封住了江口,整个江面死一样的沉寂,只有呼啸的风雪声能让人意识到自己还活着。

那一天,玉蓉刚满月。

二

  从玉蓉离开雷州半岛那一天开始算,这已是她离家的第四十八天了。自从她在雷州半岛的亲人病逝、被海水淹死后,她已无家可归,她只好按照她养母生前的嘱咐。她一路北上,就是为了寻找她的父亲。母亲告诉过她,只要在皖南找到君华姨妈,她就能见到父亲。这一路能够活着到达皖南芜湖城,实在是运气。

  玉蓉在雷州半岛上临海的一个小渔村里生活了十六年。从记事起,她就对父亲没有印象,只听母亲生前说过,父亲在皖南。她生活的这个小渔村地处广东湛江的西南部,那里有个很好听的名字,叫角头沙,村里男女老少都站出来也不过三十几口人,他们长年以捕鱼和挖螺为生。每当母亲和村里人出海捕鱼时,她就一个人在海边挖螺,那种螺叫东风螺。玉蓉喜欢挖螺并不为了能够吃上一顿鲜美、酥脆爽口的螺肉,而是喜欢螺壳上淡褐色的斑块,她喜欢摸着螺壳光滑表面的感觉。

  她从角头沙出发时,已过中秋,越接近北方地界,越感到渐渐侵入体内的一股寒气,似锋利的绣花针一般,狠着劲儿刺透她白嫩的皮肤又直穿入她的骨头。这是她过得最冷的一年。一路上,她跟随途中遇见的马帮翻越了广西境内的白头岭和观音山,又搭乘小贩的商船跨过江西境内的鄱阳湖,后来换坐牛马车踏过安徽宣城境内的猫儿口,终于在这一天傍晚,她来到了芜湖城南门外。

  前两天,是玉蓉这一路上遭遇的第四次险境,她差点落在人贩子手里,那是她刚过宣城猫儿口的地方。幸好被一个路过的好心人救了,她才又逃过一劫。玉蓉想起了母亲说过的话,从小时候起她的命就由海神保护着,她的命硬得很。

玉蓉刚进芜湖城,发现眼前发生的一切是真的。她想起在城外救她的那个男人说过的话,芜湖城里的确乱了,没想到这么乱。玉蓉刚进城,城门被一群士兵封起来,他们说城外驻守着日本兵,这里已经进入备战阶段。很多人开始从这边转头往回跑,还没跑多远,就被一些警察围过来,他们高喊着要维持秩序,接着,人群中乱作一团,有警察开始开枪,子弹是一颗接着一颗在他们的头顶上"嗖嗖嗖"地飞过。有女人和孩子哭起来,哭声中夹杂着一声又一声的尖叫声。街面上凹凸不平的青石板石缝里流进鲜红的血,血在石缝里蔓延,流向石板下面黑暗的深处。一时间,哭声、喊叫声、咒骂声和稀密相间的枪声交杂在一起,让原本平静的街区充满了无尽的恐惧。

玉蓉哪见过这样的场面,她躲进旁边一个偏僻的巷子的干水沟里,卧躺着,把整个身子都蜷缩在石板下面。这是玉蓉来芜湖城的第一天,在她的少女时代注定要烙上这个与死神遭遇的印记。她觉得她此时就像躺在渔船甲板上的罗非鱼,努力挣扎了几次想从甲板跳到富有生命的大海里,却已没了力气。她渴望大海,渴望可以让她延续生命的海水,至少在这个时刻,她的渴望是那么急切。她感到她的魂魄已经从体内飘向空中。有人踏着她头顶的青石板跑过,沉重的脚步踩着青石板发出一阵阵闷响声,接着有血从青石板上流下来。枪声停了,慌乱的脚步声也慢慢远去。不知过了多久,街区终于安静了,似乎一切都像做梦。玉蓉从干水沟里爬出来时,街道上已是空荡荡的,只是还残留着呛人的火药味。

"老五,我们好像走错路了。"

"快,这边!"

"就你这货带个路,我们都跟着遭殃。"

"有个姑娘。"

玉蓉还没有反应过来,有三个人已在她几米远的地方停住了脚步,看他们的穿着打扮一定也是穷苦人。

"请问……同安里八号怎么去?"玉蓉上前一步,问道。

"什么?去哪里?"那个叫老五的男人问玉蓉。

"同安里八号,我要去亲戚家。"

"别去了,都跑了,姑娘。"

"顺子,快走!"那个叫老五的人说。

"姑娘,那边,第二个路口右拐。"

玉蓉按照这个人所指的方向,来到了南道巷,整条巷子空无一人,连个问路的人都找不到,她只好在巷子里一个修鞋铺过了一夜。

玉蓉从布包里摸出最后一块面馍馍,咬了一口,又放回去。这块面馍馍是她身上最值钱的东西了,面馍馍是她经过猫儿口时一个老奶奶给她的。玉蓉一边嚼着面馍馍,一边想起了母亲,一想到母亲她就想哭。母亲告诉她,家里的日子过不下去了,她要找到父亲才有活路。那天晚上,母亲说她有一个妹妹在芜湖,她们一起从老家河南逃出来的,一路要饭讨生活到了芜湖,后来母亲遇到一个广东的男人,他们是一见钟情,再后来,母亲就和那个男人来到了湛江草潭镇生活。

在这个修鞋铺里,玉蓉做了一个梦,她梦见母亲还在黄泉路上游荡,不知往哪里走,玉蓉对母亲说要去陪她,母亲没有答应。玉蓉在梦里哭了,怎么哭也哭不出眼泪,她看见母亲的身影越来越远,越来越小,直到母亲的身影消失在一座小桥上。玉蓉狂奔过去,被一个凶煞的小鬼挡住了去路,小鬼手里的索命叉朝她飞过来,她吓得大叫。这一声大叫,让她从刚才的梦中回到现实,她发现自己仍孤身一人在这个修鞋铺里,只是外面的天空有了一丝亮光。

玉蓉最难熬的一个夜晚很快过去了,此时天已大亮。在这个修鞋铺里,昨夜的小飞虫在她身上叮了许多如芝麻大小的红点,有些瘙痒和刺痛。她不知道那些如恶魔般的小飞虫从她的身体上吸了多少血。

她一直记得妈妈说的话:"只要找到父亲,就能吃上香喷喷的大米饭。"

"出来!"外面站着一个人。

玉蓉战战兢兢地低着头从修鞋铺里走出来。那人是个警察。玉蓉不敢看他，她极不情愿地挪动着脚步往前走了两步，她用余光能够看到那人大概的轮廓。她停住了脚步。

"哪边来的？"

"南边，来找我父亲。"

"南边？不在南边好好待着，跑这里来？"

"我妈让我来的。"玉蓉小声地应着。

"这里人都跑光了，你也赶紧逃命吧！"

玉蓉被这个警察的一番话惊到了："这里人都跑了，父亲也就找不到了。"无奈之下，她只好跟着这个警察往前走。

对于一个从海边小渔村来的姑娘，她还从来没有见过这么多漂亮的房子。门楼上是双狮戏球的雕饰，门口两柱的两侧配有巨大的抱鼓石，高雅华贵。高高的白墙侧面悬挂着三个大字：莺花坊。

这里有很多人，没人注意到玉蓉的到来，更没有人问她叫什么名字。厅中央有人在吵架，吵什么听不清楚，旁边有一些人在起哄，大家的注意力自然也都被吸引过去了。玉蓉找了一个不起眼的角落坐下，从她这个位置一抬头刚好能看见对面那个楼梯。楼梯上站着一个穿着华丽旗袍的女人，那身段和旗袍的尺寸完美结合在一起，比她们村里的那些妇女好看多了。玉蓉再转头环顾四周，没看到刚才带她来的那个警察。

"今天中午有船来。"丁宝气喘吁吁地跑进来，对大家说。

"轰……"

不远处传来爆炸声。

"日本兵进城了，日本兵进城了，大家快跑啊！"

一时间，屋里的人混乱起来，很多人被撞倒，各种喊叫声夹杂在一起，场面开始失控，有些人冲出门，四处乱跑。

"跑出去也是死。你和我说实话，这船还能不能来？"君华来到丁宝身边。

"现在这时候，鬼晓得。"丁宝站在门口，看着逃命的那些人。他又向屋里看了一圈,这才发现,他带过来的那个小姑娘也跟着他们跑了。

莺花坊里还有十几个人,哑巴按照君华的吩咐,去同安里和南道巷了,是去看看有没有一个姑娘来找君华。二炮按照丁宝的意思去了码头,他和顺子去找老五再一次确认船到达芜湖的时间。剩下的几个人中有丁宝的爹亮叔、钱大春等几个人。丁宝的眼睛看向刚才轰炸的地方,他判断距离这里还很远,就从口袋里掏出一支雪茄点上,戴上狗皮绒帽,把枪插进枪套里,然后进屋了。这时屋里的几个人都老实了,他们竖起耳朵听着外面的动静,没有等到来船的消息,他们谁也不敢出门,一旦日本兵进来了,在外面那是要丢命的。

这是玉蓉从来没见过的场面。看着身边那些人恐惧和绝望的面孔,她觉得天旋地转,脑袋里嗡嗡作响。这时,从前方迎面来了几个中国士兵,一个像是军官模样的人向大家发出号令要所有人立刻赶往码头,那里会有从武汉来的轮船带大家撤离芜湖。说话的军官是驻守芜湖防线的国民党部队一个连的连长周良丰,他本来接到的命令是要在第一时间护送长官上船撤离,但在途中看到这些无处可逃的百姓时,他违抗了护送长官撤退的命令。逃难的百姓对这几个国民党士兵的到来,都加强了戒备心理,但还是跟着他们向码头的方向前进。

太古码头位于芜湖城区西边,码头对面就是无为。1905年,英商太古轮船公司率先在芜湖租界内购置滩地,建码头,架栈桥,开展船运业务,留下了各式各样的英式建筑。此后,又在码头附近建造了商务办公楼,亦称太古洋行。在芜湖城遭到日军轰炸时,太古洋行所有船只都已停航,办公楼大门紧闭。周良丰带着撤离的队伍到达码头时,码头上已经聚集了很多人,黑压压的一片,他们都在挤着、喊着。码头上所有人都是为了能抢先登船。玉蓉跟着撤离的难民队伍进入距离码头不远处的一个废弃的仓库里待命,周良丰带着两个士兵前去打探消息,另外有两个士兵守在仓库门口。

天边开始有些昏暗,雪不再下,东边的天空中有了一些黑云。所有人都不能说话,有士兵在看守。远处又传来爆炸声,那声音是山崩地裂的,是令人恐慌的。爆炸声划破了寂静的天空,也打破了这间废弃仓库里的平静。

"所有人听着，五分钟后出发，半小时内必须到达码头。"周良丰在门外下达了命令。

周良丰和几个士兵开始检查武器装备，他们把手榴弹绑在腰间，又往弹夹里填充了子弹。玉蓉看着这一切，她知道情况很不妙。她走到人群中间，找到一个似乎很安全的位置。

"连长，安全。"前去侦察的士兵回来报告。

"所有人听着，向太古码头撤离，任何人不得擅自离队，不得说话。出发！"周良丰再一次发出了号令。

此时在莺花坊，二炮和顺子带回来了好消息——中午有船到码头。丁宝当即拔出盒子炮举起来挥了挥，迈着大步走到厅中央，开始向众人训话。

"从现在开始，由我和二炮带队，想活命的跟着我们马上向码头出发。"

"丁宝，跟着你，就能活命？"裁缝大麻仰着头问。

"待在这里那肯定是等死。"丁宝说。

"你们都聋了？刚才日本兵的飞机轰炸你们都没听见吗？"君华从二楼匆匆跑下来，哑巴跟在后面提着个大皮箱。

"走啊！"君华在门口停住了脚步，她转头看着丁宝。

这时，莺花坊里的众人才回过神来，都慌忙提起行李随着丁宝和君华出了门。

"老子说话都还不信。二炮、顺子，去前面带路。"丁宝骂了一句，跟在了人群后面一路小跑。

芜湖和南京同处长江南岸，两地相距不足百里，历来就是南京的重要屏障之一，也是国民政府西迁的咽喉之地，战略地位十分重要。日军要占领芜湖，切断南京与武汉、重庆的联系是日本侵略者战略意图中一个重要环节。

当日军进攻上海时，长江上的中国轮船都已停航，只有少数几艘外国轮船还在运行，其中就有"德和轮"。"德和轮"属于设在芜湖的英商怡和轮船公司，在芜湖，人们都称它为怡和洋行。"德和轮"是主要航行在上海至汉口之间的长江客货班轮。"八一三"淞沪会战爆发,导致汉口至上海的航线受阻,"德和轮"只能在南京至汉口之间航行运营。

上海沦陷后,日军一方面加快从陆路向芜湖推进,同时利用空中的优势对芜湖实施狂轰滥炸,尤其是车站、码头及长江一带成为日军的轰炸目标。这一天是1937年12月5日,芜湖城大街小巷都在传递一个消息,怡和洋行的"德和轮"即将从汉口驶往南京,途中要停泊在太古码头运送难民撤离芜湖。消息一出,芜湖城区各方百姓和外来的难民都拥向码头。而此时的芜湖城已经遭受了日军飞机投掷的炮弹的狂轰滥炸,整个城区硝烟四起,一片狼藉,到处都是被炸飞的瓦片、砖块、尸体等。街上的百姓在惊恐、慌乱、无助中四处逃窜,很多人连去码头的方向都已无法辨清。

等候在码头的人们一直等到中午,"德和轮"的汽笛声才由远而近,这是多么让人振奋的希望之声。码头上的难民开始发出了欢呼声,这种欢呼声是求生的呐喊声,有的相互抱在一起激动得哭起来,有的开始向老天祷告。随着"德和轮"越来越近,人群开始躁动。周良丰一声令下,他带领的这支难民队伍从后面一条小路向码头移动,他们从码头下面的枯石滩绕到码头登船口。由于冬季是枯水季节,江面水位连续下降,轮船不能停靠趸船,"德和轮"只好在江中抛锚,准备由小木船分批接难民上船。

玉蓉跟着这支特殊的队伍向前移动,她想着父亲是不是也来了码头,即使父亲来了,她也认不出,此时唯一的希望就是父亲能够一切平安。她想起母亲去世前给她的地址——芜湖同安里八号和南道巷,她已熟记于心。但她还没有找到姨妈和父亲,就遇到了日本兵进攻芜湖城,看来这是一场命中注定的劫难。

她放慢了脚步,走到队伍的最后面,借小解的机会钻进了路边的蒿子丛里。她不想上船,她还要去同安里八号和南道巷去找姨妈。

"大家不要慌,等一下分批上船,不要挤!"

玉蓉扒开浓密的蒿草看到,那个军官正在指挥着大家登船。人们正像潮水一样拥向登船口。

三

　　码头上再一次失控了，这是君华意料之中的事情。他们刚到码头，还没来得及靠近登船口，日军的轰炸机从长江下游飞来。等候登船的旅客和大批难民在看到日军飞机后，慌忙地拥向挂着英国国旗的趸船，因为他们听见有人在喊"上了英国人的船就安全了"。这时又有无数人拼命地朝跳板上挤，有很多人在跳板上被挤落江中，寒冷的江水迅速将他们吞没。

　　日军的轰炸机在长江上空盘旋一会儿后，开始向"德和轮"投下了炮弹，炮弹击中了船体，"德和轮"当即起火，船的右舷几乎全部被炸毁。接着，又有炮弹击中了"德和轮"的烟囱，船的机舱也被炮弹击穿。船上的旅客和难民开始有人跳入江中逃生，有很多无处逃命的人被炮弹炸死，连同甲板上被炸烂的木块、行李等随着气浪飞上了天空，然后慢慢地落入江中。船上的救火器材也被炮弹炸毁，船员无奈之下，只能任轮船燃烧。

　　"哑巴，快，离开这里！"君华眼睁睁看救命的船被日军的炮弹炸毁，她知道码头已经没有了活命的希望，和哑巴冲破人群，来到距离码头不远处的一个废弃的仓库。

　　这间仓库是怡和洋行公司用来专门存放上海、汉口、芜湖之间往来的物资，大多时候存放的都是一些非常时期的违禁品。君华之前听丁宝说过这间仓库，这是老五负责的场子。眼下这仓库里除了一些破铜烂铁和破旧的空木箱、空油桶外，没有其他可用的或是值钱的东西，看来怡和洋行公司早就做好了撤退的准备。

君华和哑巴找了一个安全的地方作为暂时的落脚地,这是仓库里靠东的方向,有个一人多高的木墙把存放货物的区域隔开,地上满是碎纸片和散落的算盘珠,还有倒在地上的两把椅子和一张深褐色的长条桌。这里应该是账房。君华慢慢打开窗户留出一点缝隙,刚好从这里能看到码头上高大的轮船正处在熊熊大火之中。

此时在仓库另一个角落的空油桶后面,隐藏着两个人,是玉蓉和大麻的徒弟小七。玉蓉看着刚才进来的两个人,她在莺花坊里见过,她的印象里那女的凶得很,但很漂亮,是她见过最漂亮的女人。

"那个女人,我见过,好像不是干好事的。"玉蓉小声地对小七说。

"穿那种衣服的女人,好像都是窑子里的。"小七说。

"在我们那儿没有这样的女人。"

"别说话,别让他们听见。"

轰炸声不断传来,仓库的上空不断有日军飞机飞过的声音。整座芜湖城都处于水深火热之中。

"我师父说,日本兵的飞机轰炸后,日本兵很快就要进城了。"小七说。

"日本兵长什么样?"

"应该是大嘴巴、长耳朵那种吧,听说会吃人。"

玉蓉的身子往里缩了缩,她被小七的话吓到了。她不再说话,两只手扶着油桶,怔怔地看着穿旗袍的那个女人。

"小七,来人了!"

"快,到这边……快点……"

外面的喊声越来越近,仓库的大门被撞开,进来很多人。玉蓉认出他们,是刚才她跟着的那几个士兵和难民。

"怎么回事?不要以为你们是当兵的就这么蛮横无理,不要这么大声,非要让日本兵听见啊?"君华看见大门被几个当兵的撞开。

"没时间和你啰唆,想活命就老实待着。"周良丰朝账房那边走去。

"干什么,干什么?"君华追过去。

一只皮箱被周良丰扔出来。箱子重重地摔在地上,溅起一层雾气般的

灰尘弥漫在空气中。箱子里红红绿绿的衣服和红粉黄绿的绸缎散落在地上，青色的包袱、一卷五彩的发绳、长丝袜和女人专用的隐私小物件的带子都裸露在大家眼前。此刻仓库里的这些人除了一阵嘲笑，谁也没想到在接下来的这些天里，这个脸上涂满胭脂水粉的女人和他们的命运紧紧联系在一起。

"欺负女人算什么本事，拿着枪还不去打日本兵？"

君华扭着屁股和水蛇般的腰肢从账房里出来，她蹲下身子去捡地上的东西时，有人从后面摸了一下她的屁股。

"哪个不要脸的？"君华回头看了这些人，只见他们个个都露出丑陋的嘴脸，甚至比她在莺花坊里睡过的那些男人都肮脏。

玉蓉和小七从油桶后面走出来，她们过去帮着君华往箱子里装衣物。玉蓉借机靠近了君华，她偷偷地瞄了一眼这个女人粉嫩的脸蛋和重重挤压在膝盖上的乳房，那两坨肉球虽然被华丽的缎袍紧紧地包裹着，也能看出它的性感和丰盈。

"谁要是再不守纪律，我就让他出去。"周良丰站在门口，举着枪说。

门外有敲门声。是哑巴。

"他是我兄弟，麻烦开个门。"君华跑到门口，语气变得有些温和地对周良丰说。

一个小时前，君华让哑巴去找丁宝，她看着如此混乱的码头，她想借助丁宝的关系过江。

码头方向又传来轰炸声。两个窗口挤满了十几张脸朝码头望去，"德和轮"上的大火已蔓延到全船，不久，船体完全被烧毁，残壳与趸船一起沉入江中。

哑巴懂得君华的意思，过了江去了周老板家，君华才安全。哑巴好像是在完成一项伟大的使命一样，他终于冒着危险回来了。他没有辜负君华对他的期望，他是在下庄村的避风港找到丁宝的，那里有个早些年就已废弃的旧码头。哑巴到那里时，正看见有一艘沙船在装货。君华也大概猜到丁宝想到了办法，那艘装货的沙船一定是丁宝和老五搞到的。有一次在莺花坊,她无意中从老五那里听到他在偷运战时违禁品,好像是卖给山上的共产党。帮他疏通关系的就是丁宝。

君华不动声色地在寻找出去的机会,她要和哑巴尽快去下庄村,就是要出去,也不能引起那几个当兵的注意。在她看来,现在赶去下庄村也许是离开芜湖的唯一机会。她假装刚才丢了东西起身去寻找,走到周良丰身边时,她又故意用胳膊碰了碰他。

"什么时候能走?"君华有些撒娇地问。

"回去,现在出去找死啊!"周良丰和一个士兵坐在门口,他用枪指了指那边的油桶。

君华只好又乖乖地回到油桶那边,她不敢和那几个当兵的硬碰硬,他们有枪,前一阵子在莺花坊,就有穿这种衣服的士兵开枪打死了人。

"你师父呢?"君华问小七。

"我们在码头上走散了。"

"你和家人也走散了?"君华又转头问玉蓉。

"我……就我……"

"算了,懒得管这些破事,我先眯一会儿,有事叫我。"君华靠在一旁的麻袋包上闭上眼睛,此刻她哪里知道,她身边的这位姑娘,就是她日夜牵挂的玉蓉。

日军的飞机从中午开始,一直在芜湖城上空向城区和江面投弹,直到下午轰炸声才短暂停止。"德和轮"沉没后,江里到处漂浮着尸体和杂物,一些幸存者正在江边打捞尸体,到处散发着刺鼻的硝烟味。有尸体被抬到码头上,然后有人用板车将尸体拉走。

周良丰记得他来芜湖前见过这样的红霞,那时是在南京。11月20日那天,他跟随部队在南京布防,随后他被派往南京城的西北部保护由二十多位侨民成立的南京安全区,为他们的安全负责。直到12月2日,江阴防线失守,接着没几天,日本兵全面占领了南京外围一线防御阵地,他才接到命令跟随八十八师突围。在那次突围中,很多人淹死在江里,也有一些人被日本兵枪杀。一部分未能过江或者突围失败的士兵流散在南京街头,不少人放下武器,换上便装躲进了安全区。对于那一幕,周良丰至今心有余悸。

那一天下午,天空中也有这样的红霞。

"没事别瞎跑,日本人的炮弹不长眼。"周良丰端着枪站在距离油桶大约两米的地方。

玉蓉看着他,心里有些发慌。她知道他这句话明显就是冲着她说的,他一定是在说她不该假装去小解然后一个人跑了。那时她没有多想,她来芜湖城是找姨妈和父亲的,这回可好,又碰到他们。现在再想一个人出去,可就难了。

周良丰见没人回应他,在巡视了一下周围的情况后,又回到了门口,他给两个士兵下达了出去侦察的命令。

"姑娘们,你们想不想出去?"君华问玉蓉和小七。

"当然想,再不出去,日本兵的炮弹就炸在这里了。"小七抢先说。

"你们看老娘的。"

君华说完起身朝周良丰走去,她不想在这里这么干等下去,这些难民走不走她不管,反正她要过江。她能看出来这些当兵的不怕死,可她想活。

"当兵的,老娘有事要出去。"君华双手环抱在腰间,依靠在门板上,低声地说。

"非常时期,没有我的命令,谁也不准出去。"周良丰不紧不慢地说,没有看君华一眼。他站在窗口,两只眼睛紧盯着窗外,双手紧紧地握住钢枪。

"我给你唱一段黄梅戏,你让我出去。"

"说你呢,当兵的。"

"老娘还不稀罕了。"

君华见周良丰像个木桩一样一动也不动地杵在那里,转身离开了。她看了看屋里的这些难民,一边迈着小碎步一边唱了起来。

"忘了,忘了,他忘了,他有了新人忘旧人;走了,走了,他走了,好似流水去无声,去无声,去无声;我为你抗婚绝了父女情,我为你做了忤逆不孝人,我为你背井离乡受苦辛,我为你有家难回伴青灯。你曾说此番倘若得功名,飞马回程迎知音;你曾说不怕山高水又远,镜分人分心不分……"

也许,这里所有人都没能想到,黄梅戏《双合镜》这个本是无比悲凉的选段,却被君华唱得悲喜交加,又有些荡气回肠,让人心碎。

君华这一唱,所有人顿时被她吸引住了,这些难民虽然是生活在社会的底层,但他们对皖南一带有名的民间黄梅小调《双合镜》再熟悉不过了,只是他们从来没有听过像君华这样的唱腔。

"她唱的是什么?"玉蓉很好奇地问小七。

"这是我们皖南一带有名的黄梅小调《双合镜》,我们南道巷里的人都知道,可是……没听过这样唱的。"

人群中响起了一阵掌声。哑巴在一旁也乐呵呵地舞起来。

这恐怕是这两天里最让人意想不到的美好时光。君华唱完后,周良丰为她打开了大门,同意她出去。

君华唱起的这一段《双合镜》,是前些年她和表姐君茹从老家河南来安徽讨活路,途经东流县时,遇见了当时皖南同乐堂黄梅戏班社的叶炳迟先生,讨学了几段。这让她后来在莺花坊里赢得了头牌的美誉。

"当兵的,回头你想听,老娘再给你唱一曲。"君华出门时,回头对周良丰说。她的眼神中有一股魔力,足以让很多男人瞬间失魂。

天色已接近傍晚,很快夜色来临。冬天的长江在白茫茫的夜空下更显得深邃又宁静,总会给人几分孤独和凄凉。天空好像被锅底灰抹黑了一般,看不到尽头,倒是地面上的积雪映出了银色的光。

这是个让人无比焦虑的时刻,周良丰没有等到君华。前去侦察的两个士兵回来时,周良丰终于下达了准备出发的命令。哑巴坚持要留下来等君华,他两只手不停地比画着,似乎是在告诉人家什么,但没人知道他在说什么,他只好坐在地上双手死死地抱着皮箱。

"我和他留下来等那个姐姐。"玉蓉对一个士兵说。

"我也留下来。"小七也站到哑巴身边。

"非常时期都得走,留下来就是个死。"周良丰果断地拒绝了他们三个人的请求。他开始让其中的一个士兵将所有人编号成队。

君华出了仓库,她按照哑巴告诉她的路线,在下庄村找到了丁宝和老五。由于日军的轰炸机已经盯上了长江芜湖段这一带,丁宝和老五搞到的沙船目前还在铜陵不能出港。对于君华的突然来访,老五很清楚在这节骨眼上,她一定是有求于他,便故意将丁宝支出了屋。君华为了能让仓库里所有的难民上沙船,她跟着老五来到一间黑屋里,被老五压倒在床板上。小黑屋的门被撞开,丁宝冲进来一拳把老五打倒在地,他拉着君华出了黑屋,下了船。

　　君华并不信任老五。她与他不熟,但她知道他是在码头混的人,这年头能在码头混成这样的人,就一定有办法过江。君华在莺花坊与他有过几次照面,这次她本想赌一把,没想老五就是个浑蛋。在君华离开时,丁宝算是有心提醒她一句,说老五其实就是个地痞无赖,让君华还是多留心,别赔了身子又折兵。这倒让君华在那一刻觉出了丁宝的好。

　　君华是在周良丰带领的难民队伍离开半个小时后回到仓库的,她本来是要告诉大家她有过江的办法了,只可惜此时仓库里已是人去楼空。她摸着黑回到江边的那条小路上,身影很快消失在黑暗之中。只有码头边点点的灯光还在忽明忽暗地闪烁,那是芜湖民间收尸队的人正在江边打捞尸体。

四

伊藤正雄怎么也没想到,当他和村上次郎刚到芜湖码头的时候,"德和轮"就被日军的军机炸沉了。这让他非常恼火。他当初是为了给家族争得荣誉,才冒着生命危险混进了芜湖城。现在,芜湖城防御图还没有到手,他不甘心失败。根据师团长的安排,他要在今天乘坐"德和轮"秘密前往汉口,师团长已经安排了接头人在那里与他会面。就在这一天,日军的军机却迫不及待地炸毁了芜湖城所有的车站和码头,彻底切断了芜湖城与外界的交通,这让伊藤正雄和村上次郎被困在这里。

两个多月前,第十八师团在久留米重建时,伊藤正雄怀揣着远大的理想积极参军来到了中国战场。那一天,他是从长崎登上运兵船的,全家人都去长崎送他。在他出发的前一天夜里,祖父告诉他,他的整个家族都信奉叶隐武士道精神。祖父又送给他一本山本常朝的《叶隐闻书》,后来,他从书中找到了叶隐武士道精神的源头:名、忠、勇、死、狂。直到他想起了明治四十五年天皇去世举行国葬那天,他亲眼看见了大将乃木希典夫妇为天皇殉死的场景,他才懂得了叶隐武士道精神的真正内涵。有一次他给祖父写信说,他要做像乃木希典那样的武士。

只是现在这种状况,让他不能做一个真正的武士,突变的情况让他极度烦躁不安,他甚至想尽了各种去汉口的办法,都未能成功。他和村上次郎只好装扮成中国难民混入了人群。

"伊藤少佐,我们会有办法的。"

"如果这次任务失败,我将愧对祖父。"

伊藤正雄给村上次郎讲起了他读《叶隐闻书》的经历和乃木希典夫妇殉死的故事,他希望眼前这位上等兵能够理解他。

"我听说过乃木希典大将,我家乡的年轻人都很崇拜他。"村上次郎说。

伊藤正雄和村上次郎一直跟着这支难民队伍走到一个杂草丛生的江边小路,他们不敢贸然离开,目前只有跟着这支难民队伍,才有可能出去。这黑漆漆的江边,到处都不安全。这是伊藤正雄经过慎重考虑才决定的,唯一让他多加提防的是这几个中国士兵。幸好,他和村上次郎在家乡应征前,在学校都学过汉语这门课,这才让他们更有利地去掩护自己。

"中国兵。"

一个中国士兵朝这边走来,伊藤正雄不再说话,他稍微放慢了脚步,和村上次郎保持一点距离。他在等待时机,如果在明天中午之前还不能出去,他就和村上次郎想办法离开,今晚不能行动,这几个中国士兵看得很严,稍不留心,就会暴露。

领头的中国士兵下达了就地休整的命令,所有人几乎是挨个靠在一起坐下的,这样漆黑的夜里,两米开外就完全看不见对方。

伊藤正雄很熟悉这个领头的中国士兵,知道他的名字叫周良丰,在上海开战时,他就听说过和他们对战的是一支勇猛的钢铁连,后来他才知道连长叫周良丰。能和这样的对手较量,他觉得是一件很幸运的事情。

村上次郎慢慢地挪动着身体,他尽可能让自己靠近伊藤,这样才有安全感。他的左手边是两位中国姑娘,天黑之前,他看见过她们的面容,她们很美。现在村上次郎只能透过身边微弱的光线偷偷地看看她们。

"这两个姑娘很美。"村上次郎凑近伊藤正雄的耳边说。

"我的未婚妻也很美,在札幌。"

"真羡慕你有美丽的未婚妻。"

这里距离江边很近,能闻到浑浊的江水味道,远远看过去,码头那边除了几点亮光忽明忽暗,再也看不到任何东西。所有人停下来,周良丰没有下达出发的命令。听人群中有人说,有两个士兵去找船了。

"也不知道那个戏子去哪里了。"玉蓉嘴里嘀咕了一下。

此时,一切都很安静。小七靠着玉蓉的后背睡着了,哑巴也在打盹儿。所有人就这样静静地等待着,黑夜像一张无边无际的大网一样,罩在人们的头顶。只有那几个士兵在轮流巡逻,按照他们的话说,那是警戒。

前方有一阵轻微的响动,是裁缝大麻和君华回来了,谁也不知道他俩是怎么找到这里的。

"哑巴,哑巴!"君华在人群中喊起来。

"我在这儿。"

君华顺着声音摸到玉蓉身边,哑巴一看见君华,竟然像个孩子一样哭起来。

"不许出声!"

"当兵的,你想甩掉老娘是不是?"

"活着就好。"

周良丰站在君华面前,黑暗中,他的身形显得高大起来。君华突然对他有一种好奇,要不是世道不好,嫁个这样的男人也算是女人的福气。

"下庄村有一艘货船,是我朋友的。"君华把周良丰拉到一旁,小声地说。

"先别声张,可靠吗?"

"应该可靠,有个警察在看守,船主是熟人。"

"先保密,这些难民中,人员比较复杂。"

君华带回来的这个消息,让周良丰有了新的计划,等到两名出去找船的士兵一回来,他就开始行动,他要确保这里所有的难民都能顺利过江。

周良丰和君华的秘密谈话,没有逃过伊藤正雄的眼睛,他能猜测到,这个叫周良丰的中国军人应该很快有行动了,他叫醒了村上次郎,让他密切注意这里的每一个人。伊藤正雄从口袋里拿出一些饼干,分给他身边的姑娘,他认为女人能给自己更好的掩护。

玉蓉看不清那人的长相,她接过饼干,然后分给君华、小七、哑巴和身边其他几个难民。她这才想起,自己已经一天没有吃东西了。

"谢谢!"

"不用客气,互相帮助。"伊藤正雄用一口流利的中国话说。

好像要出发了,有士兵过来开始清点人数,气氛明显有些紧张。玉蓉和小七靠近了君华,她们尽量走在一起,一路上也好有个照应。玉蓉发现在她的身后,就是刚才给她饼干的人。

此时,已是下半夜。

伊藤正雄改变了计划。他猜想周良丰和君华一定是找到船了。上船之前,他和村上次郎不会有任何行动,他现在不敢有半点大意,只要上了船离开芜湖,他就有办法去汉口。如果这次能顺利完成任务,他将写信给祖父,告诉祖父这次任务对第十八师团下一部的作战计划有多重要,而这么重要的任务是他完成的。伊藤正雄不觉想起了他的未婚妻美子,在札幌的每个春天,他都与她一起去大通公园看绽放的紫丁香与铃兰,他们会在紫丁香下拥吻,一起读《万叶集》中的诗篇。他希望战争早些结束,早些回到美子身边。

裁缝大麻在人群中找到徒弟小七,他要马上和小七研究下一步行动计划。他这次在凤凰山萃文书院获取了最新情报,才得知芜湖城地下党员的名单已经被叛徒出卖。

"师父,我们现在怎么办?"

"要立即启动第二套联络方案。同时,要尽快让这些难民过江。"

"我的任务是什么?"

"等。"大麻把消息传递给小七后,又递给小七一个油纸包。

小七从师父手里接过油纸包,心里一阵欢喜,这是她最喜欢吃的耿福兴酥烧饼。

"师父,来,吃一个。"

"我吃过了。"

"玉蓉,拿着!"小七把一块酥烧饼放到玉蓉手里。

"烧饼?"

"小声点!"

小七虽然压低了嗓子喊一声玉蓉,却被前面的君华听得真真切切。君华没有转身,她内心一阵惶恐,又是一阵狂喜。她尝试让自己的内心平复下来,在这个特殊时期,玉蓉真的不应该出现在这个难民队伍中。君华虽然是那么急切地要见到玉蓉,可是在这种场合,为了玉蓉的安全,她暂时不打算向她表明身份。

"你叫玉蓉啊,从哪里来的?"君华回头问了一句,她是想再证实一下。

"我从湛江来的,来找我父亲,还有我姨妈。"

"你父亲在芜湖?"

"不知道,我母亲让我来的。母亲说,我姨妈在这里,找到我姨妈就能找到我父亲,我姨妈叫梁华。"

对于玉蓉的这一番话,君华心头有些难过,在芜湖城,没人知道她叫梁华,自从她被卖到莺花坊的那一天起,她就不再叫梁华了。她想起那一年,家里的日子实在过不下去了,母亲和两个幼小的弟弟相继饿死在茅房。父亲没办法,为了一袋小米,一狠心把她嫁给了一个从未见过面的老男人。那个老男人还算有点良心,新婚之夜偷偷地把她放了,那天她才刚满十六岁。第二天,她就带着表妹君茹离开了河南老家,他们到达安徽境内的时候,已是深冬。君华记得那天,漫天的雪花像羽毛一般飘洒在整个大地上,那是她见过的最美的一场大雪。

君华有个想法,等他们上了沙船过了江,她就和玉蓉相认,她要给玉蓉一个惊喜。尽管现在她还不能和玉蓉相认,但她的心里也是无比激动的。

"那个谁……"

"当兵的,叫我君华。"

"对不起,君华,我们马上出发,还得麻烦你带个路。"周良丰匆匆跑过来对她说。

哑巴挡在君华的面前,他用两只手向周良丰比画着,被周良丰一把推开。

"你干什么?他说他可以带路。"君华护着哑巴说。

"他不说话,我哪知道?还真是个哑巴。"

接着有士兵开始向每个人传话,为了赶时间,要大家把行李都扔掉,准备轻装前进。

"怎么,舍不得扔掉,有宝贝?"周良丰走近伊藤正雄,看他手里还拿个箱子。

"我可以的。"伊藤正雄很镇定地说,他尽量让自己更像一个生意人。

"生意人,南边来的吧?"

接下来,凡是带大件行李的,都被持枪的士兵强行扔掉,当然,包括伊藤正雄的手提箱。队伍开始出发,在黑夜里慢慢地向前移动着。冰冷的寒风钻进脖子里,像刀割般钻心地疼痛。君华把大衣脱下来给玉蓉披上,她能感觉到玉蓉扛不住这样的天气。

玉蓉哪经历过这样的鬼天气?她在湛江的每个冬天,只穿一件单薄的外套过冬,这里还不属于北方,她就已经冻得受不了了。君华的外套让她暖和了很多,瘦小的身子被毛茸茸的大衣裹起来,她全身温暖了。她对君华的印象开始好起来。

"你这小身子,在南方过惯了,哪受得了这样的天气?"君华关心地说。

"我没事。"玉蓉的声音明显有些颤抖,但还是表现出了坚强。

"过江了就好了。"

"我不想过江,我要找我的父亲。"

"也许你的父亲已经先过江了,现在芜湖城哪还待得住?"

一路上,君华和玉蓉熟悉起来,玉蓉也在君华的关心下不再那么紧张,但还是和她保持了距离,因为她认为这种女人满身都很脏,要不是她冻得实在受不了,不可能接受她的这种温暖。

玉蓉拿出小七给她的酥烧饼咬了一口,艰难地嚼着,觉得嘴里的水分都快被烧饼吸干了,她的喉咙开始干燥,嚼了很久,都没有把嚼烂的烧饼咽下去,她一阵恶心,忍不住呛咳起来。

"不许出声!"周良丰在队伍的前面小声地说。

玉蓉强忍住喉咙里的东西,憋住,吞咽,再憋住,再吞咽,她用手使劲捂住嘴,喉咙里的东西依然卡住下不去。她的手被一只冰凉的大手抓住,一个硬邦邦的、冰凉的铁疙瘩放在她手里,是水壶。她的双手抓住水壶,急切地将壶嘴塞进嘴里,她像婴儿吃奶一样贪婪地吸起来。此时,她对这壶水的饥渴比喝海螺汤还要强烈。她的喉咙终于舒坦了。

夜似乎更加漫长。码头旁边高大的建筑物被黑暗模糊掉棱角,远远看去,似血肉模糊的脸孔。天空开始下起小雨,所有的东西开始变得潮湿,路边的树木、枯草和泥土如皮肤溃烂一般,空气中弥漫着令人窒息的味道。

玉蓉想起了冰心的诗集《繁星》里这样写道:"母亲啊!天上的风雨来了,鸟儿躲到它的巢里;心中的风雨来了,我只躲到你的怀里。"可是母亲那天非要给她做海螺汤,就在阴沉沉的天气里独自去了海边挖螺。中午过后,暴风雨来了,狂风卷起了海水向沙滩上袭来,母亲的腿脚不灵便,来不及上岸,被海水吞没。可在今夜,如遇风雨,她再也不能躲到母亲的怀里了。可怜的王蓉哪里知道,她心中已被海水吞没的母亲,其实是她的养母,是她亲生母亲君华的表姐。

五

趁着夜色,沙船从铜陵起航了,到下庄村避风港时,天还没亮,丁宝和老五早就等在那里。沙船一靠码头,老五就马上安排人把早就准备好的几箱货物装上船。这几箱货物是丁宝让老五运送到无为的,到了指定的地点会有买主接货。

"老五,你可是答应了君华,别做了不是男人的事。"丁宝叮嘱老五。

"对,对,说好的事就不改了嘛。"老五一边招呼着几个弟兄装运,一边应付着丁宝。

丁宝点上一支烟,带着二炮上了村口。他本来是不需要上来的,但他总是对自己说:"这是最后一回。"他很不愿意为了一个女人去冒这么大的风险,但那个女人背后是这么多面临死亡威胁的难民。村口一片漆黑,什么也看不见,他刚想和二炮回船上,隐约中听见有人说话的声音,声音有些远,听不清楚,接着前方有了光亮。丁宝和二炮摸着黑找个地方隐藏起来。很快,丁宝确认了,那是芜湖城守军的官兵,他们应该是在江边征船。

"老五,来了官兵,应该在江边找船,天太黑,看不清多少人。"丁宝和二炮匆忙跑回来向老五汇报。丁宝了解这些官兵,今天一整天,他们都在到处征船,他们可不管这些难民的死活。

"那怎么办?"

"马上把船开出去,这里不能停,只要他们一来,船就得被征用。"

在日军飞机轰炸芜湖城的前一天,江面及各处大小码头的船只基本都被守军部队收缴。很多百姓纷纷逃往外地或教会收容所、弋矶山医院、狮子山圣公会堂、凤凰山萃文书院、周家山修道院和太古码头圣母院等处藏身,由于难民太多,很多人无处可藏,只好来到江边等待救命的船。

丁宝答应过大麻,无论如何,这艘船不能落入只为自己逃命的当官的手里,也不能落入日本人手里,但他也不能落个不明不白的糊涂账,他还要找大麻问个清楚。按照丁宝的计划,在征船的国民党兵到达下庄村之前,沙船已经开出了避风港。这是一条秘密路线。

天刚蒙蒙亮,沙船已在对岸的二坝码头停下。丁宝刚上江堤,日军的飞机又在江面上侦察,绕了两圈后,飞机飞到了芜湖城区上空,接着,又是一阵狂轰滥炸。

丁宝往东跑了十几分钟,从一个岔路口下了江堤后拐进一片林子,穿过这片林子,前面有一条极少有人走过的乱坟岗,再往前走,绕过一个村庄往前二十里地,就到表叔家了。

老五跳下沙船追上江堤时,丁宝已在他的视线里消失了。此时,江面上起了风,沙船在水浪中像婴儿睡的摇床一般摇晃着,天空有大块的黑云压过来,这是下雨的征兆。有几只渔船快速地钻进一旁的芦苇里,这里是藏身最好的地方。老五和顺子回到沙船上,忙着招呼几个工人拉开防雨布盖住船舱里的箱子。

丁宝还没有穿过这片林子,豆大的雨点从林子的上空哗哗哗地落了下来。他找到一个临时避雨的小茅屋,这个小屋已经很久没人打理了,屋顶的稻草已经散落,露出了屋梁的竹子,屋里除了四面光秃秃的墙和一扇老旧的板门,剩下的只有墙角处的一捆稻草和一口大水缸。

丁宝在南道巷时,就留意过大麻和他的徒弟小七,他们一定是借着开裁缝铺做见不得人的事情,经常有陌生人光顾他的铺子。这南道巷和北道巷的人,同安里的人,老老少少、男男女女,哪一个他不认识?但他这回算是还大麻一个人情,把去年的人情债统统还了。

丁宝记得表叔一再嘱咐他,甚至还对他说,大麻曾经救过他,大麻的命比表叔的命都金贵,丁宝这才冒着危险帮大麻的忙。大麻说,有一批货要过江去无为,这批货很重要,只有他丁宝才能帮上忙。难道大麻说的这批货是给表叔的?丁宝也猜到七七八八。

雨还没停,丁宝本来想美美地睡个踏实觉,不料被一个噩梦吓醒了。他刚进入梦里,就看见一个穿着红肚兜、披着长发的少女在江边走着,那个身影比他家墙上画中的女子好看多了。他正要伸手去摸梦中如润肤膏一样洁白的女子的后背,脑袋就被人重重一击,他转身时,看见一个日本兵正朝他狞笑。丁宝醒了,他感到浑身酸痛。他匆匆穿好衣服,然后用满是伤痕的手捂住嘴打了个哈欠。

丁宝快到村口时,天还没亮。村里也有几户人家陆续亮起了微弱的油灯。他左拐右拐进入村东边的老坟茔,这里有一条通往村子最近的路,估计也只有他才敢走。路的两边都是村里过世老人的坟墓。他摸着黑轻轻地敲了敲他表叔周承德家的大门,几声过后,见无动静,便翻墙进去了。

院里老梧桐树的上空刚露出一点鱼肚白,高高的梧桐树、杏树就这样没白天没黑夜地遮住了外面的亮光。院子的后面是一片林子,一到夜里,不管有没有刮风,都显得异常阴森,让人不觉感到一股寒气直逼而来。丁宝的手下意识地紧握着手枪,他来到表叔周承德的房门口。

"叔,叔!"丁宝敲着门,耳朵紧贴着门缝。

"谁?"屋里传来周承德的声音。

"叔,是我,丁宝。"

"你小子倒是提前回来了,快进屋。"

"叔,您交代我的事,办妥了。"

"那就好,叔没白疼你。"

丁宝很快就从周承德家出来,匆匆地向二坝方向走去。

丁宝走后,周承德背起粪筐和洋铲又去村里转悠了,他习惯了每天大早去捡牲口的早粪。他走到村西的塘口时,遇见村里几个正要去街上喝早茶的长辈。

"几位老这又要去喝早茶呢!"周承德很恭敬地打招呼。

"是哩,是哩。"

"听说日本人就在江对面,这要打过来了吧。"

"承德,果真来兵了?你又听哪个说的?"

"街上到处在传,飞机把芜湖城炸平了,江里的船沉了好几艘。"

"日本人再怎么打,也打不过江来。"

"我也听说了,县里的救亡会收了几个老蒋的兵,他们在上海和日本人对着干,这能干得过日本人?"

"有这回事?"

"是哩,我家侄子在县上工作,他消息灵着呢。"

周承德看着这几位老长辈晃悠悠的身影,也无心再和他们说什么,迈开步子朝村西边走去。一路上想着丁宝带回来的消息,他要做好准备,在冬至前夕芜湖要来人。自从周承德放弃了经商,在家过着普通百姓的生活,但他也没闲着。他暗中也为抗日出钱出力,有时,他家也会成为临时联络站。

周承德不知不觉走到李寡妇家的后门口,他站住了,然后向前跨出一步,把耳朵贴在窗户纸上听着里面的动静。

"秀莲,秀莲!"

"是承德吗?"好一会儿,屋里才有了回应。

门开了。周承德一进门就钻进了李寡妇暖暖的被窝里,他二话没说,就把李寡妇压在他宽厚结实的胸脯下。

"干什么不开门?"

"我看准了是你,才开。"

一阵干柴烈火式的激战之后,周承德像刚做了一次十公里长跑一样,四肢瘫在床上,他大口地喘气,脑子里一片空白。但他似乎还在享受着游荡在屋里的李寡妇美妙的声音,他的意识逐渐清醒过来。他换了一个姿势趴在床上,心中的怒火又开始燃烧,他想起昨天早上三爷没给他好脸色看,就因为他家小子周富荣去山上了,觉得这是给老祖宗争了脸面,三爷还总爱在人面前显摆。周承德哪受得了这般窝囊气?无论从哪方面讲,他都不会输给三爷。只是三爷那一身羊绒马甲太显眼,穿在他身上特别显富贵。

周承德在县城里转了好几回,都没有见过这件羊绒马甲,听说是三爷从山东捎回来的。

"良丰这臭小子要是还活着,他三爷也就不会显摆了。唉!"周承德深深地叹了口气。

"上次你不是说良丰在上海打日本人吗?"

"上海打输了,他们部队都撤了。"

"再托人找找,老周家的香火不能断。"

周承德在李寡妇家吃完早饭,背着粪筐就出门了。他手里的洋铲在路边的石头缝里刮得咯咯作响,一边走,嘴里还哼唱着几句梨簧戏。

刚才吃早饭的时候,李寡妇不经意地说到她死去的男人的兄弟大麻委托的事情,听说她男人的兄弟在芜湖城是给共产党做事的,周承德心里清楚得很,这次冬至前芜湖城来人,说不定就是山上的人。不管怎样,这几年,他也没少给山上的人办事。

对于这个女人,周承德甘愿为她付出一切,虽然她比不了周良丰的母亲,但她更懂得一个男人的心。他想尽快给李寡妇一个名分,不能总像做贼一样偷偷摸摸地进入这个巷子,每次在天黑进来,他都感到像在做贼。上次被二傻发现了,一传出去,搞得村里风言风语好一阵子。虽然那次是良丰帮他平的事,他也晓得村里人看了他不少笑话。

周承德一生喜欢过三个女人。周良丰的母亲是在1917年春耕时,跟着族里人开始交农起事,后来被县上抓去蹲了大牢,当年就死在了牢房里。他遇到的第二个女人,是周良丰的母亲去世后的第四个年头,那一年,他去上海经商,在芜湖码头搭船时,撞上一个在江边乞讨的姑娘,周承德见她可怜,就给了她一些钱和干粮。一年后,他经过芜湖时,又见到那个姑娘。那次意外见面让他发现,那个姑娘面容姣好,雪嫩的肌肤透着红润,笑起来两个酒窝能迷死人。她用周承德给她的钱在街边摆起了小摊维持生计。姑娘为了报答周承德的救命之恩,邀请他去了她的住处,那天晚上,她要把自己的第一次给救命恩人。周承德虽然喜欢她,但他拒绝了那个姑娘的好意。周承德告诉她,他可以收下她这个妹妹。这个姑娘就是君华,她也认下了这个干哥哥。从那以后,他们便以兄妹相称。周承德喜欢的第三个女人就是李寡妇。这女人,外表看像一团火,其实内心就像是水做的,重情重义,敢爱敢恨,正是因为这,周承德的心被她俘获了。

大麻传回来话,冬至前芜湖来人,这离冬至还有好多天呢。也没个准话,这可让他着急起来。镇上的人到处都在说,江面上所有的船都停航了,看来是千真万确的消息。

这个晌午,村口的老井旁聚集了一些人,他们在谈论着听到的消息。

"看把你能耐的,和叔说,芜湖城进日本兵没有?"周承德问一个刚从县里回来的人。

"叔,日本人的飞机在江上到处飞,扔下来好多个炸弹,听说有两艘从汉口来的大船都被炸沉了,死了好多人。"

周承德快步回到家,他要去趟镇上。

六

周承德从镇上回来，一进村就开始嚷起来，因为他儿子周良丰还活着，听说在芜湖城打日本人。这是多么让他自豪的事情。他在塘口故意提高了嗓音，生怕在井边扯淡的村里人听不到。

"良萍，快去请姚师傅来杀猪，你哥要回来了，良萍，快请姚师傅！"

周承德在喊这句话时，他已经快到老井了，这明显是故意说给其他人听的。他一路小跑着回到家，坐在堂屋正中央的太师椅上，从烟袋里抠出几根烟丝放入烟嘴，拿烟杆的手微微颤抖着，老泪纵横。这两年，好几次有同乡告诉他，说周良丰死在了外头，他以为儿子真的死了，他还在老坟茔特地给大儿子垒坟竖碑。没想到，这个现世报还真的活着，真的活着。今天刚到镇上，就收到一个口信，说周良丰正在芜湖等着过江，很快就要回家了。

前些年，外面的世道不安定，道上常有强盗，周承德为了安全，就放弃了经商在家守着几亩田地过日子。小鬼子来了以后，他就把家里存的家底拿出来支持了抗日。后来周良丰跟随舅舅去了山东学做生意，那是他第一次出远门。本来周良萍也想去，周承德经过几天的前思后想，还是认定周良丰学做生意能有出息，再说，良萍毕竟是姑娘家，在外面跑以后也不好嫁人，周承德就把她留在家中。周良丰和他舅舅这一走有好几年，中途只有一次给家里捎过信，信中周良丰说他要跟着舅舅去山海关打日本人，后来听人说他们北上参加了东北军，再后来，没再给家里捎过信。那一年，周承德去东北打听周良丰的消息,他在哈尔滨碰到一个同乡,那个同乡告诉他,周良丰和他舅舅参加的那支队伍去打日本人,没一个活着回来的。

可现在听到的消息,周良丰并没死,就在江对面的芜湖城。周承德一连猛抽了几口烟,他把女儿周良萍喊到屋里来。

"父亲,我哥还活着?"周良萍还没站稳脚,就欢喜地问。

"活着呢!"

周承德把老烟杆从嘴里拔出来,又使劲地吸了两口,笑眯眯地从太师椅上起身,走到院子里,把墙上已经晒干的猪屎㞎㞎扳下来放到拾粪筐里。

周承德从二坝码头回来时,家里的猪已经杀了,周良萍正蹲在院门口洗猪肠子。

"父亲,今天村里有人回来说,日本人打到芜湖了,江里船都停了。"周良萍急切地说。

"你说你哥这咋回来呀?"

一想到江面的船都停航了,周承德立即悲伤起来,他唯一想去的地方就是李寡妇家,也许只有躺在李寡妇的怀里,才能消除他一切的不安和焦虑。晚饭过后,周承德从屋里出来,把老烟杆插在腰间的麻丝带上,背着手向李寡妇家走去。他到李寡妇家时,李寡妇刚做好晚饭,她从床下面拿出周承德喝剩下的半坛老酒,本来想陪他喝上两口,没想到,周承德一坐下就哭起来,一边哭一边向李寡妇说儿子是个可怜的人,有家不能回,有爹不能亲。李寡妇一见他这副模样,赶忙放下手中的酒坛,心疼地把他抱入怀中。

周承德把李寡妇拿出来的半坛子老酒喝了一大半,剩下的酒又放回了床底下。他拿起筷子夹起粗边瓷碗里最后一块猪大肠送到嘴里,大口嚼了几下便吞下去,又抽了几口烟,才觉得浑身舒服了。

"回去了,我还得去码头边迎迎良丰。"

"还有船吗?你不是说日本人打进来了吗?"李寡妇有些担心地说。

"那也得去。"

"我可等你回来。"

"晓得,走了。"周承德说着便背着手哼着小曲出门了。

"哎,死鬼。"周承德刚走下石阶,李寡妇倚着门喊着。

"干什么?"周承德转过身,站在那里。

"现在舒坦了吧?"李寡妇低着眉瞟了他一眼,笑眯眯地问。

"舒坦着呢。"周承德的嘴角绽出一丝微笑,走了。

"德叔找寡妇咯,德叔找寡妇咯。"周承德还没走到巷子口,就听到巷子外面有人在喊。

周承德一到家,就换了一身衣服,拿起镢头,提着水桶,去操弄院门外墙边的猪粪堆。这个猪粪堆足有一人高,是周承德用一个月的时间拾回来的。周承德先给猪粪堆打了一个圈,然后把堆头上面的猪粪用铁镢头耙下来,再在中间挖一个坑,把一桶水倒进去,然后用镢头把干猪粪捣个稀烂,又用镢头搅和着,就像和送灶面一样使劲。周承德看搅和得差不多了,就把镢头往旁边的空地上一扔,卷起袖子用两只手拢起一堆猪粪揉了揉,然后又用手掌压平,接着用一只手托起来往墙上使劲地一压,等太阳晒干或风吹干就成了猪屎屄屄了。猪屎屄屄可以用来在冬天生火取暖,或者平时生火做饭烧水都可以。周承德觉得,现在的日子挺好,在家踏踏实实过日子,虽然生活苦了点,但心里舒坦。

周承德用镢头把猪粪往墙边拢了拢,回到院子里,在水桶里搓干净了手,就让周良萍把熬好的汤端出来。

"香得很。"周承德眼睛盯着罐子往里看,一阵香溜溜的味道从罐子里冒出来。周良萍盛出一小勺放在碗里,端到他跟前。

"你也喝点。"

"我喝过了呢。"周良萍说。

"味道不赖,你咋做的?"

"这是陈皮打浆,调入茉莉花茶、玫瑰花蜜作引子,味道可不一般吧?"

"是按照我教你的方法做的?"

"嗯!"

周承德用嘴抿了一小口汤。这种做法还是李寡妇教他的。

1928年春时,无为特区委在东乡建立小江坝、李家潭、宋家庙三个农协会,这是无为最早的三个农协会。转眼间,蜀山、黄姑的农协会相继成立。很快,无为特区委在冒新洲召开党员大会,会议传达了中央有关土地革命的政策,决定在无为各地发动农民,开展经济斗争,扩大农协组织,在无城组织工人、店员,建立工会组织。到了秋天,黄姑各地农协也跟着开展了减租减息斗争。当黄姑农协抗租斗争愈演愈烈时,省政府发出电告,通令镇压抗租运动,同时电示驻芜三十七军教导师和芜湖市公安局,要求"切实协助办理",捉拿抗租首领,通缉名单中就有李寡妇的男人。李寡妇的男人被通缉后,隔三岔五就有警察找上门,其实警察对李寡妇的男人在不在家倒是不在意,他们看上的是李寡妇的容貌。那一年入冬,县里一个官来到李寡妇家审讯她,那个官在审讯中趁机调戏了她,刚好她男人回来了,有两个警察上前就用刀顶住了她男人的脑袋,她男人在抗争中被一个警察用刀刺中了胸部。后来,李寡妇用自己的身子向那个官换回了她男人的一条命,当晚,李寡妇给她男人熬汤补身子,她男人喝了汤后,不幸于天明时就死了。后来,村里就传开了,说李寡妇在外偷官,合伙用放有毒药的汤毒死了她的男人。

李寡妇的男人死的那天,村里有好些天都不能平静。她婆家的叔伯、几个舅舅带着一帮人抄了她的家,能搬动的都搬走了,也掀了房顶,又把她在巷子口吊了一天,最后把她绑到县里要法办。幸亏周承德连夜去县里花了大价钱找了关系,才把她赎了回来。周承德的这个举动震惊了全村人,都以为他疯了,沾上这么一个倒霉星。当周承德把她送回家时,村里几个长辈在祠堂里召开了公审大会,公审李寡妇和周承德,结果是为了惩罚周承德,村里有人提议,要让他娶这个倒霉星。后来,周承德有好长一段时间都没敢与李寡妇往来,只要见到对面李寡妇走来,他都是绕道走。时间一长,村里人也不再拿这事说话了,周承德这才能过几天偷偷去一趟李寡妇家。

这一天,有很多人从县城里回到了镇上,他们中有的在县城里做短工,有的做小生意,各种消息也随着他们回到镇上四处传开,有人说日本兵的炮弹把芜湖城炸得稀巴烂,有人说日本兵正在芜湖坐船过江要来炸无为,也有人说日本兵的飞机就像稻田里的蝗虫一样密集,正往无为县城的上空飞。各种消息都传到周承德的耳里,他终于耐不住了,把周良萍叫到他屋里。周良萍看出了父亲的心思,自告奋勇地对父亲说她要去码头接她哥回来,周承德不说话,一直在抽烟,此刻他的心里是翻江倒海一样难受。趁着天黑,他出门了。

七

周良丰和君华带着难民队伍在下庄村一直守到天亮，都没有见到船，他们只好沿着江边一条隐蔽的小路向积水口方向前进。去积水口的方向必经太古码头，这是唯一一条近道。他们距离码头还有大约一里的路程时，从东边又过来许多国民党士兵，他们朝天鸣枪示警，接着有人抬着小木船从码头上下来。他们不知道在哪里搞到了几艘小船，那里有难民正在分批上船。码头上的人群又一次躁动起来，后面的人群向前拥挤着，不断有人从码头上摔到下面的枯石滩上，警戒线被拥挤的难民冲破，他们争抢着要上旁边的小木船。突然，轰的一声，小船被一颗从天而降的炮弹击中，船上浓烟四起，大火瞬间吞没了小船，船上一片惨叫，接着碎尸纷纷落入江中。而日军的飞机仍盘旋在空中，飞机轰炸、机枪扫射，情况十分危急。码头上所有人开始向江堤上逃跑。

玉蓉在惊恐之下紧紧地跟随在君华的身后，她的身体几乎贴到了君华的后背。她的两腿好像不太听话，迈不开步子。

"跟着我。"君华感觉到玉蓉的紧张，她抓住了玉蓉的手。

码头出口处出现了拥堵，身体强壮的男人包括很多国民党士兵都拼了命往前冲，试图冲破前方的关卡获得逃生的机会，可怜了妇女儿童和那些体弱多病的老人，他们被拥挤的人群挤到了后面。一阵尖叫声从人群中传来，有人被踩倒在地上，又一声枪响，有士兵在朝天空开枪，人群像炸了锅一样四处散开，码头出口处的关卡被推翻，人群像潮水一样拥了出去。

"往那边跑。"周良丰在前面指挥着大家，前头是他的士兵在开路。

"瞎跑什么？"周良丰一把抓住正要跑进路旁蒿子丛的伊藤正雄。

"你想死啊？这边！"周良丰把他拉进了队伍中。

本来伊藤正雄是要趁这个机会离开这支糟糕的难民队伍，他和村上次郎已经做好了一个秘密计划，可是还没有实施，就被周良丰阻止了。他也深知，在这支队伍里待的时间越久，他和村上次郎就越有可能暴露。他对村上次郎说，眼下的情形，要尽快离开这支难民队伍。

头顶上有飞机的轰鸣声，江中也响起了炮弹的轰炸声。这是个如噩梦般的日子。玉蓉觉得脑袋里嗡嗡作响，突然发现脖子上在流血，她想起来，刚才在码头的出口处冲出来的一瞬间，有人抓破了她的脖子，她从裤子上扯下一块布条围住脖子止血。她再回头看向江面时，木船已经完全烧毁，江面上到处漂浮着尸体。

这是一条青石板铺成的街面，街道两旁的商铺都已经关门歇业，整个街区空空荡荡的，地上有菜架、木轮子、行李箱、粪桶，被炮弹炸过的大坑里有几具尸体横七竖八地躺着，弹坑旁的几间木房子已被炮火点燃熊熊燃烧起来。

大麻从一处燃烧的房子里钻出来，他在取一份情报。他还要找一些食物带回去，他对周良丰说出来给大伙找些吃的。有一个杂货铺的房顶刚着火，他破门而入，里面有地瓜、粉丝、白萝卜、土豆。

大麻取到的这份情报已经是三天前的了，由于形势不好，消息来得比较慢。但他相信送这份情报的人一定离得不远，也许就在他身边，这是他多年工作的经验给他的直觉。情报上给大麻传递了两个重要的信息：一是芜湖城未暴露的地下党党员要以最快的时间过江去江北，二是叛徒就在难民队伍中。第二个信息是他没有想到的，难民中有奸细，意味着这支难民队伍随时都有危险。一路上，大麻的脑袋里都在过滤难民队伍里的每个人。

这是下庄村一个普通农户的房子，外面有一个一人多高的土墙垒成的半个院子，这里的农户都已经逃难去了。周良丰和君华把所有人先安置在这里，他们在筹划着如何过江，也在等待着老五的沙船。在院子中央的石磨旁，有一个石桌和几个石凳，周良丰、君华、大麻分别坐下，玉蓉和小七在一旁给大伙分食物。大麻心里很明白，他得到的这份情报，现在还不能告诉周良丰和君华，这里每个人都是怀疑对象。目前只有见机行事。

"我要去一趟安全区。"君华的半个身子倚着灶台，噘着小嘴说。

"你疯了，日本兵正在进城，你一个女人，走在大街上，不怕遭那帮小鬼子绑了？"周良丰第一次显露出一丝关心的语气，这让他自己也没想到，他倒不是对这个女人心生同情，而是不愿意看到她遭小鬼子的罪。

"我不怕，安全区有我的朋友，是美国人，也许，他们能帮忙。"

"周长官说得对，现在外面乱得很，还是小心为好。"大麻在一旁迎合着。

君华到底还是决定去一趟安全区，这是她现在能想到的唯一的办法。她想起丁宝对她说的话，老五就是一个无赖。她现在也不指望老五了，或许去了安全区，还有办法。周良丰为了她的安全，安排了一个士兵换成便装跟她一起去。临行前，君华交代哑巴要照顾好玉蓉。

君华在出门前，来到玉蓉跟前，她深情地看着她，往日的那种娇气、焦躁、倔强在此刻都一扫而光。她不能告诉玉蓉，她就是她的亲生母亲。她如何说得出口？在大家的眼中，她就是一个没有自尊、没有灵魂的坏人。有时候，她自己都感到全身的肮脏，又怎能配做玉蓉的母亲呢？

君华从箱子里拿出她最心爱的红色羊绒棉袄放到玉蓉手里，她的手握住玉蓉的肩膀，然后一使劲，紧紧地搂住了玉蓉。君华第一次感觉到作为一个母亲内心的那股炽热，她第一次享受到一个母亲的幸福。在玉蓉的脑后，君华的泪水一滴一滴地从她的眼眶里流出。

"哑巴会保护你的。"

君华的这句话是略带着沙哑的声音说出来的，好像这就是最后的告别。她这次冒险去安全区，是否能活着回来，她心里一点把握都没有，去了，或许还有一点希望，她不能让玉蓉落入日本人手中。

对于君华这个举动，玉蓉丝毫没有察觉到特殊的意义，她认为就是这个像姐姐一样的女人对她的一种同情和关爱。她站在那里，像是跟一位老朋友道别。玉蓉没有说话，她不知道要和这个女人说些什么，因为她们不是一路人。她手里捧着这件崭新的软绵绵的棉袄，也感觉不到温暖。她只能默默地看着这个穿着一身很不协调的格子棉衣裤的女人走出了大门。

君华出门的那一刻，周良丰迈着小步走到玉蓉身边，他看了看还在发呆的玉蓉，又转过头朝门外望去，他不否认，他有些后悔同意她去安全区，这是一种冒险。虽然这个女人是莺花坊里的一个戏子，但她毕竟是中国人。远处的火光把黑暗中的天空烧得通红，日军还在向城区投放炸弹，爆炸声接连不断地由远处传来。东门的日军应该正在进城了。

"没想到这个女人还真不怕死。"

"我看你也不简单。"

大麻本来是想借着这个机会探探周良丰接下来的打算，才跟着周良丰到了后院。如果有周良丰的配合，要完成上级交给的任务，那就不是什么难事。而此时周良丰心里也在盘算着一件事，他看出了大麻这个人并不简单。

"周长官，有什么事，你就说吧。"大麻把两只手套在袖筒里，跺着脚在院子里转着圈小跑着取暖。他也看出了周良丰会有事找他。

"你不也有事要和我说吗？"

"还是你先说吧！"

"大麻兄弟果真不是一般人，那我就说了，你是那边的人吧？"

"周长官过奖了，我是哪边人不重要，重要的是我们都是中国人。"

"你们一定有办法搞到船，听说，没有什么你们办不到的事。"

"看来只有我们联手了。"

大麻和周良丰这样的谈话，双方都已表明了各自的态度。如果要得到周良丰的帮助，必要时亮出自己的真实身份，能更好地达成合作。这是上级给大麻明确的指示。通过这两天的观察，他确信，这个国民党军官是值得信赖的。大麻说完，回到了堂屋。小七和玉蓉、哑巴已经给每个人分配了食物，小七卧在稻草上躺下了，哑巴按照君华的指示守在玉蓉身边。微弱的灯光下,玉蓉从怀中掏出了冰心的诗集《繁星》。

小七并没有睡着,大麻交给了她一项秘密任务,就是暗中观察这支难民队伍中可疑的人和外来的人。队伍里人并不多,外来人员很快就锁定了,一共有四个人。有两个商人模样的,操一口外地口音。他俩就坐在玉蓉的身边,不时凑上去和玉蓉聊几句。另外一个是年纪在六七十岁的老太太,听说她是从南京那边一路讨饭过来的,看样子她并不可疑。还有一个是玉蓉,小七已经把她排除在外。小七把注意力放在了这两个商人身上。这两个人就是伊藤正雄和村上次郎。

半夜,伊藤正雄和村上次郎从锅灶上面一个大约一人宽的夹缝里的窗户钻了出来。所有人一进这个屋子的时候,伊藤正雄就发现了这个比较隐蔽的窗子,他趁人不注意时,用柴火遮住了窗子。他们趁着夜色,在冰冷的寒夜里,一路小跑,沿着村后的泥洼沟出了下庄村。伊藤正雄做出了决定,他们要去城东,和自己的部队会合,再想办法去汉口。伊藤正雄凭着记忆从这条路一直往前走,天空中没有了月光,这让他们的前进有了很大困难。村上次郎一路上都是紧跟着伊藤正雄的步伐,尽管摔倒几次,也是紧紧地跟上,但他总觉得身后有人跟着。

"伊藤君,后面可能有人。"

"别说话,跟上我,不要看后面。"

伊藤正雄从口袋里掏出手电筒,他看了一下手表,这个时刻,国崎支队应该已经到了城外。伊藤正雄和村上次郎确定了去往城东的方向,他们加快了脚步,要赶在天亮之前和国崎支队会合,他希望他父亲的朋友能帮助他们去汉口。

"村上君,你是长崎人?"

"是的,伊藤君。"

"来中国多久了?"

"三个月了。说实话,我很想家中的姐姐。"

"打完仗,就可以回家了。"

"不知道什么时候才能打完仗,我姐姐是我唯一的亲人。"

"你父母呢?"

"都死了。"

一路上为了消除内心的紧张感,村上次郎向伊藤正雄说起了他的父母。在他们行军和执行任务中,村上次郎并没有把伊藤正雄当一个下属,他们成了很好的朋友,村上次郎这才愿意告诉伊藤正雄家中的一些事情。

村上次郎的父亲村上新一是长崎高中的一名教师,也是日本较有影响力的作家,他从骨子里是反对战争的。1933年2月24日,松冈洋右登上了日内瓦的国联讲坛,他在演说中极力为日本在中国的所作所为辩护。这让村上新一对本国在青少年的教育上感到失望,从他所掌握的各种信息来看,他不相信日本政府能将中国改造成一片稳定、繁荣的乐土,更不相信他们能帮助数以千万计的中国人民摆脱困苦不堪的境地。这些都是欺骗本国民众的鬼话,毒害青少年的鬼话。他们是为了骗更多的青少年投入战争中去,最终这些无辜的孩子都成了军国主义政府的炮灰。村上新一也有孩子,他不愿意看到他还未成年的孩子将来也遭到政府的蒙骗,便开始通过匿名的方式向《改造》杂志和《妇人公论》杂志投稿。他在文章中强烈谴责日本军队在满洲的军事行动,称之为"自我失败",并预言这场战争的结果是要日本国内用更大的代价来偿还。这一年夏天,警察开始大肆搜捕一些自称为共产主义者的著名人士,其中就有村上新一和长崎高中的其他几名老师。所有被抓的人都被指控传播有害的思想而被处死。

村上新一死后,他的妻子带着两个孩子回到了乡下,一家人打算在乡下过着无忧无虑的生活,可他们还是受到了村上新一的牵连,最终那些警察找上了门,村上次郎的母亲被带走了。一个星期后,村上次郎从广播里得到母亲被害的消息。

父亲和母亲用生命的代价并没有换来村上次郎的平安。三个月前,他和几个同学被强行换上了军装,当天下午又上了运兵船,船在海上行驶了九天后到了中国。那一天他有了一支崭新的钢枪和行军的简单装备,他和同学们甚至连基本的实弹射击都没有来得及训练就上了战场。这三个月以来,他打出去二十六发子弹,但没有杀害一个中国人。

前方大约两百米处向左拐,有一条路直通城东,村上次郎记得这条路,上次执行任务时,他和伊藤君来过几回。虽然是夜间,身旁邮局门头大大的招牌隐约可以看见,这让他很快分辨出了方向。他心中一阵惊喜,马上就和部队会合了。

"伊藤君,有情况。"有一个黑影奔向了通往城东的路口。

"隐蔽!"

这个黑影就是大麻。

伊藤正雄和村上次郎正在筹划准备跳窗,小七就已经把他们的异常行动及时告诉给了大麻。大麻也是从那个窗户出来的。大麻一只脚刚蹬上窗台时,周良丰出现在他的身后,他本以为周良丰会把他绑起来,没想到,周良丰扔给他一把手枪。

"大麻,我等你回来。"

"谢谢周长官!"

大麻这才知道,原来周良丰也有所行动了。

大麻一路跟踪过来,只要他俩上了去往城东的路,那么他的判断就是准确的,他就会采取必要的行动。这个任务对于他来说,也许更重要。尽管上级说这个任务可以指派别的同志来完成,但他觉得自己是完成这个任务的最佳人选。其实他也想回到部队去。今年10月份,南方八省红军游击队正式改编为新四军,大麻就有了一个心愿,他想跟着部队上战场冲锋杀敌。可眼下的任务还没有完成,他又怎么能离开芜湖呢?

大麻从黑暗中站出来,挡住了伊藤正雄和村上次郎的去路,他已经能够确定,这两个人不是自己人,也不是周良丰他们的人。

见大麻挡住了去路,伊藤正雄知道眼前这个中国人开始对他们产生怀疑了,这个时候,这种怀疑非常可怕,他和村上次郎再也不可能回到难民队伍中了。伊藤正雄庆幸的是对方只有一个人,他二话没说,从腰间拔出一把短刀,向大麻扑过去。接着,村上次郎也从腰间拔出了短刀。

大麻早就做好了准备,但他此刻不能开枪。如果这两个人只是普通的商人,开枪就会伤及无辜;如果他们是敌人,他还要得到更多的情报。他有信心对付这两个人。夜色中泛出一点月光,大麻不动声色地站在他们面前。他发现仅有的一点月光中有一把尖刀向他袭来,他左脚向后退出一步,身体稍微一个后侧,尖刀呼啸一声从耳边刺过,大麻快速地向伊藤正雄的头部打出一拳,接着,他抬起右腿,使出一个单飞腿直中村上次郎的胸部。大麻这一连串快速的动作,让对方没有伤到自己半根毫毛。伊藤正雄和村上次郎也很快稳住了脚跟,他们准备再一次发起攻击,他们摆开了阵势,一前一后夹击进攻,他们同时向大麻扑过去。两把明晃晃的刀带着一股寒气逼来,大麻直感到后背发凉,当身后的那把刀接近他的后脑勺时,他的左手已经擒住了伊藤正雄拿刀的手腕,同时,大麻的枪口已经顶住了伊藤正雄的额头。

大麻被炮弹的气浪推出了几米之外,他醒来的时候,发现自己躺在一个人的背上,背他的人是周良丰手下的一个士兵。

大麻想起了刚才的情形。当他的枪口顶住了那个人的额头时,一颗炮弹刚好落在离他们不远的地方。

八

丁宝和周承德前后脚到达二坝码头,此时江面上起了风。江边已停放了很多大大小小的船只,江堤上闲散地坐着一些人。周承德走过去,一打听才知道,日本兵真的封航了,所有民用的船只都过不去,只能停在这里等待通航。有两个伙计去了他们船上在做出船前的各项准备,他们把桅杆的绳索加固,测了风的转向,又下到船舱里将前两天下雨进的水排出来,一旦通航,就要快速通过这一段水域。天气冷了起来,江堤上的人受不了这个鬼天气,都陆陆续续回到各自的船上休息。周承德裹着大衣跟着丁宝上船了,他坐在甲板上,看着对岸的芜湖城,日军的飞机穿空而过。芜湖城里的轰炸声紧密起来,船舱里的人都钻出来上了岸,有人惊慌,也有人大骂日本人是牲口,岸上的人慌乱起来,他们担心飞机会飞过来。

"有船,大家快看!"顺着喊声望过去,在江中间,有一条小船正向这边划过来,再细看,在小船的不远处,好像是木筏,也在忽隐忽现向这边漂来。岸上的人更紧张了,有人提议跑,说小船上和木筏上可能是日本兵。人们纷纷向身后江堤下的林子中跑去。

"快跑,日本兵来了!"有人在喊。

江面上有两架日军的飞机飞得很低,发出巨大的嗡嗡声。从飞机上扔下的两颗炮弹把水面炸开了花,江中的小船和木筏被爆炸的巨浪掀起来。这时,人们才确信小船上和木筏上的人不是日本兵。他们又回到了江堤上。

"我们要去救人!"周承德喊着。

"叔,您老好好待着,这里没您的事。"丁宝赶紧制止了周承德。

"刚才小船上肯定不是日本兵,要是日本兵,怎么会被炸呢?"钱大春的话让大家更确定,有人开始站到船头。

"一定是逃难的老百姓,我们要去江中救他们,说不定还有活着的。"

"丁宝哥,我们要不要去?"二炮问。

"你怕不怕小鬼子的飞机?"丁宝问。此时江面上的风停了,水面静如镜子,但依旧能感到一股阴冷的气息向这边袭来。

"人还是要救的。"周承德坐在丁宝身后,小声地嘀咕着。没有人再出声了,谁都知道,出船去江中救人,也许就像刚才那一声巨响一样,会被炸死在江里。

"我去。"顺子站出来。

"我也去。"二炮说。

"我们也去。"钱大春也站了起来。

"人一定是要救的,毕竟我们都是中国人!"周承德也站起来,他提高了嗓音说。

"要去你们去,别看着我,我还想多活几年。"老五转身走进了船舱。

"不把日本兵赶出中国,你想多活几年,没那么容易!"

老五被周承德这一声镇住了。是啊,日本兵这样糟蹋我们的国家,糟蹋我们的同胞,我们还能活多久呢?老五皱紧了眉头。

经过一番激烈的讨论,一个救援小组确定了,由水性好的老五带几个人去江中救人。

四个男人上了一艘货船出发了,大家都在岸上焦急地等待着、期盼着,每个人的心都悬到了嗓子眼,所有人的目光都跟随着去救人的船向前移动着。

老五他们的船回来了。刚才的轰炸,有十几个人都死在了江中,老五他们从江里只捞起一个女人,那时她还有一口气。很快,这个女人被转移到另一艘船上。有人开始生火烧水,有个老太太在给她换衣服,有一个兽医从他的船上拿来药品给她救治。很多人都聚集在这条船上,围在这个伤者身边,等着她醒来,他们迫切想知道江那边现在的情况。所有人沉默着,江水拍打着船身,浪声一声接着一声,火炉里火苗蹿得老高,柴火声吱吱作响,所有人的脸被火光映得通亮。

丁宝和周承德也跟过来,丁宝掀开舱帘,伸头朝里面张望,里面黑压压地围着很多人,周承德踮着脚伸长脖子,也没看清里面的情形,他只好站在外面听里面的声音。好像刚才受伤的人在说话了,大概是说关于芜湖城被日本兵进攻的状况,舱里的人一阵愤怒,情绪也一阵高涨。这回,周承德听清楚了,芜湖城城东已经有日本兵在攻城了,芜湖城保不住了。

"那边还有好多人过不来。"受伤的女人说。

"过得来过不来,那就要看命了。"丁宝钻进船舱里,躺在麻袋上,又从旁边扯出盖布盖在身上,把头缩进去。

外面乱哄哄的,听不清说什么,有很多人在说话,还有拉帆和木板撞击的声音。

"丁宝哥,有船要去对岸接人,还不是一条船呢。"

"二炮,你哥耳朵不聋。"

"他们说的,哥都听着了,那你的意思是……"

"谁叫我们是警察呢。"丁宝坐起来。

"怕是要死人了,这些人就是贱命,我才不蹚这浑水。"老五跳进船舱里,情绪激动地嚷嚷起来。

"丁宝,你说说看,他们是不是看中咱家的船大?"

"船大未必是好事。"

"此话怎讲?"

"船大装人多,但目标大,容易暴露。"

丁宝这句话倒是提醒了老五,他似乎明白了什么,又跳上甲板,对着刚才让他出船的那些人说,这么大的船在江中很容易暴露,肯定会遭到日本兵的飞机轰炸,到时候船上的人都得死。

"这个船小,给你用,这个船主昨儿个夜里淹死在江里了,我不会划船。"

  有个男人说话了,他首先向大家介绍了自己。他是扬州人,在安庆做先生,他在去安庆的途中,路过无为城看一个亲戚,本来他雇了这艘小船去安庆的,没想到在此地遇上日本兵封航,船主也死了。这时大家开始七嘴八舌地介绍自己,气氛不再像刚才那样紧张了。丁宝和周承德在人群中找个空隙坐下,听着这些人说闲话,周承德在想,等到明天天亮,如果还不通航,只好反道回家。这样的天气让人难受,异常地寒冷,他们宁愿让寒冬的冰冷刺着皮肤,也不愿意回到船舱里取暖。

  半夜里,当很多人开始打盹儿时,有人开始小声地哭。在江堤半腰处的草坪上,老五从工具箱里拿出两根红色蜡烛点上,插上五根灰色的香,香头的火点闪耀着,让人觉得这样的夜有些诡异。老五跪在地上,叩拜三回,然后坐在地上开始哭起来,一边哭着,一边喊着亲娘。民国十六年(1927)4月上旬,北伐军到无为的第三天,国民党县党部在老衙口召开军民联欢会。会上,群众要求县长高寿恒惩治"邢学年案"凶手,高寿恒并不理睬,会后有积极分子谋划逮捕高寿恒,逮捕行动失败,积极分子被迫解散。老五的母亲就是当年积极分子中的一员骨干,在那次逮捕行动中,老五的母亲被逮捕她的人挑断了脚筋,然后被那帮人扔进了江里。

  丁宝被哭声吵醒,尽管哭声很小。他和二炮离老五点香叩头的地方不足三十步,他被蜡烛的火光着实吓得不轻。他以为自己在梦中,丁宝使劲地拧了一下自己的大腿,在他感到疼痛之后,才确信自己还在现实中,他推醒二炮,向老五走去。本来江上封航就让所有人感到烦躁不安,偏偏在这个时候,老五不顾及大家的感受,点灯烧香。有人一脚把蜡烛踢得老远,几个男人把他从地上拖起来,一直拖到江堤下面的水沟旁,有人在后面一脚把老五踹到水沟里。

  "大家冷静,冷静!"周承德挤到人群中间,把老五扶起来。

  "砰!"

  "大家听着,我是警察,谁破坏治安,别怪我不客气。"

  丁宝和二炮站在船头,丁宝朝天开了一枪,人们这才安静了下来。

一阵骚乱过后,大家全无睡意,又围坐在一起。被他们从江中救起的女人一瘸一瘸地走了过来。

"你们有船,应该过江去救人。"

"老子的命也是命。"

女人的话一出口,立即有人反驳。

"我去!"

大家朝着声音的方向看过去,丁宝和老五正在解船头的绳子。

为了更好地隐蔽,丁宝征用了那位安庆先生的船。船是在后半夜出发的,丁宝和老五在船头指引着方向,二炮、顺子、钱大春充当划手,船在夜色里消失在黑暗中。

今夜的江面比以往任何时候都黑,周围没有一点灯光,以往这个时候,江面上还会有来往的船只通行。大家把船划到江中心时,起了风,还好钱大春和顺子都是驾船好手,熟悉水路的老五在前面探水,船顺利地避开了旋涡。船到达太古码头附近时,已接近三更。丁宝让大伙把船停在距离太古码头百米开外的林子里,他和老五上岸去探情况。码头上已是空无一人,从这里能感受到芜湖城已是死一样的寂静,几乎听不到一点声音,随着空气的流动,有一股烧焦的味道和硝烟的刺呛味钻进鼻腔里,让人难以呼吸。丁宝和老五刚从一个斜坡上岸,前方就传来了人的脚步声。

"快跑,再不跑就没命了!"

"老乡,怎么回事?"丁宝拦住一个人问。

"城东,鬼子要进城了。你们咋还不跑?"

此时,丁宝的心里更为焦急,他在担心另一件事。

"老五,太安静了!"

"是啊,太安静了!"

"老五,你带着大伙去下庄村与君华他们会合,我去办点事。"

"这黑灯瞎火的,你去干啥?"

"别管了,天亮后,我们在下庄村会合。"

接近天亮的时候,老五带着几个人回到了下庄村,他没有看见君华,却发现他的院子里来了很多难民,还有当兵的,他认识大麻的徒弟小七,这才听说这些人是跟着君华来等船的。

"你就是老五吧?我们可等你一晚上了,船呢?"

"什么船?你找错人了吧?"

"少跟我废话,船呢?你没看见这一大帮人都在等船吗?"周良丰把枪顶在老五的胸口。

"君华姐去安全区了,到现在还没回来。"玉蓉在一旁小声地说。

"现在哪还有船?船都给你们当兵的征收了,你们当官的只顾逃命。"老五气势汹汹地说。

"你不也在逃命吗?"周良丰把枪收回去。

"就是有船也装不下这么多人。"

老五从灰暗的光线中看着院子里和屋里的这些难民,即使再有一条船,也不可能装下全部的人,现在的情况,大家还不为了上船打得头破血流?老五暗中提醒二炮和顺子几个人,谁也不许说出有船的事。他要等丁宝回来再决定。

大家一听说没船,院子里便有女人呜呜呜地哭起来,说没法活了,吵着要去跳江,这时有几个人死死地把她摁住,大家好说歹说了一番,那个女人才安静下来。有人在安慰她,也有人在发牢骚,更有人吵着要离开这个鬼地方。

"都听好了,我是警察,谁要是破坏治安,闹事,别怪我手里的家伙!"二炮学起了丁宝,这一招果然管点用,但还是有几个人闹着要出去。

"想死就出去,我不拦着。"周良丰拉开二炮。

那几个人老实了,又乖乖地坐回去。

玉蓉紧挨着小七坐着,她在这里现在只能和小七说话。小七比她大四岁,她管小七叫小七姐姐。玉蓉已经两天没睡了,这里总是乱哄哄的,搞得人心惶惶、紧张兮兮的。

"我要是找到我父亲,就不会受这份罪了。"玉蓉在小七的耳边小声地说。

"你很勇敢,一个人跑这么远。"

"说说你,你怎么不和家人在一起?"

"我是江北人,前几年,家里遇上荒年,我们一家人只好去南京投靠大伯,我父母亲饿死在路上,后来,我师父见我可怜,就收留了我。"

玉蓉没想到,这个小七姐姐也很可怜,但她很坚强,不畏惧苦难,这让玉蓉打心眼里敬佩她。

夜里气温急剧下降,冷得皮肉紧紧地揪在一起,大部分人都昏沉沉地睡去,他们缩成一团,有两个人或三个人依偎在一起的,仅靠一件单薄的大衣盖在身上来取暖。玉蓉找来一些稻草铺在地上,她和小七挨着坐在一起,尽管增添了一些稻草,还是感到地上的冷气钻进了皮肤里。

"好想睡!"

玉蓉的头依靠在小七的后背上,微弱地说。

"小七姐,你在想什么?"

"想我师父和君华姐,他们怎么还不回来?"

大麻脑袋里嗡嗡地响,他能感到背他的人跑得很快,他躺在背他的人的背上,用力地睁开眼睛,眼前一片漆黑。他们从一个巷子跑到另一个巷子,巷子里、街道上,非常安静。

大麻隐隐约约听到背他的人在说话。他也听到两声枪声,鬼子真的进城了。接下来,枪声密集起来,应该是从城东那边传来的。

"快……快回去……"

"忍一忍,快到了。"

此刻,大麻心里非常焦急,鬼子一进城,必然会进行大面积的烧杀抢掠,也会对城内的地下交通网进行破坏。他现在唯一想到的就是他要在鬼子行动之前,找到那些地下党同志,乔装打扮成难民,然后一起过江。要完成这样的任务,可能要借助周良丰的力量了。

因为,叛徒可能还在难民当中。

九

　　大麻回到下庄村的时候,天刚亮,这时的江面上映出一些通红的光,今天的天气好起来了。他后背伤口处的血已经被冻得凝固成一个大血块。小七和玉蓉负责给大麻清理伤口和包扎。

　　终于有人熬不住了,十几个人打起来了,是为了口吃的。他们为了几个萝卜和地瓜动起了手,甚至门后面的铁锹、扁担,地上的石头都被他们当成进攻对方的武器。他们打成一团的时候,周良丰已经带着他的士兵去巡防了。

　　周良丰回来的时候,这里已经平息了战火,那是因为有两个人被打成了重伤。老五和顺子坐在一旁看热闹,只有二炮一个警察力量太单薄,他无法制止这场搏斗,当有人倒下的时候,老五怕出人命才出来制止。

　　周良丰对他们这些破事已经顾不上了,他冲进了房间,二话没说,就把屋里其他的人轰了出去。屋里,只有他和大麻。

　　"城东那边,鬼子正在进城。"

　　"周长官有什么打算?"

　　"赶紧想办法搞到船。"

　　眼下的形势比想象中更糟,日本兵前进的速度已经超出了预期。周良丰的侦察员回来向他报告,部队只留下一个连在城东防守,其他的官兵正在做最后的撤离,那些当官的把能搬得动的东西只管往他们事先征用的船上装。周良丰已经和部队断了联系,他不需要电台,也没有派人去和上峰联系,他始终对自己说,他要尽到一个军人最后的责任,那就是让这些难民能够安全地渡江。但他肚子里有一团火要喷出来,这都什么时候了,这些难民竟然还在搞内斗。

他大步走到院子里。

"都给我听清楚了,从现在开始,谁再闹事,我就把他扔到江里。屁大点事都要斗个你死我活,有本事就和我一起打鬼子,没本事的别一天到晚瞎胡闹!"

周良丰这一顿骂倒是很痛快,也很管用,没有一个人敢再吱声,就连老五、二炮都在一旁老实得很。其实大家心里都明白得很,情况不如之前那样好了,他们相互争执,是因为内心的恐惧。

"周长官,没吃的了咋办?"人群中有人大胆地问。

"忍着,忍不住也得忍,过了江就有大米饭吃,管饱。"

"周长官,我有一条小船,藏在崖子口。"大麻小声地说。

"先别声张,人多,一条小船不够用,但总比没有好。"

"你派一个兄弟跟着小七去崖子口。"

周良丰很快就做了安排,他很清楚自己的身份,但他的身份只有他自己知道,因为在皖南地区能够证明他身份的人已经牺牲了。没办法,他在判断大麻的身份后,只好主动接近他。

小七在做出发的准备,她脱下棉袄,将一根细长的绳子系在腰上,然后把一把有筷子长的尖刀插在绳缝中。她穿上棉袄时,玉蓉从外面进来。

"你去哪儿?"

"我师父让我去办点事。"

"我都看见了,你还带了刀。"

在这支难民队伍中,玉蓉也只有和小七能说上话,看小七要走,她有些不舍。

大麻和周良丰给小七交代了几句后,小七、玉蓉还有一个士兵从后门出发了。

君华一早从安全区出来,她确认了这是通往下庄村的方向。她从在安全区担任卫生员的朋友那里得到确切的消息,芜湖城不可能守得住,守城部队已经全线往外撤离,就连救济队的船只都被当兵的强行征用了。她本来还抱有一线希望,现在的结果是战地救济队、安全区、狮子山圣公会堂、凤凰山萃文书院、太古码头圣母院等都没有办法搞到船。君华感到有些绝望,她走在空荡荡的街道上,有些失魂落魄。

街道两旁到处都是被炸毁的房屋,炸碎的青砖绿瓦和残余的屋梁柱挡住了去路。君华努力地攀爬上砖瓦堆,又很吃力地翻过去,一股烧焦的味道呛得她直咳嗽。一不小心她被一块正在燃烧的门板扣子绊住了脚,身子重重地摔在砖瓦上,她忍住疼痛,用右手吃力地将整个身子撑起来。

这边的街道上依旧没有人,两边房屋都倒了半截,做生意的家什散落得满地都是。一队士兵从身后跑过去,看他们匆忙的样子,应该是去江边。君华强忍着饥渴和刚才摔倒的疼痛,穿过了这条无人街区。

"丁宝,丁宝!"

"你怎么在这里?"

丁宝从前面一个铺子里出来,他刚好和君华打了个照面。

"我刚从安全区出来,没船了,我们得想别的办法了。"

"现在老百姓只能眼巴巴地看着那些当官的跑路。"

"老五呢?这王八蛋真是无赖,上了老娘的床,却不见人影了。"

"走吧,回去再说!"

丁宝搀扶着君华从一片废墟中穿过。

丁宝本来悬着的心终于落地了。他确信情报已经被送出去了,现在他只有等机会与收情报的人接头。他身上穿这身皮,巷子里的人平时都不喜欢他,但很快他就可以脱去这身皮了,现在也没人去关心他是死是活,还不如实打实地为老百姓做点事。这一路上,丁宝的心里那叫个痛快,他第一次感觉自己真正做了回中国人。这种体会让他既兴奋又有些怨气,他想到这几年一直守在这里,有时候那种寂寞能让一个人去死。

"丁宝,老实说,你是不是做了见不得人的事?"君华还是很好奇这个时候能在这里遇见丁宝,她试探性地问他。

"我知道我丁宝平时不招人待见,但我也有良心。"

"这年头,有几个真正有良心的?"

君华这句话不是凭空说出来的,她总是抱怨命运不好,也不怪她,她从小到大就没过过好日子,现在女儿就在眼前,却又遭到小鬼子攻城,这守军一走,谁死谁活就只能听天由命了。君华想好了,她死,也不能让玉蓉死。

昨夜听安全区的朋友说,安全区不再接收难民了,现在的难民数量已经远远超出了他们接收的能力范围,换句话说,安全区不一定是最安全的地方。现在连安全区都缺药品和食物,再这样下去,安全区里的难民也会发生内乱,这是迟早的事。君华想想心里都感到害怕,这是什么世道,这帮小鬼子真的不想让人活命了。尤其是在安全区里,君华看见那些难民,一个个都像掉了魂似的,他们的眼睛里除了恐惧和绝望,没有别的了。她还清晰地记得她刚进安全区的时候,看见一个和她年纪一般大的妇女,怀中抱着个婴儿,跪着讨吃的,她可怜巴巴地说她的孩子已经两天没吃东西了,她不愿意相信她的孩子早就死了。这个画面一直在君华的脑子里挥之不去。

君华感觉到脚底板一阵酸痛,应该是刚才翻过砖瓦堆时不小心伤到了。

"丁宝,我走不了了,你背我走。"

君华的这个请求对于丁宝来说,让他有些犹豫,但很快,他二话没说,在君华的跟前半蹲下身子让她趴在他的后背上。这时候,丁宝又觉得这个女人其实也挺可怜的,平日里看起来光鲜照人,实际上也是个苦命的人。有一次夜里,丁宝在巷子里看见她烂醉在地上不省人事。

"不行了,你自己走吧。"

丁宝把君华放下来,他不能再背了,这是他第一次和一个女人的身体亲密接触,他的脑袋里好像被什么东西塞得满满的,想不出任何东西来。

"怎么,头一回碰女人的身子吧?"君华轻声地笑着说。

丁宝不搭理她,只顾往前走。

前面是一个池塘,水面结了一层厚厚的冰,在池塘的对面,有两间完好的茅草房。在这样安静的早晨,只有君华和丁宝两个人走在这空荡的郊区。突然间,那两间茅草房里拥出很多人,他们中有的抱着行李四处张望着,有的抬着担架走出来,还有几个穿着护士服的姑娘在挥着手说着什么。刚刚平静的空气一下子又紧张得凝固起来,看样子他们是在寻找撤离的出口。丁宝和君华走近他们,一问才知道,他们原来是收尸队和前线救护队的人,他们担架上抬着的就是从小鬼子的炮弹下抢出来的伤员。

一声巨响,一颗炮弹从天而降落在人群中,顿时,青石板被炸裂,抬担架的人和轱辘车的木架子一起飞上了天。被炸死的几个人的尸体落到冰面上,重重地砸出一个冰窟窿,随后尸体沉入水里。

君华不敢朝后看,总觉得日本人的飞机跟在她的身后飞。飞机的声音越来越近,君华忘记了丁宝,她一个人发了疯似的往前跑。在街道的拐弯处,她撞上了丁宝。

"跟我走!"丁宝抓住了她的手,他们拐进一个胡同,从一个隐蔽的小门进去,再往左拐,经过一个寺庙口,来到一个围墙边,这里有一个洞。

"我们先躲在这里,等日本人的飞机走了,我们再从这里出去。"丁宝说。

"差点就没命了。"君华似乎还没回过神来,她感觉刚才那颗炮弹就落在她的身边,或许再近一点,她就真的没命了。

"放心吧,我们的命金贵着呢。"

丁宝和君华躲在洞里,这里是寺庙后院最里面一个角落,空间只能容纳两个人,或者说,他们中谁再胖一点,这个地方就容不下他们了。君华的身体紧挨着丁宝,她偷偷地打量着这个既不熟悉又不陌生的男人。她突然感觉到丁宝的身上有一种正气,这是在之前从来没有感觉到的。

一切很安静,好像周围的一切都静止了,没有一点声音,这是整个早晨以来最平静的时刻。为了消磨难耐的时光,君华向丁宝讲起了她的故事。

从君华的口述中,丁宝才得知她本姓梁,出身贫寒。十几岁时她从河南老家逃婚出来,刚来芜湖城时靠着乞讨过生活。有一天她在码头得到江北一个生意人的捐助,给了她一些钱,她就拿着那些钱在街头做起了小生意来谋生,后来不幸被人骗了,被卖到了莺花坊。在那段时间里,莺花坊的老板每天都逼她接客,但是她性格刚烈,多次寻死抗争,屡屡失败后便是一场毒打。有一年,救过她的那位生意人寻她寻到了莺花坊,在得知她的遭遇后,给了莺花坊大妈一笔钱,这才让君华免了皮肉之苦。之后大妈就处处照顾着君华,很快,君华就成了莺花坊里的头牌。

"那他怎么没把你赎出来?"丁宝很好奇地问。

"不知道,我也没问,也许我没有那个命吧。"

日本人的飞机走了,丁宝和君华从洞里爬出来,他们拨开洞口的杂草,沿着墙根慢慢向前移动。此刻的天气似乎比昨天夜里还要冷得多,手摸在墙壁上,明显感觉到冰凉渗透进体内。君华跟在丁宝身后缓缓地向前移着脚步,一路上,他们都沉默着。君华强忍住寒冷与饥饿,她咬着牙又使劲地吞咽着钻进口中的寒气。而寒风却更加肆无忌惮,在这个阴沉的天气里奔腾着、呼啸着,如同一个手持钢刀的魔鬼,气势汹汹地向这边奔来,那把钢刀就这样刺进了君华的骨头里。她的手脚都麻木了,接着,她身体的其他部位也开始发麻。

走过很长一段路后,天空的黑云慢慢地向南边飘去,风也温柔了许多。

东边的天空中终于有了血红色,那是初升后的太阳发出的光芒。路面的积雪开始融化。但这样的早晨不能让君华的心情舒畅起来,东边,正是小鬼子攻城的方向,那么这样的血红色又意味着什么呢?难道正预示着小鬼子进城后百姓的命运吗?

中午时分,君华和丁宝回到了下庄村。

君华一见到老五,没等他说话,一个巴掌就狠狠地扇过去。

"你玩老娘,是吗?"

"你这人怎么这么不讲理,谁玩你嘛,你讲清楚好吧?"

"船呢?你知不知道相信你的话,老娘差点把命都丢了。"

君华像发疯一样扯着老五的衣服,老五这人虽然办事不靠谱,但他从不打女人,他在顺子的掩护下回到了屋里。

"行了,别闹了,这事也不怪老五,他们是为了躲避征船队,才把船开走的。"周良丰蹲在门口的石磨上，把枪擦得雪亮。

君华的心更紧了，她没有见到玉蓉。在她再三追问下，还是大麻告诉了她玉蓉和小七去找船了，这让君华更加担心了。玉蓉对这里人生地不熟的，万一走岔了路那可怎么办？她要出去找玉蓉，被周良丰拦在了门口。

"情况紧急，从现在开始，任何人不得私自出去。"

这一天里，芜湖城的守军部队除了周良丰和他的几个士兵之外，其他的官兵几乎都撤离了，芜湖城成了一座无防之城。无处可逃的百姓各自想办法沿江远离这个危险区域，有很多实在逃不出去的难民死在了江中。有几支收尸队在江边挖了几个大坑，从城区把尸体运过来，再抬到坑里盖上黄土就算葬了。

大麻已经给芜湖城区的地下党员同志发出了暂时撤离的信号，他希望尽快能和给他送情报的同志接上头。周良丰所想的是要想办法尽快把大家送过江，他和弟兄们好和小鬼子干一场。在院子里的东边角落，钱大春正在给几个人讲着他祖辈的光荣历史。这是他们实在无聊时才做的事情。丁宝叼着一根哈德门香烟，带着二炮院里院外巡视着，任何时候他都没忘记——他是一名警察。

十

大麻已经精心设计了同志们撤离的方案,只要船一到,便立即组织同志们撤离。这也许是他在芜湖城的最后一次任务。

大麻决定和周良丰挑明这件事。

"我正有事找你。"大麻刚想去找周良丰,只见周良丰迈着大步走了进来。

"肯定不是说船的事。"周良丰似乎猜出了大麻的心事。

"那我就不客气了,的确不是船的事。我是中共芜湖地区地下党员,本名杨树青,别人都叫我大麻。"

"我就知道你小子不简单。"

"客套话不说了,说正事。我们还有五个同志,跟着难民们一起撤离,船一到,他们就过来。"

"真让我猜到了,这事恐怕没那么简单。"

"什么意思?"

"有船也是小船,这么多人,你说先让谁上船?"

"当然是妇女、儿童和老人,还有伤员,这些都优先上船。"

"你的那些同志应该不属于这类吧?"

"是的,这一点,我和你的态度一致。"

"好说,谁叫我们都是中国人呢。"

周良丰走了,在他出门的那一刻,大麻长长地舒了口气。他从心里佩服这位兄弟,他是一位有正义感、有血气的汉子。

就这样,大麻和周良丰基本达成了一致。大麻估摸着时间差不多了,走出院子,由老五和丁宝陪着,他们走到江边,由于江面上太黑,视线只能在几米以内的地方,他们便竖起了耳朵听着江边的动静。

"大麻,要不找个人去迎迎他们,别在这里待着了,窝在这里会冻死人的。"老五有些不耐烦地说。

"再等等。"

崖子口这个地方是暗藏在长江上的一道险口要道,多年以来,凡是走长江的船只,经过这里时都要绕道航行。崖子口由一块七八米高的陡峭石壁顶空而立,石壁下方水深不可测,深水处的石壁有一个石洞,几十米深,洞口能容纳一个普通的渔船进入,这里的水常常以急流和旋流为险。据说这个崖子口修建在咸丰年间,当年太平军占领无为州后,为了修建长江防线,在长江这一片区域两岸修建过大大小小十几个险要水道。崖子口就是其中的一个。

玉蓉一行三人到达崖子口时,基本是伸手不见五指,他们从崖子口旁边一片灌木丛里开辟出一条小路摸黑进去,大约三十分钟后,在崖子口石壁下,小七摸到了一根大约两根手指粗的绳子。

"找到了,在这里。"小七摸到了拴船的绳子,她有些兴奋地喊起来。

"在哪里?让我来,小心一点,别掉下去!"一起来的士兵顺着小七的手握到了绳子。

"卡住了,拽不过来。"小七说。

"别急,我试试。"士兵让小七退到后面,他摸到崖口边上,下面就是滚滚江水。

"小七姐,我有些怕。"玉蓉只能听到前面小七和士兵的说话声,她伸出两只手在黑暗中试图摸到小七。

船终于到了下庄村避风口,小七和玉蓉站在大麻跟前,屋里还有君华、周良丰、丁宝等人。小七哭个不停,玉蓉紧紧地抱住她的胳膊,这两个姑娘还没有从不久前那可怕的场景中醒过来。一起去崖子口的那个士兵,为了把卡住的船拖出来,他试着从崖壁下摸过去。接着,小七和玉蓉听见"扑通"一声,似乎看见一个黑影掉落到江里,小七和玉蓉就开始喊着士兵的名字,可怎么喊也听不到回音。她们确信,刚才的"扑通"就是士兵落水的声音。

"船不知道被什么卡住了,拽不动,他说他去试试,就掉江里了。呜呜呜……"

"小七,别哭了,这哪能怨你呢?要算账,我们也得找小鬼子算账。"大麻在一旁用充满仇恨的口吻说。

"这年头,死个人,还哭啥?你没见小鬼子炮弹一下来,那死的人是成堆成堆的,你哭都哭不过来。"君华仰着头点上烟,似乎是在对生命作另一种诠释。

"哭,战场上,胜利不是哭出来的,是靠打出来的。"周良丰的声音有些沙哑,他努力地一字一句向在场所有人表明,他和死去的士兵都是军人。

新的一天来临了。大雪是在黎明前下的。天亮后,田地里、路面上、树梢上、屋顶上,到处都是白皑皑的一片。如不是战争,这一定是一个祥和、幸福的节前征兆。在往年,大雪一来,人们都知道这是来年丰收的预兆。但今年的大雪不会给人带来好运,这是注定的。就在今日早晨,安全区里的美国人正在向所有的难民讲和平是属于所有人的,它很快就要到来。凤凰山萃文书院里的丁先生正在给几个女同学讲林徽因在1923年是如何出演印度诗人泰戈尔的诗剧《齐德拉》中的齐德拉公主一角;在马丁山大街,两个修女正捧着募捐箱向路过的人为抗日前线募捐物资。而在城东的苏子河往东南方向,伊藤正雄正带领着由十个人组成的小分队向下庄村前进。

小分队在出发前,伊藤正雄仔细地研究了地形和行军路线。同时,他也分析了小分队里的每个队员。除了村上次郎外,所有的队员都是联队长临时抽调给他的,这让他使用起来很不顺手。尤其是那几个士兵,行动起来有些散漫。还好另外的几个士兵热情很高,伊藤正雄就把他们编制为特别行动小组,主要是打攻坚战和执行特殊任务。

伊藤正雄和村上次郎各自给家里写了一封信。他们做好了为天皇效忠的准备，如果家人得知他们的决定，一定也会为之骄傲。

在札幌，再过二十来天，就是一年中最寒冷的时节。他觉得家乡的寒冬没有中国的寒冬冷，中国寒冬里的冷风像一把刀子刺进人的皮肤，刺得连骨头都感到疼痛。伊藤正雄把未婚妻美子为他准备的防寒大衣和毛衣都塞进行军包中，他要随时感受到美子的温暖，即使为天皇效忠了，也要让这些东西一直陪着他。

接下来，伊藤正雄给小分队所有人布置了行动任务。据情报显示，芜湖城的地下党人员已经秘密向下庄村集结，伊藤正雄判断，这些地下党人员去下庄村应该是和周良丰的难民队伍会合。他要在这支难民队伍渡江之前，把他们全部消灭。

伊藤正雄给队员们做了一次战前动员，他说这里的每个士兵都要至少杀死五个中国人才配得上日本军人的称号，他还特地强调在这五个中国人中，不分男女老少，每个日本士兵都要朝着第一名争取。最后，伊藤正雄又向队员们讲述了山本常朝的《叶隐闻书》和叶隐武士道精神。

村上次郎作为小分队里的通信兵，也配备了武器和弹药。自从他来到中国战场，他的配枪从来没有打死过中国人，他希望在这次行动中，能有出色的表现，他把钢枪擦了一遍又一遍。

"有时候，用这个进入人的身体里，更有成就感。"伊藤正雄手里拿着刺刀对村上次郎说。

"伊藤君喜欢用这个去战斗吗？"

"用刀去战斗，才是一名武士真正的勇敢。"

村上次郎也把刺刀从枪管上取下来，他现在还不能体会到伊藤正雄所说的那种成就感，因为他还没有杀过人。

从驻地到下庄村的路线比较复杂，地图上标记的每一条路线，在之前都有侦察兵做过几次侦察。这两日，中国军队的活动很频繁，稍有不慎，小分队在行军的途中遇见中国军队的可能性就很大，伊藤正雄最终选择了前天刚侦察过的这条路前进。

"村上君,通知部队,原地待命。"

侦察兵回来报告,前方发现一支中国运输部队,应该是守城的中国军队在做最后的撤退,为了顺利完成任务,伊藤正雄避免与前方的中国军队发生正面冲突,他让小分队稍做休整,他带着村上次郎跟着回来报告的侦察兵前去察看敌情。

这是一支中国军队和逃难的难民混合的运输队。这些难民认为,跟着部队一起撤离,一定会有出路。可不久后,这些难民就遭到持枪士兵的拦截。难民们只能眼巴巴地看着守城部队和他们一车又一车物资向江边开去。这是守城部队最后撤离的一支连队,他们几乎把能装车的物资全都运到了江边,这就是周良丰所在的连队。

"不能就这么让他们走。"

突然,难民中有人高喊起来,一时间,所有的难民一窝蜂向撤退的部队拥过去,他们有的挡在运输车前面,有的正在往车上爬,有的和士兵扭打起来,现场一片混乱。

混乱的场面足足持续了二十多分钟,有很多人在混乱中受伤。

"砰、砰、砰……"

几声枪响,士兵和难民们这才停下手。这支部队和运输车便很快消失在人们的视野中。

"这不是我们的目标,等他们过去了,我们再行动。"

伊藤正雄发出了命令,村上次郎立即向小分队所有的队员传达了伊藤正雄的指令。小分队队员们都做好了随时战斗的准备,个个精神饱满,他们都希望在这场特殊的战斗中让自己成为一个真正的武士。

"伊藤君,电报。"

村上次郎把一封刚刚收到的电报交到伊藤正雄的手里,电报里说,小分队在今天午夜必须到达下庄村,并做好将中国共产党的地下党人员全部歼灭的准备。伊藤正雄一看时间,在他的预计中,晚饭后就能到达下庄村。

"村上君,你带领我们唱首歌。"伊藤正雄威武地对村上次郎说。

伊藤正雄想在出发前让小分队队员们再怀念一次家乡,他让村上次郎带着队员们唱了一首家乡著名的歌曲《樱花》。

伊藤正雄沉浸在这首歌曲中,他觉得这些士兵没有他的未婚妻美子唱得好听。他坐在一个土坡的石头上,闭着眼睛跟着唱,仿佛在他的身边是美子美妙的歌声,似乎他又回到了札幌。可他的头脑很清醒,这是战场,不是在札幌的大通公园,他立刻恢复了战前紧张的情绪。他站起来举起刺刀。

"出发!"

小分队在一条小河岸边的河沟里隐蔽起来,此时刚好是晚饭时间。伊藤正雄的小分队准时到达这里。两个侦察兵前去侦察,伊藤正雄看着手表,他让小分队等候进攻的命令。

伊藤正雄判断得很准确。他在等。的确,中国共产党的地下党员正在赶去下庄村的路上。

在这支小分队里,村上次郎应该年龄最小,其他的队员看上去都是战场上的老手,他们的言行都是那样粗野和狂妄。其他人总喜欢开村上次郎的玩笑,对于他还没有枪杀过中国人这件事,更多的是嘲讽。村上次郎记得有一次他收到高中老师的回信,老师在信上曾告诉过他,天皇所号召年轻人参军来实现他们这一代的伟大理想其实是鬼话,那时他还提醒过老师别发表一些错误的言论,现在想想,老师当初说的话是对的,从这些人的身上已经看得很清楚了。

村上次郎的心里一直藏着一个秘密,估计这一辈子都不会对任何人讲起,包括他的家人。

那是在前些日,部队行军到宣城时,遭遇一支中国小股部队的阻击,经过一天的激战,那支中国小股部队最终没有拦住他们的去路。在清扫战场时,村上次郎在一个树洞里发现了一个中国伤兵,他本可以像其他的同伴一样用刺刀刺向他的胸膛,但村上次郎站在那个伤兵面前大约有一分钟后,他收回了他的刺刀。后来在行军途中,村上次郎每次想到那个场景,都忘不了那个伤兵的眼神。

之前有一个大佐对村上次郎做过一次评价,说他是全师团最不合格的一个兵。如果按照开枪和杀人的标准来评价一个兵,村上次郎的确是一个不合格的士兵。所以,后来在伊藤正雄的请求下,村上次郎才做了这支小分队的通信兵。

小分队开始出发了,村上次郎背上电台,紧跟在伊藤正雄身后。他们现在要穿过前方的一片林子,林子那头,是一条比较偏僻的小路。

这一天,是1937年12月10日,日军的先头大部队已经推进到城东门下,这也是芜湖城将要被日军攻陷的最后时刻。就在这一天,安全区的食物和药品已彻底断供,太古码头圣母院收容的难民已经达到人满为患的地步,很多人都还把最后生存的希望寄托在安全区,却未能实现,几乎所有街边的商铺门板都被拆掉当作过江逃生的工具。

进入芜湖城的是日军第十八师团。很多还没来得及撤离的百姓,都倒在日军的刀枪之下,一时间,芜湖城区血流成河,尸横遍野。

十一

  江对面的枪炮声让周承德心里很不安,听说守城的部队都已经撤出去了,只要日本兵一进城,城里还未撤离的老百姓将会不得安宁,或者说,他们的性命都难保。周承德开始为儿子周良丰担忧起来。他之所以给丁宝指出一条过江的安全通道,完全是为了不给在部队当官的儿子丢脸。

  从二坝过江到芜湖城,周承德知道一条安全水路,这是他为了做生意,多年前花重金买的一条秘密安全通道,除了掌船的,他没有对任何人说过。这一年来,江上并不安定,经常发生货船被抢被砸事件,村里好几个人在去年押船行至江中心时,被一伙强盗抢了货物,还毙了命。周承德之所以在水路上这几年都很安全,全靠这条暗道。这条暗道在二坝下游的李子村,负责掌船的是每个礼拜给芜湖凤宜楼和芜湖一中送鱼和蔬菜的渔民张福泉。只可惜在今年年初时,张福泉因急病去世了,这条暗道就一直搁置未被启用。

  丁宝这一次发船时听周承德说了这个暗道,他从心里佩服周承德的远见和高明。这条暗道估计除了张福泉是不会有别人敢走的,出入口异常险要,途中还要经过两个凶险的暗礁险滩,可这些对于丁宝来说,并不算什么危险,再危险也没有小鬼子的飞机大炮危险。丁宝他们能顺利回到下庄村,是因为他和老五都熟悉这一带的水路,即使是周承德的这条秘密险道,他和老五还是很快就摸到了这条水路的特性。正值初冬,气候干燥,江滩露出一片光溜溜的鹅卵石,江水退到了滩底。

前去探航的人回来说,日本兵在江面上巡逻,还是走不了,这下人群中有人按捺不住骚动起来,他们纷纷进船要收拾行李准备返航。不到半天工夫,大部分船只都返航了,只有少数几只船依然在等待着时机。周承德也打算回程。他钻出船舱时,一股冷风从他脖子直钻入他的后背心,他浑身一哆嗦。这样的鬼天气说冷就冷,让人没有丝毫准备。他刚跳下船,不知不觉地转过身看着芜湖城方向,好久过后,他对大家说:"再等等吧。"

还是有些人看出了周承德的心思,其实留下来的人大部分都想为江对面的难民们出一份力。如今困在芜湖城里的人,是死是活还没个数,这让大家都异常担心。

被大家救起的女人突然跳到船头,发疯似的纵身跳到江里,她在落水那一刻,口中还喊着要去陪她的男人。这个女人再一次选择跳江,让周承德和其他人都没料到,周承德来不及多想,急忙大喊救人,还好兽医从小水性就好,二话没说,顺着女人跳江的地方跳下去,不一会儿工夫,他就把这个女人从水里拖了上来。幸亏救得及时,这才没闹出人命。大家都围过来,看热闹和表示同情的人七嘴八舌地议论起来,都对兽医英雄救美的举动纷纷赞扬。马上有人生火给兽医和这个女人取暖。有人把药箱递给兽医,大家把跳江的女人平放在地上,身下放了厚厚的稻草垫,兽医双手压住她的胸口有节奏地按着,这个女人的嘴里开始往外哗哗地吐水。这时所有人松了一口气,这个女人还活着。这个女人的男人是在江中被日本人的炮弹炸死的,她一心要寻死去陪他。两个钟头后,有人看见江中漂着一具尸体,这才发现,那个女人趁人不注意又跳江了。周承德带着几个人在内堤上挖了一个坑,一个伙计从船上拿过来几只麻袋垫在坑里,周承德又用麻袋把女人的尸体紧紧地包裹起来,他们就这样把女人埋了。在旁边围观的人也都过来帮忙,他们有的挖土添坟,有的从老远的地方找来砖头和石块圈坟。兽医从他的箱子里拿出几根紫色的香插在女人的坟头,这是他唯一能做的事了。

这个下午天空阴暗,一丝黑云从北边向南边移动,微弱的寒风中夹杂着血腥的味道,此刻江面上,天空与水面挨得很近,好像一伸手就能够得着天空的黑云。远处一艘插着太阳旗的轮船从江中心蛮横地驶过,这是日本兵的巡逻船,今天已是第六次在江面上巡航了。

周承德暂时放弃了回家的念头,他要留下来召集大家商讨为对岸的老百姓做点什么。大家在商讨过程中,有几个人忍不住说了家人或亲戚在上海遭日本兵屠杀的场景,说到动情处,大家都握紧了拳头,愤愤不平。

不到半天工夫,原来还一个劲儿地说要为对岸的老百姓做点什么的几个人,却吵着要收拾行李出船返航了,这让周承德有些奇怪。原来这都是兽医的一句话造成的,破坏团结。兽医连忙给大家赔不是。周承德站起来,向兽医摆摆手说:"算了,算了,大家不论他罪,看他可怜相。"周承德把一条装沙的袋子往兽医怀里一塞,对他说:"给大家找些吃的来,这事就算翻过去了。"兽医把沙袋抓在手里,一个劲儿地给周承德弯腰鞠躬,他激动得说不出话,屁颠屁颠地去找吃的了。"还是你办法好。"胖子笑嘻嘻地说。再等下去,大家都会面临没吃喝的问题。"你说咱能过去吗?"胖子问。"能,要是咱们的船能把芜湖城的百姓接过来,那我们不是成了英雄?"周承德一边说着,一边无聊地拔着身边的野菜根。

兽医回来了,袋子里装着半袋果子,袋子下面的泥水不断地渗出来,兽医不知从哪里的水田里偷了一些果子回来。果子只能解渴,不能解决温饱问题,周承德只好把随身带的一些食物拿出来分给大家。"想不想做一件大事?"周承德探过头来问大家。所有人不明白他的意思,都好奇地看着他,希望他能给出答案。"我们组成一个救援队,都把船开到江对岸,去救人。"周承德的提议立即遭到大家的反对,有几个人站起来情绪很激动地指着周承德的鼻子骂着:"滚蛋,要死你去死,老子可要活命。"只有兽医默不作声。"你们说说,这个人是不是疯了?他还真的要去。"兽医挤过来,站在周承德身边,抬起头望着大家,然后说:"我认为他说得好,小鬼子打到家门口了,还堵住我们的路,小鬼子就是我们的仇人,我们咋能不管?""日本兵在江上有大船,有炮弹,你能过得去?"有人问了一句。人群中再一次沉默了。的确没错,谁也没有想到过江的好办法。大家再一次想到跳江的女人,又都不问世事了。

周承德又去做大家的思想工作了。他想到的是江对面的难民过来后的安置问题。

日军进城的第一天，又对芜湖城进行了大规模的轰炸。从上午开始，日军对芜湖城进行了两次空袭，市内多处街道、车站都被炸成焦土，到处是刺鼻的硝烟味和血腥味，遍地都是死伤的百姓。整个城市顿时成为一座死城。丁宝本来想通过这条路去找几支枪，现在，这条路已经不通了，炸弹把路两旁的房子炸塌了半边，堵住了整个路面。丁宝只好往回走。从东边过来十几个人，他们是一支民间收尸队，他们用门板、担架、板车等把城里的尸体往外运。这些人当中，有穿白大褂的护士或医生，有衣衫褴褛的下层人，有西装革履的绅士，也有挺着肚子的妇女。丁宝跟在他们身后，来到城郊一块空地上，这里早已挖好了一个埋尸体的大坑。

"大家听我说，我们埋完这些尸体，得想办法过江去无为，这里是不能活了。"一个领队的男子说。

所有人停下来，都在议论着过江的事情，这时有人问：

"是不是过了江就安全了？"

"起码比这里安全。大家不要乱，先埋尸体。"

"没船了。"丁宝在后面说。

这时才有人注意到有一个警察跟在他们身后。

"江面上停航了，过不去。"丁宝说。

人群中短暂的沉默，再沉默，便是一阵激烈的骚乱，过不了江意味着死亡很快就会到来。一部分人开始埋尸体，有人开始在谋划着过江的方案，丁宝提议可以多组织一些人加入收尸队中。

丁宝把日军进城的消息迅速带回了下庄村，同时，周良丰也收到侦察兵传回来的情报，事不宜迟，在丁宝和周良丰的组织下，一个会议小组马上成立了。参会成员有君华、大麻、小七、玉蓉、老五等人。

会议很快达成了三项决定：一是由丁宝和君华负责组织老人、妇女和儿童先登船过江；二是周良丰和大麻负责外围警戒和阻击敌人；三是由老五和钱大春带几个人临时组成一个收尸队，在撤离前，负责把码头上难民的尸体埋了。大家很快分头行动，小七和玉蓉被安排跟在君华身边。半小时后，将会由小七和玉蓉负责带第一批过江的人到登船点。

由于人多船少，情况非常紧急，丁宝把刚从江对面划过来的船交给了君华。这半个小时，让人感到异常煎熬。这两艘小船，最多只能乘坐二十个人，原先的计划需重新修改，先把老人和孩子送上船，妇女只能安排下一批登船，第一批过江的两艘船分别由小七和玉蓉负责押船过江。

君华在得知日军进城的消息后，把玉蓉拉到一个偏僻处，决定和玉蓉相认，她怕这次再不相认就没机会了，如果她们不能顺利过江，就有可能会葬送在日军的枪炮之下。

"玉蓉，有件事，再不说怕没机会了。"君华有些急促地说。

"君华姐，怎么……"

"别叫我君华姐，叫我妈。"

"什么？"玉蓉觉得自己听错了，她一脸惊恐。

"叫我妈。"君华的声音很急切。

"君华姐，你这是……"

君华有些慌乱，她要在出发之前告诉玉蓉她就是她的亲生母亲，可能很快小鬼子就要攻到这里了，说不定一颗炮弹在什么时候就会落在她的头顶。君华不敢再往下想，她透着黑色的光看着玉蓉模糊的脸。

君华大约用了十分钟的时间，向玉蓉简要地叙说了一遍她出生时的情形，以及自己如何去了湛江，又对玉蓉讲了自己当时的遭遇。这一刻，玉蓉才明白，眼前这位她不太喜欢的戏子竟然是她的亲生母亲，她无法接受这个事实。

"你别骗我，我妈在湛江。我是来找我父亲的。"玉蓉说着转身要走。

"我没骗你，玉蓉。"君华一把拉住玉蓉的胳膊，她情绪有些激动。

玉蓉挣脱了君华的手，她不知道她是怎么从刚才那个黑暗的角落走出来的，她的脑子里乱糟糟的，就像被什么东西击中一样，让她的一切想法都停止了。

"上船的老人和孩子们，做好准备，准备出发！"丁宝在人群中挨个传话。

君华和丁宝在紧张地安排第一批人员出发的时候,大麻和周良丰带着几个士兵正在检查枪支弹药,他们将会在五分钟后出发,要在距离下庄村两公里之外的黄子岗修筑两道防线,那里是日军进攻下庄村的必经之路,也是通往城区唯一的路。

"当兵的,等我们都过了江,老娘会犒劳你。"君华靠近周良丰说。

"没那闲工夫扯这个,你还是多想想这些难民过江的事吧。"周良丰当然知道君华说的是什么意思,他心里有那么一点异样的感觉,但他很快就克制了自己。

"这些难民就拜托你们了。"大麻把一把冰冷的手枪放到君华手上。

"我不会用这个。"

大麻快速地向君华讲解了手枪的用法,这让君华有些惊讶。

"在巷子里找你做过几次衣服,从来没想到你除了做衣服还会打枪。"君华笑着说。

看着大麻和周良丰消失在黑暗中的时候,君华突然感到有些孤单,她似乎觉得这两个人走了,这支难民队伍中就缺少了一份安全感。

君华找到玉蓉时,是在十分钟后。那片芦苇荡里发出的声音,她本以为是躲在这里偷食的野猪或兔子之类的动物。直到玉蓉和小七从芦苇丛中跑出来,君华才觉得这是多么不可思议的事情,这两个丫头什么时候胆子变得这么大了,她们本来想找点吃的东西给船上的人带上,不但没找到吃的,还差点陷进了泥潭中。

玉蓉从棉袄上扯下一块布,蹲在地上给脚背擦着血,脚背不知道在哪里划了一道口子,伤口里已经渗进了臭水沟里的污水,疼痛刺心。她 边擦着脚背,一边唱着小时候母亲教她的一首儿歌,当然,现在只能说是养母了。她记得养母对她说过,每晚在睡前唱这首儿歌,海神就会在她的梦中出现,她希望此时海神会出现在她的身边。她的嗓音清亮又柔美,她的歌声回荡在这空荡荡的夜空里,估计听到歌声的人都会为之陶醉。

为了上船的人顺利过江,周良丰只好把剩下的最后一点口粮交给了君华。

　　一切准备就绪，第一批过江的人都已经按照指令上了船，两艘船都掩蔽在一片一人多高的水草中，大家在等着最后出发的命令。此时丁宝和君华在观察江面的情形，他们看见从远处开过一艘日本兵的巡逻船。发动机的声音渐渐地近了，越来越清晰，巡逻船上的探照灯不停地扫射江岸边。丁宝和君华以江边的掩体为掩护，他们在计算着日本兵巡逻船来回的时间差。

　　夜色如墨，寒风从江面吹来，冰冷而潮湿。一切在安静中进行着，黑夜越来越漫长，死亡的恐惧越来越强烈。玉蓉感到全身僵硬起来，她被凶险如匕首的黑暗包围着，包得越来越紧，裹住了她的喉咙，让她无法呼吸，让她感到如芒在背。她紧跟在君华身后，准确地说，她是跟在母亲身后。玉蓉并不喜欢这样做，但她很清楚在这个时候要听那个拿枪人的话。玉蓉从君华的口中得知，她的亲生父亲可能在江北，难怪她一直在想办法过江，玉蓉想见父亲的那种渴望已经超越了今夜的恐惧。尽管这个自称是她母亲的女人此前在别人眼中是个不被同情的人，但在玉蓉的心里，她已经在努力尝试不去讨厌她了。

　　她还做不到叫她一声"妈妈"。

十二

大麻要去和接头人见面,周良丰临时负责起大麻的安全任务,这是周良丰主动和大麻说的。如果大麻出事,其他同志的生命安全就得不到保证。自从上级把他安插在国民党军队内部,他和上级一直是单线联系,他要和大麻一起把芜湖城需要撤离的同志安全撤出芜湖。这次的撤离,大麻按照上级的指示是做好准备的,他要帮助同志们在江北建立一个新的情报点。今天见到接头人,如果不出意外,说明江北的临时情报点会一切顺利。大麻此时非常急盼接头人的出现,但也要小心行事,最近日本间谍也趁乱混进了城里,稍不留神,就会丢掉性命。

邮局已经关闭。这是邮局旁边一个胡同里的废墟,往里面走十几米的地方,从左边一个一人多宽的小门进去,这里原来是邮局后院的仓库。大麻推门进去,和他见面的接头人早已等在那里。

"丁宝,你……怎么在这里?"

"大麻同志,没想到吧,是我。"

丁宝转身的那一刻,确实让大麻感到很意外,他怎么也没想到,和他接头的人是丁宝。

"你到底是什么人?"

"这看不出来吗?"

"我凭什么相信你?"

"就凭每次你得到的情报,都是我送出来的。"

在大麻进一步对过暗语之后,他确认了,和他接头的同志就是丁宝。

"这里不是很安全了,我们要尽快离开。"丁宝说。

接下来的几分钟,丁宝把目前要去下庄村集结的同志们的安排详细地向大麻做了汇报。

"这里出去要小心,一会儿我们从后门走。"丁宝指了指身后的一个侧门。

"有人在给我们警戒。"

"谁?"

"周长官。"

"反动派?"丁宝一惊。

"特殊时期,他还信得过。"

"我从后门走,你从刚才的门出去,这里的联络点从现在起,已经作废。"丁宝很警觉地查看了周围的环境,他迅速地从侧门出去了,动作是如此敏捷。大麻看着丁宝出门的那一刻,他的心里还是不太相信自己的眼睛,这哪是在南北道巷时一向散漫、无所事事的丁宝?

老五从一个废弃的院子里找到一个板车。板车只有一个轮子挂在车轴的大铁钉上,他把板车拖到大门口开始捣鼓起来。他回头喊了一声顺子,顺子明白了他的意思。顺子翻遍了成堆的破砖碎瓦,才从里面找出板车的另一个车轮。板车被老五简单地修理后,总算可以上路了。老五和顺子拉着板车去了南北道巷。往日热闹的巷子此刻一片安宁。裁缝大麻的吆喝声没了,鞋匠钱大春调戏妇女时的嬉笑声也没了,丁宝整日叫着的"日出平安,日落插门"的声音也听不见了,老五这才真切地感觉到一阵凄凉。他推开一间豆腐坊的门,果然看见几个人直挺挺地躺在地上,看样子他们死了有一些时辰了。这是老五预料到的结果。老五在一个女人的尸体旁蹲下身子,这是豆腐坊的老板娘四婶。他知道四婶的病是不允许她下床的,再加上这几日小鬼子的炮弹发疯似的轰炸,老五就断定,四婶是挨不过这几日了。他和顺子把几具尸体擦干净后,又给尸体裹上草席,然后把尸体抬上了板车,向下庄村的方向去了。

"顺子,埋了吧。"

走了两个时辰后,经过一个菜园地附近,老五喊住了顺子。他先给四婶选了一块算是比较好的地方。顺子拿起铁锹就开始挖坟坑,这里比较安静,视野开阔,正前方就是铜陵。顺子明白老五的心思,他是想让四婶在这里安息,也能看到她的家乡。

"顺子,你说四婶在临死前,她会想什么?"老五坐在旁边的田埂上问,他的眼神有些恍惚。

"一定在想她死后,谁给她下葬。"

"你小子说得可能对。你说,我死了,谁给我下葬?"

"要死我先死,用我的命换你的命。"

顺子使出吃奶的力气,一锹下去,铲出一个火罐大小的坑来,他一边铲出土,一边想着,如果他死了,能葬在他家屋后的半山腰上就好了,那里有他的父母。

"四婶,您老一路走好!"老五仰起头,对着天空扯着嗓子喊着。

晌午的时候,埋四婶的坟坑挖好了,足足有两米深,按照老五的说法,埋得深点,四婶会睡得安稳些,埋得浅了,小鬼子的炮弹声会吵得四婶不得安宁。

他们把尸体抬进了坟坑里开始填土。

"日落江头,水流长发过江口;雪落西山,风吹短衣归家难……我期盼的人啊!我梦中的人啊!花儿已开满院墙头,船儿已落帆不远游……"老五唱着曲子为四婶送行。

"五哥,五哥,快看,那边过来一支队伍。"顺子停住手中的铁锹,他发现从东边过来一支队伍。

"队伍?什么队伍?"老五跳起来,他打起精神,看见不远处有十几个士兵朝这边走来。

这支队伍正是伊藤正雄的小分队,他们已经迷路了,正愁找不到去下庄村的方向,刚好看见那边有两个人,伊藤正雄带着小分队朝那两个中国人走去。

"喂,过来!"

老五和顺子这才看清他们穿的衣服和周长官他们的不一样,说话的口音也不是本地的,和他说话的那个军官手里还拿着一把长刀,老五基本可以肯定他们是日本兵。老五向那个军官走去。

"中国人,去下庄村的路在哪里?"

老五听着并不熟练的中国话,他非常肯定他们就是日本兵。老五听懂了他说话的意思,他们要去下庄村,老五终于意识到危险已经一步一步逼近。

"带路!"

"长官,我们在埋死人呢。"老五指着身后的坟坑说。

伊藤正雄看着眼前的这个中国人,似乎看到了一丝希望,他决定让这个中国人给他们带路。

顺子停住了铁锹,退到一边。

"她是我家邻居,得了传染病死的。"

伊藤正雄捂住鼻子赶紧向后退了两步,生怕被传染病传染了,他最终也放弃了让这个中国人带路的想法。他带着小分队按照这个中国人所指的方向向前走,走了不到三十步,他转过身,端起了枪。

"砰、砰!"

老五和顺子倒在了四婶的坟坑旁。

伊藤正雄让小分队暂作休息,他不敢贸然前进。在他的记忆里,通往下庄村的路是不会经过这条小河的。事实证明,小分队迷路了。找到这支难民队伍,就能从中国共产党地下党身上获取重要的情报,也能彻底摧毁中国共产党在芜湖城的情报组织。这对日军接下来的作战计划非常重要。伊藤正雄期待着能和那个中国军官再一次交战。

就在前两天,伊藤正雄收到未婚妻美子从札幌的来信,美子在信中说,她在等待着他成为真正的武士,等到那一天,她要他在札幌的大通公园跟她举行浪漫的婚礼。伊藤正雄双手捧着美子的信,跪在雪地里,抬起头向远在家乡的美子许下了诺言。

但接下来,他的内心也有过恐惧和期待。恐惧是因为他的对手很强大。他这次出发前,了解过周良丰的情况,虽然日军最终占领了上海,但周良丰的尖刀连是英勇善战的,那次在上海作战中,中国军队要不是下达了撤退的命令,他恐怕不是周良丰的对手。他期待的是能打败这个中国军官。

伊藤正雄看着小河对面广阔的田野,虽然这和他家乡的田野不一样,但这里的乡村,总能让他想起他的家乡。

不用多久,伊藤正雄凭着丰富的侦察经验,找到了通往下庄村的路。伊藤正雄命令村上次郎将这里的情况电报给联队后,小分队出发了。

而在此刻,在下庄村的黄子岗,周良丰和大麻已经成功地设置了第一道防线。这里的地形容易防守,也是主城区通往下庄村的必经之路。根据周良丰的判断,从难民队伍里跑出去的两个人,一定是日本人,有可能是日军主力部队进城前打探情报的特务兵。如果这支难民队伍被日本人盯上,一定是和地下党同志有关。这样一想,周良丰不觉后背发凉。他把自己的担心和大麻说了一遍,大麻早有这样的担心,如果真是这种情况,要撤退的几名同志就很难在预定的时间内到达下庄村。

"有没有其他的路?"周良丰问大麻。

"有倒是有,但不好走,也会绕路。"

"现在给他们改道的消息来得及吗?"

"几乎不可能了。"

"就怕这条路被小鬼子盯上了,要让他们赶紧想办法过江,拖得越久,风险越大。"

大麻转身往回跑,去找丁宝和君华了。

现在的情况是,再等下去,过江的难度就会越大,一旦日军全面进城,长江沿线就会被日军全面封锁,到那时,过江的机会就等于零。本来昨天夜里一切准备就绪,没想到江面突然起了大风。看来,一切要重新打算了。

自从和周良丰单线联系的上级牺牲后,他和党组织就彻底断了联系,也没人能够证明他党员的身份了,他只知道山上的同志在一个月前就开始转移了。即使将来找到了,他又能拿什么来证明自己的身份呢?面对这些困惑,周良丰陷入了沉思。

难民队伍中如果真的有奸细,周良丰怀疑有两个人,一个是丁宝,一个是钱大春。现在城里已经变天了。原来丁宝所在的警察厅接下来很快就会被日军宪兵司令部接管,然后进行改编。在这种情况下,警察厅里一定早就有人和日军往来,这样一来,对丁宝的怀疑也不是没有道理的。钱大春虽然只是一个鞋匠,听大麻说过,平时在巷子里,他是一个从来不闲着的人,经常关了铺子一出去大半天都不见人。但这两天,他安静了很多,这反而有些反常,也引起了大麻的注意。周良丰进一步判断是,如果真有奸细,也一定和撤退的同志们有关。

周良丰又想起了跟随他的这几个国民党兄弟,他们可是和他从上海一路拼出来的患难兄弟,是靠得住的。他记得在上海那一次突围中,有好多出生入死的兄弟还没有看见小鬼子,就被小鬼子的炮弹炸得连尸首都找不到了。如果有机会,他要把这几个国民党兄弟一起带上山。

周良丰已经派人暗中监视钱大春和丁宝了,同时大麻刚才说起的另一条不太好走的路也派人设置了暗哨。周良丰想到了有一个危险,如果这次这个奸细也过了江,一定会对江北的情报组织造成极大的安全隐患。正在这时,前方的侦察兵回来报告,大约在前方三公里处,出现一支日军小分队,有十几个人。

周良丰迅速做好战斗部署。对于他来说,十几个小鬼子构不成多大的威胁,就怕这是小鬼子进攻下庄村的先头小股部队。此时,大麻来到周良丰身边。

"什么情况?"

"来了十几个小鬼子,还有几里地。"

"不到万不得已,不能开枪,还有这么多老百姓在后面。"

"这个不用你说。大家精神点,清点弹药。"周良丰下达了战前准备的命令。

周良丰让大麻和几个士兵就地隐蔽,他带着一个士兵从左边的坡道下去,沿着路下面水沟的冰面前进,这条水沟有很长一段凹进了主路,所以,从这里前进是不容易被发现的。

周良丰能够看见这支日军小分队时,他们正在分发食品。那是一个树木密集的林子,林子里是一处乱坟岗,过了那片林子,左边下去就是通往太古码头的路。这应该是他们战前的最后一次休整。

周良丰看了周边的环境,按照之前的计划,那几位同志应该也是走这条路去下庄村。周良丰看了看手表,距离同志们经过这里的时间很近了。

"我们要想办法把这些小鬼子引开,不能让他们去下庄村。"周良丰对士兵说。

"长官,让我去吧!"

"先别急,看看再说!"

下庄村所有人听到枪声时,是在半个时辰之后。大麻听到枪声那一刻,正在预算同志们到达乱坟岗的时间。而在村里的难民中,此时有两个人无缘无故失踪了,丁宝和二炮正在查找失踪的人。

下庄村巴掌大的地方,竟然失踪了两个人,这让所有人顿时紧张起来。整个屋子里、院子里,静悄悄的,没人再说话,一切都在沉默中进行着。丁宝和二炮搜遍了每个角落,没有发现任何线索。

玉蓉远远地坐在一个草堆旁,那是这间屋子最左边的锅灶旁边,这里稍微暖和点,不会透风,在这里也能更好地看到那个让她叫妈妈的女人。玉蓉几乎想到了许多种可能性,但她就是不能说服自己。在母亲去世的那一天,母亲只对她说这里有个女人是她姨妈。准确地说,是她养母告诉她的。

眼前的这个女人是光鲜照人的,比角头沙的那些妇女美丽得多,尤其是她的脸是那么白嫩。但她不喜欢她。她在角头沙时,就听村里人说过,有很多和她差不多大的丫头被人贩子卖到那些不干好事的地方,眼前这个女人可能也是。

玉蓉转过了身子,她的脸尽量侧向另一边。因为她看到君华起身向这边走来。

"玉蓉,我知道你还小,有些事你还不懂。"

"我不想知道。"玉蓉把头深深地埋在两膝之间。

"你听我说,如果今天能过江,妈想办法让你上船。"

玉蓉没有说话。君华看着玉蓉的样子,她的心疼得厉害,她欠玉蓉太多了,但她不后悔当初做的决定。当初如果她不让表姐把玉蓉带走,估计玉蓉是活不过来的。君华靠着灶台,点上一支烟,她夹着香烟的手有些微微颤抖。一直到中午,失踪的人还没找到,丁宝开始对现场的每个人进行询问。因为他是警察。

十三

村外的枪声忽远忽近。枪声终于停了。一个时辰后,周良丰和大麻回来了,他们抬回来老五和顺子的尸体,很多胆大的人围上来,但没有一个人说话。

"小鬼子干的。"大麻对大家说。

一听到小鬼子,围观的人几乎同时向后退了两步,谁也不愿意因为老五和顺子的死让自己交上霉运。

丁宝带了几个人,在老五家后院里挖了两个坟坑,把他们埋了。

周良丰的两个士兵把小鬼子引开了,但这只是暂时的,小鬼子随时都会向这边进攻。这样的时刻让人产生了恐惧和不安。二炮从江边回来了,他向丁宝汇报江面上的情况,丁宝决定,重新编制登船人员名单,伺机过江。

为了所有人能够尽快过江,仅靠这两只小船远远不够。这两只小船一旦过了江,能否再回来,谁也不能保证。为了安全起见,丁宝和君华商量着别的办法。

此刻,丁宝觉得君华不再像当初那么讨厌了,女人有时候总有让人喜欢的地方。虽然君华来自莺花坊,但在老百姓面临危难之时,她能为老百姓的安危着想,这实属不易。

"我已经让人去找了,这一带已经没有船了。"丁宝说。

"那怎么办?不能总是这样等下去。"君华有些焦急。

"急也没用,我动用了在芜湖所有的关系,都没有船。"

"听天由命吧,反正我的命不值钱。"君华有些伤感起来。

"最近,我发现你看那个丫头时,情绪有些不对。"

君华当然知道丁宝说的那个丫头是玉蓉,她没有掩饰什么,也没有当着丁宝的面说那是她的女儿。不提还好,丁宝这样一说,她反而更加伤心了。

"看着她,我就想起我那时也是这么大,被人卖到了莺花坊。"

"巷子里人都不喜欢你,你也不容易。"丁宝有些同情地说。

"像我们这种人,哪还指望别人喜欢?能活下去就是万幸了。"

"对了,这日本人一进来,你们警察是不是都要去投靠日本人了?"

"鬼晓得,反正我不会。"

君华递给丁宝一支烟,点上。在这寒冷的天气里,香烟的味道混杂在从口中吐出的热气中,转眼消散得无影无踪。

"女人还是少抽点。"丁宝丢了烟头,从腰间拔出手枪,走了。

在这支难民队伍中,有一半难民都是南道巷和北道巷的人,剩下的一部分有些是本市的百姓,有些是外地来的难民,每个人都有自己的想法,稍微不留神,都会给过江行动带来很大的麻烦,这一点丁宝和君华心里清楚得很,只是有些人看不惯周良丰为什么非要把过江的任务交给他们俩。

丁宝只好举着枪对大家说:

"现在情况紧急,谁带头闹事,别怪子弹不长眼睛。"

丁宝说这话时,他的眼睛把众人扫了一遍,他希望能看出奸细的破绽。丁宝细细想了想他和大麻安排几名同志撤离的情况,再有就是这么快小鬼子开始向下庄村进攻,这不是巧合,一定是早有预谋。

这是玉蓉第一次主动找君华,是在里面一间小屋里。这里本来是一个杂货房,君华费了半天时间收拾出来,又捡了些柴火,正打算生火取暖。她见玉蓉来找她,心里不禁一阵喜悦,但表面假装平静地站起来。

"玉蓉,找我有事?"

"你是不是和那个警察在商量大家过江的事情?"玉蓉站在门口。

"先进来。"君华走过来,她试图去握玉蓉的手。

"不用了。我知道船不够,我有个办法,我们可以坐木排过江。"

"这倒是个办法。"

玉蓉的提议很快被丁宝否决了,木排过江的风险比较大,这几日天气不好,江面上风大,船都难以过江,木排更难,玉蓉这样的提议被大家当成了一个笑话传开。但是谁也不知道,玉蓉在角头沙时,常年和村里的叔伯婶婶们在一起,知道很多穷人家的男人每年都会用木排在风浪中去捕鱼。

这些难民中,一直不太安分的是南道巷和北道巷的人,相比之下,外来的难民倒是安静很多。南道巷和北道巷的人这时候也没有了贵贱之分,但他们不愿意和外来的难民在一起。而此刻外来的难民多数是不畏严寒地守在院门口,只要一有可能,他们就想第一个冲上船。如果不是有两个拿枪的士兵堵在门口,这些人恐怕早就冲出去了。

丁宝看出了这些人心里的算盘,他不想这些人死在小鬼子的枪炮下,如果不能尽快过江,只要出去,就是个死。

"大家不要慌,我们现在都要想想如何过江,我们要团结起来。"丁宝站在院门口朝里面喊着。

"丁宝,你要是有好主意,我们就听你的。"

"天气现在好点了,今夜应该能过江。"君华从屋里出来。

"这鬼天气,夜里会更冷,非要冻死几个人才罢休。"丁宝裹紧大衣,找个避风的地方坐下,这一天对于他来说,实在是太疲劳了。估计不久小鬼子大部队进了芜湖城,新的治安条例很快就会出台。丁宝想把这些难民都送上船之后再回到局里。他趁乱向局里请了几天病假。

"二炮,按照预定的计划,让第一小组和第二小组半小时后准备登船,只要日军的巡逻船一过去,就立即出发,现在江面上没有风,是很好的机会。"

"是!"

这次登船人员名单中有玉蓉,这是君华找的丁宝,才得到玉蓉登船的机会。玉蓉从二炮嘴里得知,这是君华为她争取的,可她看着这么多老人和孩子,在登船的那一刻,玉蓉把自己登船的机会给了一个七十多岁的老妇人。

"我不要你可怜我。"玉蓉站在君华的面前。

"你要知道,这可能是唯一的逃生机会,下一班船还不知道什么时候。"君华的声音有些颤抖。她很清楚,剩下的人再想过江,几乎是没有希望的。现在能过江,也许还能活命。

"我的事不用你操心。"玉蓉不再理会君华,蹲在小七身后。

"她和你说什么?看你有些不高兴。"小七问玉蓉。

"不用理她。"

今天的天气很好,江面上没有风,阳光微弱,不算冷。这是这几天中最暖和的一天。按照预定的计划,第一小组和第二组人员已经登船出发了,时间是12月9日下午四点,这是日军第十八师团全面进入芜湖城的前一天。

这一天城内的守城国民党军队已全线撤退。芜湖城,已经完全暴露在日军的铁蹄之下。

城里异常安静,除了几个无家可归的乞丐睡在街道旁的杂货铺门口,几乎看不见其他人。就在昨天,日军也全面占领了南京外围一线防御阵地,这意味着,南京城也危在旦夕。在这样的危险时刻,君华再一次去了安全区,她从她的一位朝鲜朋友那里得知,明天早上美国人会从汉口派船送物资过来,这让君华似乎看到了一线希望。她把这个消息带回到了下庄村,这些在绝望中的难民又看到了活下去的希望。

玉蓉看着两只小船已经消失在江面,她和其他的难民一样都挤在这间很小的屋子里。屋里刚才还是乱哄哄的,大麻和周良丰一进来,所有人都安静了,他们看着大麻和周良丰。玉蓉从这些人的眼神里,看出了他们的渴望和求生的欲望。而她,何尝不是呢?玉蓉仔细地看了看回来的这两个人,他们的脸上看起来很严肃,也许,外面的情况很糟糕。

"情况很糟糕,看小鬼子的动作,可能在后半夜,或是明天,他们就会大规模进城。"大麻说。

"小鬼子一进城,就会全面封锁芜湖通往外面的各个出口,甚至连整个长江线都会布防。"

"就是说,到时候我们再想过江,比登天都难?"君华看着周良丰说。

"可以这么说。形势所迫,赶紧想办法。"

"如果真出不去,我就死在江里,死也不要死在日本人手里。"君华感到有些绝望。

"现在还没到那时候,以后这种话少说。"周良丰看着君华,他的眼里充满了冷漠,那种冷漠就像他手里的钢枪一样冰冷,让人无法靠近。

玉蓉从人群的缝隙中看到了君华的焦急不安,刚好君华转过头来看向她,她们目光交织的一瞬间,玉蓉发现自己对君华有了一点担心。她低下头,无法理解这点担心是从何而来。

"丁宝,你要尽快查明难民队伍里到底有没有奸细。"这是大麻最担心的事情,如果真有奸细,这会对其他几名同志的撤退造成很大的威胁。

"放心吧,我会尽快查清楚。"

"丁宝,是不是日本人来了?"周良丰和大麻一走,人群中有人挤出来,急切地问丁宝。

"还早着呢,大家不要慌,我们现在唯一要做的,就是想出过江的好办法。"

"刚才你们开啥会?"

"周长官和大麻兄弟让我告诉大家,他们在村外已经设了两道防线,日本人是进不来的,大家不要担心。"

"你这不是骗人吗?"君华小声地在丁宝身后嘀咕着。

"从现在开始,管好你的嘴,就能稳定人心。"

丁宝去了后村,按照他的话说,他是在巡查,可村里除了这些难民,并无其他人,君华说他那是游手好闲。可她哪里知道,丁宝有天生灵敏的嗅觉,在警察厅潜伏的这几年,他多次陷入危机四伏之中,但每一次他都能险中求生。正是经历了这些,才培养了他作为一个地下特工的良好的素质。

看着丁宝远去的背影,君华第一次觉得原来她眼中的痞子警察并不简单,通过这两天的相处,她发现丁宝和之前自己认识的他判若两人。

　　君华再看看玉蓉,她发现玉蓉是有意在回避她,这让她的内心感到极度伤感。但在这里,她要克制自己,最起码玉蓉现在是安全的。虽然玉蓉还没有接受她,至少玉蓉在她身边,她觉得她比安全区里的人要幸福得多。君华记得上次她去安全区时,那里正在发生暴乱。上海被日军占领后,逃出来一批难民,那些难民中有中国人,也有法国人和英国人。当他们来到芜湖安全区大门口时,美国人看见难民中有英国和法国的难民,便拒绝他们入内,其中有一名英国记者带头抗议。美国人的做法让安全区里的难民们异常气愤。他们去找美国人说理,却遭到美国人强有力的谴责。最后那几个美国人遭到难民们的围攻。那些难民都是上海虹口、闸北、杨树浦一带的中外居民。日军全面进入上海时,那些无家可归的难民大批地拥向苏州租界避难。那时,整个逃亡的难民队伍是浩浩荡荡开进了苏州,一路上,不断有人病死或是饿死,不断地听到路边被遗弃的婴儿的哭声,那些体弱的老人,很多还没走到苏州地界就已经没了性命。后来,这些难民中有些人又逃往常州、无锡、苏州、南京等地,有的暂时从南京迁到江北避难,也有少部分人转了好几个地方后,最终逃到了芜湖。

　　君华似乎就要进入梦乡,但外面一阵乱哄哄的声音打搅了她的梦,她直起身子,从窗户看出去,看见很多人围在那里,再仔细看去,好像是地上躺着两个人。

　　"失踪的两个人找到了,死了。"有人一进屋就对君华说。

　　"死了……"

　　"是被那个警察找到的。"

　　"我的天啊,这是什么世道?"君华一脸惊恐地望着窗外。

　　"这是吃人的世道。"屋里有人说道。

　　这两个人是被人杀死的,他们的脖子上都有深深的刀痕,脖子上的血已经凝固。看手法,这个杀手是经过训练的,但是这些难民,丁宝看谁都不像是一名训练有素的奸细或是杀手。这两个人的死无疑给大家又带来了更多的恐惧。

所有人被集中在这间屋子里,在没有下达过江的命令之前,任何人不许出这个大门。所有人都感到了前所未有的恐惧和不安,没有一个敢再说要出去的事。时间一分一秒地过去,一直没有过江的命令下来,终于有人按捺不住,人群中开始有人小声地议论,他们后悔没有挤上已经出发的两艘船。说话的人是钱大春。

"君华,你说现在又不能过江,又出不去,这不是等死吗?"钱大春慢慢地移到君华身边。

"在这里死,总比死在日本人手里要好。"

钱大春瞪了一眼君华,从她身边离开。

"那个修鞋的,坐好了,不许出声。"丁宝在门口喊着。

君华有一个想法,她要和丁宝谈谈玉蓉的建议。眼下没有更好的办法,她决定试试。她从人群中艰难地挤出来,走到丁宝跟前,她倚靠着旁边的门框,裹了裹大衣。外面起风了,天又开始阴沉下来,看样子很快又要下雪。老五家的屋子坐落在这个村子的最前面,从这里放眼望去,能看到前面的那片林子和乱坟岗。再过去,就是芜湖城区。

君华用一双迷人的眼睛把丁宝从头到脚打量了一番。她又微微仰起脸,低垂着上眼皮,眼睛眯成一条缝隙,余光偷偷地落在丁宝身上。这一切没有逃过丁宝的眼睛,他假装没有发现,依然斜靠着门框坐着擦他的枪。他在等着君华说话。

"哎,我们真的就这么干耗着?"君华看着丁宝的样子,忍不住开口了。

"你是不是要和我说用木筏过江?"这是丁宝第一次露出微笑,他抬起头看着君华。

"原来你小子看出了老娘的心思。"

这天下午,屋里召开了紧急会议,会议由丁宝和君华主持,有几个难民代表参加,大家讨论了过江的办法,最后决定试着用木筏过江。

很快,有几个人按照丁宝下达的指令"百姓家的门板谁都不能拆",把村里不用的木板和木头都集中到院子里。有几个女人从村里拖过来几捆稻草,她们擅长用稻草编织草绳。就这样,新的过江计划开始实施了。但面临的巨大挑战是,用木筏过江,如遇江面起风或浪急,木筏上的人很容易落入江中。丁宝问过所有人,懂水性的只有五个人,其中包括他自己和玉蓉。即使懂水性,在这样的天气里,恐怕落入江中的人也会被冻死。

"你来,你来!"君华把玉蓉拉到一边,她又招呼哑巴拿来她的箱子。

"今晚用木筏过江,会很冷,你把这身棉衣穿上,到时候我让哑巴护送你过江。"君华从箱子里拿出一身崭新的棉衣让玉蓉穿上,这身棉衣是去年周承德从上海带回来的,她一直舍不得穿。

玉蓉沉默不语,她低着头,眼睛瞟了一下手中的棉衣,好漂亮,花色很鲜艳,这是她长这么大看过的最美的衣服。玉蓉穿上棉衣,显得稍微肥大,但很暖和。

十四

这是周良丰和大麻第一次这样谈话,虽然他们来自不同的战线,但他们有着共同的信念,因为这种信念,他们才走到一起。

"和你一起打鬼子,算不算国共合作?"大麻笑着问。

"你还真把我当国民党啊,要不是为了潜伏,我才不穿这身皮。"周良丰微笑着看着身边的战友。

"你为什么参加革命?"大麻问。

"我家在江北,我父亲和爷爷都是生意人。我从小就生活在一个充满了封建思想的环境里,我不要那样的生活,为了改变这一切,我决定一生追随中国共产党。"

"我也是江北人,但我和你不一样,从小家里穷,父母都在别人家打长工。我是1927年参加革命的,那时我和一个同乡去了江西谋活路,正赶上南昌起义,我就参军了。到了1934年7月,我跟随红七军经过福建北上回到了家乡,我被组织安排在芜湖和一名老同志从事地下情报工作。由于日本关东军在东北成立了'满洲国',去年5月份,我和那位老同志又被组织派往东北潜入'新京',与那里的抗联同志联合建立新的情报网。直到今年夏天,由于组织需要,我又回到了芜湖。"

"那位老同志呢?"周良丰问。

"牺牲了。去年冬天,我们一起去哈尔滨执行特殊任务,他为了掩护我,被哈尔滨特务逮捕了,后来死在了监狱里。"

"你也是老革命了，真佩服你。"

"其实让我佩服的人是你和我们另外一名同志，在国民党军队中潜伏，你比我更危险。当然，另外一名同志的情况，我现在还不能告诉你，我和他一直是单线联系。"

"对了，大麻兄弟，你知道这两天跟着我们的小鬼子是谁吗？"

"不知道。"

"是一个叫伊藤正雄的日军少佐，我在上海和这个人打过交道，他是一个很狡猾的小鬼子，很善于搞侦察，在日军中，也是一个情报高手。"

"我倒要会会他。"大麻站起身来，从周良丰身后朝左边的壕沟走去，开始检查各个火力点的布置情况。

伊藤正雄收到联队发来的电报，明天早上大部队要进城，电报上说，师团长要亲自见他，这是无比荣耀的一件事。傍晚时分，伊藤正雄带着小分队去了营地。一路上，伊藤正雄的心情很不好，在去下庄村的途中被几个不明对手骚扰，这很可能是中国军队的先头小股部队。伊藤正雄为了安全起见，本打算从右方的一条小路下到江边，再沿江前进，偏偏在那个时候收到回营的电报。

"村上君，大部队明天进城，这是我们的荣耀。"

"是的，伊藤君。"

"有一年，我和美子跟随老师去过两个地方，一个是南京城，另一个就是芜湖城，这两座城市都坐落在江边，历史文化很悠久。"

"这里没有我们的家乡好。我们家乡有海，如果不打仗，这个时候，我可以在海边看雪。"村上次郎有些伤感。

"不用多久，我们都可以胜利回国。"

伊藤正雄带着小分队绕着城外一条秘密小路向营地前进，是为了避开中国部队。目前城内的具体情况还不清楚，他只听说中国的守城部队已经在撤离，但那只是他听说而已，说不定是中国人设下的一个圈套。伊藤正雄一向很谨慎，没有得到进入城内侦察的命令，他只好选择这条路回营。

伊藤正雄面见师团长并没有他想象的那么荣耀，而是换来师团长非常严厉的训斥。到目前为止,伊藤正雄还没有芜湖城地下党活动的可靠消息,这使得师团长很恼火。伊藤正雄迈着沉重的脚步离开了大本营,他心里很委屈,这对于他来说简直就是侮辱。他从腰间拔出一把雪亮的短刀,狠狠地刺进了联队刚抓回来的一个中国妇女的胸口。

这是大部队进城前的最后一个傍晚。天气突然降温,远处的天空昏暗起来,空气中流动的刺骨的冰冷直穿进人的体内。伊藤正雄钻进了村上次郎的帐篷,刚好只有村上次郎一个人在帐篷里。

"来,村上君,我们一起喝点家乡的清酒。"伊藤正雄从怀中掏出一瓶酒。

"很久没喝家乡的酒了。"村上次郎拿来酒杯,和伊藤正雄坐下。

"现在要是能看见美子的舞姿那就更好了。"

"伊藤君,很快你就会看见的。来,喝一口!"

"等到我们胜利回国了,我邀请你去札幌,我和美子招待你。"

"多谢伊藤君!干杯!"

外面的士兵在集结,这是负责攻城的炮兵联队,明天早上,师团长一声令下,炮弹就会从不同的方向射向城内,紧接着,步兵联队就会发起冲锋。可这些和伊藤正雄这支小分队都无关,刚才师团长给他的任务是,从城外秘密到达中国部队的沿江防线进行侦察。

目前中国部队虽然正在撤离芜湖城,但对于沿江一带的防线日军还没有任何情报,那里的地形异常险峻,出发前,伊藤正雄仔细地研究了地形图。

"控制了这里,我们就控制了整座城市。"伊藤正雄的食指在地形图上画出一道弧线,是从下庄村一直到崖子口。昨天,伊藤正雄得到最新情报,中国军队正在江边大批撤离,目前只有少数小股部队在芜湖周边地区活动。对于日军来说,这已经构不成威胁了。伊藤正雄让小分队全体士兵在这一夜踏踏实实地睡上一觉,天亮时分,小分队将会出发。接下来可能会是一场更加残酷的战斗,因为在他面前是那个中国军人周良丰。

伊藤正雄想起了8月23日清晨,他跟随部队在舰炮密集火力的掩护下，向上海吴淞口码头强行登陆，当时迎面阻击他们的是中国国民党军第九集团军。与伊藤正雄正面交锋的就是周良丰，当时是在码头附近的仓库门口，他们联队正要从侧面冲出中国军队的封锁线，不料遭到周良丰部队的袭击。那次被袭，他们伤亡惨重，他差点死在周良丰手里。后来，他开始收集周良丰那支部队的各种情报，才得知那是一支称为尖刀连的中国部队。伊藤正雄一直想与周良丰再次交手，所以他在地形图上把下庄村划入了他锁定的范围。

"伊藤君，我听说国崎支队已经去了南京，现在就在南京城外，他们随时可以进城。"村上次郎快步跑过来，他要把这个消息告诉伊藤正雄。

"这是我们军人的荣耀。"

"要是我们也能进入南京城，那会是令人很兴奋的一件事。"

"村上君，为了我们的荣誉而战吧。"

就在一周前，也就是12月2日，江阴防线失守，作为南京国民政府唯一一道水上屏障失守。南京城危在旦夕。

这是1937年12月10日清晨，日军在炮火的掩护下，攻进了芜湖城。芜湖城全面失守。

同日，日军也向南京城发起总攻。

伊藤正雄是在小分队出发一个时辰后，收到大部队攻进城的消息，对于他来说，既兴奋又有些失望。失望的是他没有亲眼看见日本的士兵大步进城的壮观场景。

这次前去沿江防线侦察，伊藤正雄让小分队换上中国普通老百姓的衣服，他们装扮成一支收尸队，从城外一条隐蔽的小路向太古码头方向前进。伊藤正雄打算先从太古码头侦察，再从那里下到江边秘密前往下庄村。看起来他们分工很明确，有拉板车的，有挖埋尸坑的，还有给死人烧纸钱的。他们把武器掩藏在板车下面，外人毫无察觉。这是一个十人组成的小队，都是受过特殊训练且有丰富战斗经验的日军士兵。这里的小路常年无人行走，途中很多地方被枯枝烂叶或是垃圾覆盖，已看不出它原本的样子了。小队艰难地前进，伊藤正雄和村上次郎在前面带路。

日军的军机从头顶飞过去,飞到芜湖城区上空,一颗颗炸弹从飞机上扔下去,只听得"轰、轰、轰"的爆炸声,同时,城里又响起了炮弹的声响。很快,一切安静下来。伊藤正雄微笑着看着城区方向,大部队开始进城了。日军第十八师团进占芜湖城后,很快便向驻守在芜湖周边地区的国民党部队发起进攻,这无疑让下庄村这支特殊的军民混合的队伍处于更危险的环境中,也让整个芜湖地区从此成为日军"确保地带"之一。日军开始不断地向芜湖派驻重兵,同时,日军在赭山顶上设立了警备司令部。另外,第十五师团的高品联队、仓桥联队分驻裕溪口、荻港一带。

在后来的几天,日军向驻守在芜湖周边地区的国民党军队多次发起进攻。国民党军队先后在白马山、三山、横山桥、荻港等地进行顽强防守,与日军展开了激战。

小分队在一个庄稼地原地休息,伊藤正雄把村上次郎单独叫到旁边,他让村上次郎想办法再和下庄村的情报人员取得联系,他要下庄村最新的情报,尤其是下庄村的共产党员和周良丰的活动轨迹。这是他为进攻下庄村做的战前准备。

村上次郎接受了命令,他要在午饭以前拿到情报并回到小分队。这个任务是秘密进行的,整个小分队里,除了村上次郎,伊藤正雄没有告诉其他任何士兵。村上次郎在一棵老梧桐树下掀开只有他才能够认识的带有标记的石片,但并没有找到任何情报,这已经是连续三天没有收到情报了,他的第一反应是潜伏在下庄村的情报人员出事了。伊藤正雄根据村上次郎汇报的异常情况,认为村上次郎的分析是对的。伊藤正雄很了解这个情报人员,他向日军传递情报从来没有过失手,但这次,他一定是暴露了。

伊藤正雄又想起了他的未婚妻美子。他从怀中掏出一本《万叶集》,这是在札幌大通公园里美子送给他的,里面夹着一张他和美子在那棵他们常去的紫丁香树下拍的合照。

"好美,这就是你的未婚妻?"村上次郎坐在伊藤正雄的身边问。

"是的。"

"伊藤君,我们下一步行动是什么?"

"下一步行动是占领整个皖南地区。村上君,你喜欢这个国家吗?"伊藤正雄转过头看着村上次郎,问他。

"我不喜欢,我想回到自己的家乡。"

"你有没有想过这样一个问题,有一天,这里成为我们的另一个家乡?那就要我们彻底去摧毁这里的共产党的地下网络,也要消灭这里残留的中国小股部队。"伊藤正雄很自信地对村上次郎说。

村上次郎没有回答,对于伊藤正雄和他说的这些,他一点都不感兴趣,他也不会对占领中国抱有任何幻想,一来到中国战场时他就已经有了这种感觉。

他记得他来中国的第一天,是在三个月前,他跟着部队去上海参战。那是一个美丽的清晨,红彤彤的太阳从大海的尽头冉冉升起,那个早晨和他在家乡的早晨一样美。他和他的一个同乡站在海边尽情地享受那一刻最美的时光,他们还没来得及做好战斗的心理准备,就被战斗的号令召回。在部队前进的途中,他亲眼看见他的同乡把明晃晃的刺刀刺进了一个手无寸铁的妇人的胸口。那个妇人的年纪和他母亲相仿。那一刻,他无法理解和他一起来的同乡为什么会如此残忍。

"村上君,我们作为军人,已经没有别的选择了,只能继续战斗。继续前进。"伊藤正雄把《万叶集》放入怀中,给小分队下达了前进的命令。

村上次郎背上电台,跟在伊藤正雄的身后,他们沿着一条小河沟前进。

今天的天气反复无常,一转眼工夫,天空灰暗,寒风刺骨。伊藤正雄来中国之前,学过如何判断天气的变化,根据他的判断,一场暴风雪很快就要来临。

"山田君,很快有暴风雪,速去找一个安全的地方。"伊藤正雄向一个士兵下达命令。

果然,这是一场在这个冬天里最凶残的暴风雪,来势汹汹,几乎要横扫世间万物。

前面有一个村庄,小分队进入一个保存完好的房子里。这个村庄已空无一人。

伊藤正雄带领的这支小分队,大部分士兵来自日本爱知县西部,那里的冬天不像这里这么寒冷,所以,这几个士兵很不习惯这里的冬天。这无疑影响到整个小分队前进的速度。伊藤正雄曾向联队请求过重新配备士兵,申请提交上去不到半天时间,被退了回来,后来经过观察,他也就接受了。但这个天气,估计他们一时半会儿也无法前进,伊藤正雄便派两个士兵找些干柴生火取暖。

雪大起来。很快,眼前的万物都被笼罩在一片片洁白的雪花中。

十五

　　这是芜湖城最黑暗的一天。日军轰炸过后,到处是倒塌的房屋和血肉模糊的尸体。在芜湖城各个大小街巷,日军的步兵联队正在实施烧杀抢掠。

　　而在这一刻,在下庄村,几乎每个人都能嗅到一种死亡的气息。这好像在黑暗的大海中感觉自己慢慢被海水吞噬一般,让人无法正常呼吸。目前最大的困难是枪支弹药不够,用来做木筏的麻绳不够,也没有船只和食物。这又让在场的每个人多了一分莫名的恐惧。

　　玉蓉裹着君华给她的大衣卧在小七身边,她因为又饿又冷感到浑身不舒服。君华蹲在玉蓉面前,她用一双母亲的手把玉蓉扶过来深深地搂进怀中,玉蓉即使有一万个不情愿,此时的她也没有反抗的力气了。

　　"别害怕,会有办法的。"君华的脸紧贴着玉蓉的脸,在她耳边轻声地说。

　　"我想回家。"玉蓉的声音很微弱。

　　"别怕,有我呢,别怕!"

　　这是一个特殊时期。玉蓉从这一次君华对她的拥抱中,似乎感受到一些来自母亲的温暖,她把头依偎在君华的怀里,一股暖流传进了她的体内。

　　为了尽快把城里的情报送到山上,大麻决定去一趟城里。他临出门时,被赶来的君华拦下。君华站在他面前。

　　"我也去,做木筏没有麻绳不行,我去一趟萃文书院。"

大麻看着君华认真的样子，他刚想拒绝，这时，丁宝过来了。

"君华和我商量过了，我同意她的决定。"丁宝说。

"现在可不比以前，现在城里到处都是小鬼子。"

"我不怕，萃文书院我有熟人，我去试试。"君华坚持着。

大麻和君华装扮成一对夫妻出发了，他们很快消失在白茫茫的大雪之中。

大麻带着君华从一个学校的后院墙翻过去，这里已经废弃多年，平时没人来这里。他们从这里出去，再向右拐进一个胡同，一直向前走，很快就进入了城区。这里有日军轰炸过的痕迹，街上已是一片废墟，不时有日本兵经过。他们到达萃文书院时，发现那里已被日军设了卡。

"这里过不去了，往回走。"大麻察看了前方的形势，他拉着君华沿着一处高墙撤回去。

"那怎么办？要不要去安全区看看？那里我也有朋友。"君华焦急地问。

"没用的，看这架势城里应该到处都是日本兵，即使我们搞到麻绳，也运不出去。"

"难道就这么空手回去？"

"回去再想办法，你看前面几个日本兵，见人就杀。"

君华刚探出头来，就看见前方有几个日本兵正在枪杀试图逃命的百姓，她吓得慌忙躲到大麻身后，浑身发抖，胸口好像瞬间被什么东西堵住了一样。枪声忽远忽近，忽稀忽密，偶尔一两声炮弹的爆炸声从城区的另一个方向传来，这意味着，日军已经占领了芜湖城。

大麻和君华从城区撤出来时，日军正在向城郊派遣搜寻队。

快要接近傍晚时，雪停了。大麻和君华沿江去往下庄村，江面一片平静，日军的巡逻船依然缓缓地从江中心驶过。

这两日，周承德的心里很不踏实，对岸芜湖城的形势越来越紧张。这是他从对岸逃出来的难民口中得知的，并且他还了解到，他的儿子周良丰就在对岸。

周承德自从从家中出来,就一直没有回去,他一直守在这里,现在有了儿子的确切消息后,他最大的愿望就是要见儿子一面。如今这芜湖都成了日本人的天下了,再不见儿子,恐怕日后就再也见不到了,周承德寻思着要过江找儿子。

周良萍见父亲两日未回家,有些着急,就去了李寡妇家,刚好李寡妇也在犯愁,两人一商量,决定去江边寻父亲。她们冒着严寒赶到江边时,正遇到一批难民从芜湖逃出来。这批难民正是从下庄村逃出来的。他们下船的地方距离周承德很近,周承德便召集几个商船的船家把他们临时安置在船舱里避寒。周承德在和他们的交谈中,了解到儿子周良丰就在下庄村。这让他激动不已,他决定不给儿子丢人,当李寡妇和女儿周良萍找到他时,他让她们先把这些难民带回村子里安置。

村里有人一大早就敲开了周良萍家大门。昨天半夜,从她家院子里传出"咣咣咣"的声响,让人在半夜里感到异常诡异。有几个胆大的村民想去探个究竟,摸着黑走到她家门口,最终还是不敢进去。那声响就一直响到后半夜才停下。原来是李寡妇和周良萍把后院的那间空屋子整理出来,作为这些难民的临时住所。那声音是李寡妇给窗户钉木板的声音,窗户坏了,大雪天总是漏风。

天刚亮,大门几乎被村里人撞开的。有人站在门口,一看见李寡妇就嚷嚷道:

"春莲,昨晚你干什么呢?挖坟吗?害得大家都睡不着觉。"

李寡妇没有看他们,她把一大捆从屋子里清理出来的废木头扔到外面,转身又进屋了。跟进来的几个村民这才发现村里来了这么多逃难的难民,听说还是从芜湖逃出来的。这回有人忍不住了。

"疯了,疯了,这不是得罪日本人了吗?"有人喊起来。

李寡妇站在院子中央,拿起一根扁担就把这几个人赶了出去。此时太阳出来了,她身上的大红棉袄在耀眼的阳光下散发出灼热的光芒,那阳光下的大红直刺人的眼睛。李寡妇举着扁担一直追到大门外,见他们跑得无影了,才返回来把大门关上。

其实,村里人担心也是有原因的,李寡妇心里明镜似的。她知道她把这些难民带回来,村里人中肯定有很多反对的,甚至会对她指指点点,或者恶语相加。

三年前的今天,是李寡妇和她男人大喜的日子。那天下午,一个她从未见过面的男人把她从窑下村背到这里。她的男人没有马车,没有毛驴,没有吹鼓队,也没有聘礼和媒人,从窑下村背到这里整整用了一天时间,走了四十多里路。就这样,李寡妇成了他的女人。李寡妇来村里后的三年中,村里发生了几件大事:一是前年一场瘟疫,村里死了二十几口人;二是去年下半年的旱灾闹得人心惶惶,还饿死了几个人;三是今年初村后面的滩上河断了流,后来村里从天井山请来大师作了法术,大师临走时说,村里有灾星。这个灾星的帽子很快就扣在了李寡妇的头上,原因是她克死了她的男人。

李寡妇的男人死后,李寡妇只剩下这间空荡荡的老房子,这间房子一到雨天,外面下大雨,屋内就下小雨,一到刮风的日子,风就会从墙壁屋檐的缝隙中钻进来。周承德之所以帮助她,是因为他看她实在是可怜,他很看不惯村里有些人的举动。这两年,村里人心都散了,都为了自个儿的那点私利,为了给自个儿取乐,竟然去欺负一个弱女子,周承德对李寡妇生出了同情怜悯之心。他为李寡妇做的第一件事是请人给李寡妇的屋子补了漏,还给她买了过日子的锅盘、家具。李寡妇的屋子补好漏的第一个晚上,周承德是在李寡妇家度过的,那夜,外面下着很大的雨。

有一段时间,村里人把李寡妇和周承德的事件称为肮脏的勾当,为此,周承德还被罚在老祖宗的牌位前跪了两天两夜。李寡妇并没有遵守守孝三年的规约,她更需要在男人死后得到一种安全感。她背着各种骂名,投入了周承德的怀抱。

有人说,李寡妇是看中了周承德的钱财。那时周承德总往大地方跑生意,家境确实不错。现在生意虽然不做了,日子过得倒也踏踏实实、平平淡淡,李寡妇还心甘情愿跟着周承德,村里人也不再提她惦记着周家钱财一事了。

这次李寡妇胆子大起来,从江边把这些难民带回村里,还把他们安排得这么妥当,这让周良萍对她的印象开始好起来。

在周承德的动员下,有两个胆大的船家愿意和他一起去对岸帮助难民过江。在出发之前,周承德回了一趟村里,他从马棚里牵出马,套上板车,在家门口和李寡妇、女儿打过招呼,就直接去了老坟茔。周承德在自家祖坟旁边挖出一个长长的木箱子,里面有八支长枪和一些子弹,这是他前两年去山东跑生意时,从黑市上买回来的,本来是用来防身护院的,现在他要把这几支长枪和子弹带去芜湖,也许儿子会用得上。

和周承德一起过江的这两个船家,都是常年往来于无为和铜陵之间做短途买卖的。尽管他们的日子过得还算富裕,也都上有老下有小,这时候,他们也都表现出了强烈的爱国热情和对苦难中同胞的同情之心。经过周承德和大家商议,有人愿意把自己家的那艘货船让周承德带去对岸接难民,这艘货船估摸着能装下四五十人。

"周老板,船借给你了,你可要还我,我还等着去安庆提货呢。"船主还是有些担心。

"你就放心吧,老哥,这回啊,你也算是为百姓做了件大好事。我也得麻烦你,帮我照看好我的马。"

周承德一行三人从二坝码头出发了,他们沿着江边向前慢慢行驶。前方有一条周承德的秘密通道,从那里去下庄村,只要躲过日本人的巡逻船,半个钟头就能到。周承德打算在那里过江。

周承德心里还在惦记着一个人,那就是君华,但他没指望能再见到她。现在这兵荒马乱的年代,日本人闹得这么凶,炮弹像雨点一样轰炸芜湖城,说不定君华早就不在人世了。周承德越想心里越难过,早知道日本人会来,还不如那时就把她接到无为来。其实他想过,又怕别人说闲话,后来也就没再想这事了。但今天,周承德真的后悔了。他觉得自己对不起君华,等他回去了,他要给君华起坟。

天气还是异常寒冷,江面起风了。

天空中不断传来嗡嗡的声响,那是日本人飞机的声音。

"周老板,您说,这日本人的飞机能看见咱们吗?"同行的一个人问。

"那不能看见,日本人的飞机飞得那么高,看不见,放心吧!"周承德坐在船舱里闭目养神,他听得出日本人的飞机还远着呢。

今天是日本人的飞机第七次绕着芜湖城上空来回飞了,飞得下庄村的这些难民人心惶惶,大家都在七嘴八舌议论着,还有两个胆小的人哭起来。就在今天上午,扎好了一个木筏,上去五六个人准备过江,木筏离开江边还不到两百米时,就被日军飞机扔下的一颗炮弹击中,木筏上的几个人全死在了江中。

"没活路了,可怜我的娃,你快是没妈的娃了。"人群中一个女人边哭边说。

"大姐,别怕!我们会有办法的,别怕!"君华走过去,蹲在这个女人身边,紧握着她的手。

"这可怎么办啊?可怜我的娃啊!"这个女人见君华来安慰她,反而哭得更伤心了。

君华回头看了看玉蓉,她发现玉蓉正在看着她。她第一次发现玉蓉的眼神里充满了亲切和担忧。这可能是女儿为母亲的担忧吧。这让君华内心感到一阵喜悦。她朝玉蓉微笑着,接着,她看见在玉蓉的脸上,也似乎有了一丝微笑。

"日本人已经占领了芜湖城区,很快就要打到这里了,还没等我们过江,就会死在这里。"人群中有人说道。

"听说周长官和大麻兄弟带着那几个当兵的,已经和日本人干起来了。"

"听说周长官他们子弹都快打光了。"

"完了,完了!"

有人开始写遗书,也有人在行李中翻出新衣服穿上,死也要死得体面些。一个衣衫褴褛的中年男人从口袋里摸出半个烧饼,他说死也要做个饱死鬼。

"大家听我说,都不要害怕,我们一定会有办法的。我们等丁宝回来,一定有办法过江。"君华站在人群中间说。

但根本没人理会她。

"说不定我们很快会搞到船……"

"姑娘,别影响我写遗书,可以吗?"

"这位大哥……"

"别说话!"

君华还想说什么,正在写遗书的男人打断了她,君华没办法,只好等丁宝回来。她坐在玉蓉身边,看着这些人,其实心里比他们更害怕,但她不能表现出来,因为这里有她的女儿。她看着玉蓉的眼睛,一双水灵灵的、透亮的眼睛,是多么让人喜爱。

"别哭,有妈在你身边,还有哑巴,我们都会保护你的。"君华看着玉蓉已经发红的眼眶,把玉蓉搂进怀里。

"我父亲呢?"玉蓉轻声地问,她使劲地控制着在眼眶里打转的眼泪。

"很快你就会见到的。"

哑巴走过来,在君华面前比画着,他是在告诉君华,已经没有食物了。君华朝人群中看了看,如果没有食物,又过不了江,在这么寒冷的天气里,所有人都撑不了多久。她让哑巴再去找些柴火来,让火更旺些。

"同胞们,难道我们就这样等死吗?还不如去和小鬼子拼了。"刚才写信的男人突然站起来,他情绪非常激动地对大家说。

"即使能有船过江,哪怕是木筏,还没等到江中心,就会被小鬼子炸死。我们和小鬼子拼了!"他挥动着拳头,眼睛红得像喷火一样,他的脸涨得通红,好像很快就能成为一个勇士,他在绝望中咆哮。

"和小日本拼?那是去送死。"一个老人说。

"你有枪吗?有飞机吗?用什么拼?我们的拳头吗?"

"你们都是孬种,都贪生怕死,我……我……要是给我枪,我非杀他几个小鬼子。"

"等有枪了你再去吧!"

这个男人的情绪慢慢缓解了,他坐到火堆旁,嘴里还在骂骂咧咧的。

君华搂着玉蓉卧在挡风的墙边。她看着这个男人,再看看身边的其他人,好像做梦一样。

十六

　　玉蓉从小就是一个很善良、对穷苦人有同情心的姑娘。看着这些活在苦难中的人，她稚嫩的心里充满了同情。她让哑巴陪她一起出去挖些野菜回来给几个体弱生病的老人充饥。

　　下庄村背靠长江。村子左边是一大片农田，是当地的老农用来种植荸荠的，据说，荸荠是江北无为的特产，是由几个老农从江北引入过来的。村子的右边有一个水塘，水面已经结冰，水塘周边是一片荒废的菜地，长满了杂草，水塘边有几棵已经枯萎的老柳树，就像一个老人坐卧在那里。玉蓉和哑巴提着一个布袋来到了水塘边，他们想在这里找些野菜。

　　"别出声！"玉蓉一把拉住哑巴的胳膊，她看见对面的老柳树后面好像有个人，而在不远处一个土坡后面，玉蓉看见了小七。

　　老柳树后面的人正是南道巷的鞋匠钱大春，这棵老柳树是他在下庄村期间和外界取得联系的地方。他把情报塞进树皮缝里，并做好了标记，正要转身离开，他隐隐约约感到被人跟踪，他故意放慢了脚步，一回头，看见小七在他身后。

　　"小七姑娘，是你啊，这兵荒马乱的，你怎么敢出来跑？"钱大春佯装关心的样子，慢慢地靠近小七。

　　"没事，我就是闷得慌，出来转转。"小七已经确定了她的判断是正确的，她预感到危险一步步袭来，往后退了几步，刚想转身，却被钱大春挡住了去路，一把明晃晃的尖刀逼近了她的头部。

钱大春没想到的是,突然有人从他身后抱住他的腰把他拖出了几米开外,才让小七有脱身的机会。钱大春重重地摔倒在地,他这才发现原来是哑巴。两个男人扭打在一起。

"快去找我师父,找丁宝也行,快去!"小七把还惊慌未定的玉蓉推开,然后她从旁边捡起一根木棍拿在手里。

丁宝带着二炮赶来的时候,水塘的冰面上躺着两具尸体。

"小七,小七!"丁宝喊了两声站在岸上的小七。

小七双手紧紧地握住木棍,她的眼睛死死地盯着哑巴和钱大春同归于尽的地方,浑身在发抖,她还没有从刚才的搏斗中醒过来。

"小七!"丁宝使劲地在小七的脸上拍了一下,小七这才回过神来。

"哑巴,哑巴!醒醒,醒醒!"小七这才意识到哑巴已经死了。

哑巴和钱大春的尸体被二炮找人抬走了,丁宝根据小七说的情况,在那棵老柳树的树皮缝里找到了钱大春正要送出去的情报。

又抬回来两具尸体,屋里的所有人几乎是同时发出了尖叫声,他们目睹着这惨烈的场景,现场一片混乱。有人开始发疯似的要冲出这间屋子,尖叫声、哭声乱作一团,有人冲出了屋子,接着,又有几个人冲出了这间屋子。但很快,出去的人又跑了回来,外面响起了轰炸声和枪声。

君华强忍着内心的悲痛,她和玉蓉把哑巴的尸体移到锅灶后面,这里没有风,她又烧了些热水给哑巴的胸口擦去血块。她闭着眼睛把尖刀从哑巴的胸口拔出来,又用自己的围巾包住他的伤口。在院子后面的菜园里,君华把哑巴埋了。

等丁宝和小七回来时,大家才知道,这个平常看起来老实巴交的鞋匠,竟然是给日本人送信的奸细。

就在屋里一片混乱之时,大麻匆匆带着几个人进了屋,这几个人就是按照上级的命令临时转移的同志。

"这就是我们要找的奸细,是小七发现的。哑巴为了救小七,和他同归于尽了。"丁宝一见到大麻,马上迎上去,然后指着地上钱大春的尸体说。

"我们也掌握了钱大春的最新情况。我来介绍一下,这几位就是奉命转移的同志。这是丁宝,自己人。"

大麻做了介绍后,让小七安排这几位同志在里面找了地方暂时休息。这时,丁宝问他:

"刚才又是轰炸声,又是枪声,怎么回事?"

"轰炸声还远着呢。周良丰也是我们的人,这几位同志能安全转移到这里,幸亏有周良丰一路护送。刚才在路上遇到几个小鬼子,周良丰他们已经把小鬼子解决掉了。"大麻说。

"什么?我没听懂,什么叫周良丰也是我们的人?"丁宝满脸疑惑地看着大麻。

"我现在没时间和你解释,赶紧想办法安排大家转移,这里已经不安全了。"大麻说完就走了。

关于钱大春,大麻和丁宝各自都掌握了他的一些令人怀疑的情况,只是一直没有确凿的证据。大麻在南道巷里就开始注意他。丁宝经常光顾大麻的裁缝铺,并不是盯着大麻,而是每次都会在大麻身后的躺椅上躺个小半天,在那里,他可以从身旁的窗户观察到对面钱大春的鞋匠铺。

这几日,丁宝通过警察局内部的关系,对钱大春展开了秘密调查,调查结果显示钱大春和日本人有生意上的来往,这让他很吃惊,一个鞋匠还能和日本人做生意,这更让他对钱大春产生了怀疑。

丁宝为了弄清事情真相,甚至请求过山上的同志帮忙,后来丁宝发现这个钱大春并不简单,原来在几年前,钱大春就已经活动了。

钱大春是芜湖南陵人,原名叫钱江。他在老家时,南陵县刚成立中共党组织中共南陵特别支部,发起组织者是中共党员俞昌时、俞昌准俩兄弟,他们是在上海读书的南陵籍学生。1926年7月,北伐军在广州誓师出发。党中央为了策动全国人民响应北伐,决定将在上海读书的一些进步学生派往各地做宣传工作。同年8月,俞昌时、俞昌准兄弟奉命返回南陵开展革命工作。俞氏兄弟回到南陵后,一方面进行反帝爱国宣传,另一方面有意识地发展了一些骨干分子入党。入党名单中,就有钱江,只不过当时钱江在为国民党卖命,他趁机混进南陵中共党组织是为了搞破坏,但不久,钱江的潜伏计划败露,他便找机会逃到了东北。日军在东北建立伪"满洲国"后,钱江在熟人的安排下,很快进入哈尔滨警察厅特务科谋了个差事。几年后,他回到芜湖,用钱大春这个名字一直居住在南道巷。

"你怎么来了?"周良丰和大麻见丁宝来了,他们从防御工事里上来。

"你们看看这个。"丁宝手里拿着一个档案袋,从里面拿出一份档案。

"钱江?"周良丰和大麻不约而同地说。

"是的,这是钱江在哈尔滨警察厅特务科的档案,也就是钱大春。大麻,当年和你一起去哈尔滨执行任务的老同志,在监狱里牺牲了,就是钱江干的。"

"真没想到,他竟在我们眼皮底下生活了那么久,不过也好,他总算有了报应。"大麻把钱江的档案递给丁宝,他拿起枪,进了工事。

"对了,还有一事,钱大春一直和日本人有生意上的来往,主要是向日本人贩卖一些文物,他是顺便给日本搞一些情报,近期与他接头的日本人就是伊藤正雄。"

"眼下这小鬼子猖狂得很,汉奸也会越来越多,回去吧。对了,大家尽快转移,小鬼子很快就来。"周良丰提醒丁宝。

"我们在想办法,实在没船,我们先去崖子口,那里比这里安全。"丁宝说。

这是第一次召开临时党员会议,会议由大麻主持召开,参会的人员有周良丰、丁宝和另外几名奉命撤退的党员同志。会议是在一间杂货房召开的。

"我来介绍一下,周良丰,丁宝,都是自己人。"

大麻在接到负责城内的党员同志撤退的任务时,上级曾对他有过指示,城内有两名在特殊战线上的同志,如遇紧急情况,可联合行动。所以在这次党员会议上,大麻让周良丰和丁宝一起参会。

由于之前大麻和周良丰、丁宝三人有过关于难民队伍转移的讨论,很快达成一致,由丁宝和君华负责组织难民队伍向崖子口转移,周良丰和大麻带着几个士兵在后面断后。这时,有一名党员同志说:

"我们几个都带了枪,我们也能参战。"

"那可不行,我们接到的任务是不惜一切代价保证你们安全转移到无为。"周良丰说。

"这是一周前我托邮局的朋友搞到的一份《无为日报》,上面有一篇吕惠生先生的文章,你们看看。"丁宝把一份报纸递给大家相互传阅。

"这篇文章写得好,现在全国都在积极寻求抗日救亡之路,像这样的宣传抗日救国文章,无疑正是一剂良药。"

"前些日子,有同志已经在无为开始恢复党组织工作,他们正在领导开展抗日救亡运动,这次组织上让我们转移到无为,就是重新建立江北情报站。"

会议很快结束,难民的转移行动要在十分钟后开始进行。

君华依靠在杂货房门口。她今天穿着一件紫色的带有毛绒衣领的大衣,长发散落下来,脸色有些苍白,双手套在袖筒里,寒冷让她直打哆嗦,她使劲地跺跺脚,想让自己全身快要凝固的血液活起来。她又摸了摸衣服口袋,想在这个时候抽上一口哈德门,可口袋里是空的,她只好又把手缩回袖筒里。

杂货房的门被打开,丁宝刚一出来,君华就走过去问:

"开完了?"

"开完了。"

"再不开完,我就冻死在这里了。什么时候走?"

"十分钟后所有人开始转移。"

君华跟在丁宝身后,从杂货房穿过院子中央,进了堂屋,屋里所有的难民都在等着转移的消息。

"周连长,北边和东边都发现小鬼子。"一个士兵速来报告。

"还有多远?"周良丰急忙问。

"不足三公里。"

"所有人准备马上转移。"周良丰发出了命令。

难民队伍出发了,为了轻装前进,一切超重的行李都要扔掉。君华的行李箱也被丁宝扔到了江里,只给她留下了御寒衣服和一些贵重的首饰。君华下意识地回头喊了一声哑巴,这才意识到哑巴已经死了。哑巴给她留下唯一的东西,就是随身带的一个蓝色的布包。

尽管所有人已经扔掉了一部分随身携带的行李,但队伍行动起来还是有些缓慢,原因在于一部分人又冷又疲乏,路面也不好走。有一个年纪大的老人由于经不起寒冷和饥饿,开始发烧犯迷糊,于是被抬上了担架。从下庄村去崖子口的方向,正好是迎风而上,刺骨的寒风嗖嗖嗖地呼啸而来,直往人的脖子里钻,原本潮湿的地面结了冰,让人很难快速前进。

君华裹紧了大衣,她又从腰间解下腰带,把玉蓉的棉袄领子扎起来,防止冷风钻进去。

"把这个也戴上。"君华把自己的羊绒帽给玉蓉戴上。

"那你呢?"玉蓉冷瑟瑟地问。

"我没事,跟着我。"君华紧紧拉着玉蓉的手,和丁宝一起走在队伍的前头。

"大家不要掉队,看好自己脚下的路。"丁宝小声地对身后的人说,并让他向后传达。

"丁宝,我和二炮去后面看有没有掉队的。"君华说。

"注意安全!"

"玉蓉,你跟紧了丁宝叔。"

从这条路到崖子口,太古码头是必经之地,丁宝判断像太古码头这么重要的交通要道,很快会被日本兵控制,想要抢在日本兵到达太古码头之前穿过去,路上就不能出现任何意外。

难民队伍出发时,周良丰和大麻就带着十兵一直跟在队伍后面,为了安全,他们和难民队伍保持大约一公里的距离。士兵们都子弹上膛,做好随时战斗的准备。

"我们这里才七个人,要避免和小鬼子正面交锋。"大麻说。

"我们子弹也不多,要是再多点手榴弹就好了。"周良丰走在最后面,一边前进,一边观察周边的情况。

周承德和两个船家费尽心思避开了日本人的巡逻船到达下庄村的时候，发现村里已空无一人，下庄村并不大，周承德很快就找到老五家里，他发现地上有一堆已熄灭的柴火还冒着青烟，他断定人刚走不久。周承德和两个船家上了船，正商量着如何才能找到他们，突然，村里响起了枪声。周承德和两个船家迅速把船靠近避风港旁边一个河道里，他们隐蔽在附近的草丛里，不久，房子开始烧起来，熊熊大火很快吞噬了整个村子。

"先别出去，一定是日本兵。"周承德说。

一直到天黑，周承德和两个船家才从草丛里探出身子，见周围没什么异常，他们匆匆地上了船。

十七

  芜湖可以说是长江流域上一个繁盛的商埠,"十里长街闹市"的美誉传遍大江南北。曾经一度热闹非凡的陡门巷、国货店、二街、沿河路、大马路、四明路、吉和街、江口,在抗日战争前,都是人声若潮,生意兴隆。自从日军连续多日对市区进行狂轰滥炸后,长街一带的房屋遭到严重毁坏,许多多年"金字招牌"的老店、西式建筑的门面,都成了瓦砾场。

  对芜湖城的印象,其实在伊藤正雄的心里,是非常深刻的。那时,他和姑姑离开札幌去了长崎,住在长崎南边一个小镇上,那时他才十七岁,姑姑托熟人才把他送去小镇上一所高中借读。他和美子就在那所学校里认识的。当时,学校里来了一个中国人要开设中文课,他和美子都去报了名。后来伊藤正雄才知道,那个中文老师和美子的父亲是多年的好友,他经常在美子家里做客,每次去了都给美子的家人唱一段中国的黄梅戏。那一年暑假,伊藤正雄和美子一家人到中国旅行,他们在南京城拜访了那位中文老师。美子很想学习中国的黄梅戏,那位中文老师就帮她在芜湖城找了一位先生,就在那段时间,他们去了芜湖城。

  可这次来到芜湖,伊藤正雄再也没能看到当初繁华的景象,呈现在他眼前的,是战火中的一片废墟。他特地带着小分队经过曾经和美子走过的那条路,都没有了当初的影子。早上小分队从驻地出发时,在一个丁字路口,两个士兵追上一个想要逃走的女子,那个女子的身形很像美子,当两个士兵把她拖到伊藤正雄面前时,那一瞬间他没有开枪,他甚至突然萌生出一个念头，放她一条生路。可就在那个女子用充满了怒火的眼睛盯他的时候，他的手指扣动了扳机，结束了她的生命。

　　部队从进入芜湖城开始，师团长就立刻做了一个重要决定。师团长派出一支精锐部队分别从不同的方向向芜湖城周边地区进行"扫荡"，目的是要在最短的时间内消灭中国守城部队的残余分子。虽然伊藤正雄的主要任务是对长江沿线进行布防前的地形侦察，但如果趁这个机会消灭周良丰这样的对手和芜湖城残余的共产党，这样的成绩一定会让师团长兴奋的。他便向师团长提交了作战申请，消灭他的对手周良丰。很快师团长便把这个任务交给了他。伊藤正雄记得当初在家乡时，美子经常笑话他是个胆小鬼，有一次晚上在大通公园约会时，美子拿出一个玩具老鼠吓他，他竟然以为那是真老鼠，被吓得躲到一棵大树后面。那件事让他很后悔，他不该在美子面前表现得那么胆小。他跟部队来到中国以后，曾给美子写过一封信，他告诉美子他要在战场上把自己变得更强大，做一个真正的男人。

　　伊藤正雄趁小分队休整期间，想给美子写一封信，当他提起笔时，突然想到就在不久前被他枪杀的那个女子，他想告诉美子这件事。伊藤正雄在信中写道，他现在的胆量已经不像在大通公园时那么小了，他现在可以看着中国人的眼睛，然后把雪亮的刺刀刺进对方的胸膛，他还说他是通过这样的方法练习胆量的。

　　"少佐，前方是个码头。"一个士兵前来报告。

　　村上次郎立即把地形图展开，他迅速找到做过标记的地方，然后对伊藤正雄说：

　　"伊藤君，就是这个地方，太古码头。"

　　"传令下去，小分队十分钟后出发。"

　　伊藤正雄把写好的信交给村上次郎，他希望美子能尽快收到他的信。

　　"拜托了，村上君。"

　　小分队很快到达太古码头，比预计的时间早了半个时辰。他布置好警戒岗哨后，开始对码头的每个地方进行详细记录，尤其是中国守军遗留下来的每处防御工事的位置和基本情况。他打算把码头附近的那个仓库用作小分队的临时驻地。

这个仓库很大,里面有些乱,到处散放着一些杂物,还有一些空油桶,伊藤正雄在里面一个隔间的地上,捡到一把女人用的木质梳子,梳齿的缝隙中,还夹杂着一根细长的头发。伊藤正雄闻了闻梳子上的味道,然后把它放入口袋里。

"少佐,那个方向有一支队伍正向这边过来,有几个中国士兵,其他人应该是逃难的难民。"前方负责警戒的士兵进来报告。

"全体集合。"

小分队迅速集合完毕,在通向码头的必经之路,伊藤正雄设下了埋伏,并在两侧隐蔽的高地上架设了两门迫击炮,正好形成交叉式火力点,能够有效对准即将进入埋伏圈的中国人。一切布置完毕,伊藤正雄隐蔽在事先选好的一个石墙后面,他在望远镜里看到,一队人马已经进入了他的视线。他露出了微笑。昨天夜里他抓到一个中国士兵,那个士兵经受不住伊藤的折磨,他说出了难民中隐藏了共产党。

伊藤正雄看见了走在队伍前面的那个中国军人,正是他的对手周良丰,他的嘴角露出了一丝让人不易察觉的笑容,他喜欢和这样的对手较量。他希望能和这样的对手单独搏斗,像真正的武士一样,用武士刀决一胜负,而不是手中的枪。

从下庄村撤离后,越接近太古码头的方向,周良丰越能感觉到日军会提前到达太古码头,他和大麻带着几个士兵在前面开路,前方就是码头附近的仓库,仓库的右前方就是码头,远远看去,一切似乎很平常。但周良丰已经闻到了一种危险的味道。他命令队伍就地隐蔽。大麻和一个士兵从左边一排废弃的房子后面前去侦察。丁宝和君华已经让这些难民隐蔽在一处高坡后面,这里是一个天然的掩体,高坡后面有个陷进去的沟渠,所有难民都进入这个沟渠里,即使有日本人的炮弹飞过来,也不能伤到大家。安顿好难民后,丁宝拔出手枪,来到周良丰身边。

"感觉有点不对,安静得让人可怕。"丁宝说。

"看来小鬼子来得挺快的,这些难民就交给你和君华了。"周良丰说。

"好嘞，你们也要小心！"

"要遇到紧急情况，不惜一切代价保护好我们的同志。"

"放心吧！"

这时，从前方传来几声枪响，周良丰意识到这是大麻和小鬼子交上火了。

"快去带着大家找安全的路撤退。"周良丰说完带着几个士兵去支援大麻。

对面小鬼子的火力并不是很猛烈，大麻和那个士兵没有和小鬼子纠缠，还击了几枪后，他们撤回来，迎面遇上周良丰。

"我们不能和小鬼子纠缠，纠缠下去怕很难脱身。"大麻根据前方侦察到的情况，对周良丰说。

还没等他们完全撤退，两颗炮弹从天而降，在大麻身后炸开了花，他被炮弹的气浪推出去，整个身子撞在一棵大树上。小鬼子的机枪也开始扫射，从南北两个方向夹击，子弹从周良丰的耳边嗖嗖地飞过，打在树上发出砰砰的响声。周良丰和一个士兵躲过敌人的火力，架着大麻开始撤退。其他几个士兵从两边不同的方向朝小鬼子开火进行火力掩护。

"我没事，还好小鬼子的炮射程不远。"大麻说。

"各自找好掩体，加强火力，保护好老乡们撤退。"周良丰下达了命令。

在刚才两颗炮弹落地的那一刻，难民队伍里瞬间炸了锅，有很多人在慌乱中四处逃命，有的按照原路跑，有的沿着旁边的一条小路向江边跑。

"回来，回来！"玉蓉看到有人从她身边跑过，开始大喊。

"那边不安全，听说有小鬼子。"玉蓉一把抓住一个人的衣服。

"啪！"玉蓉的脸上重重地挨了一巴掌。

"去死吧！"被玉蓉抓住的那个男人，给了玉蓉重重一巴掌，然后跑了。

"都别跑，听我指挥，这边，跟我走！"丁宝和君华挡在大家面前。

"丁宝，我们几个去支援大麻他们。"一个同志拔出手枪，来到丁宝面前。

"不行，周良丰和大麻说了，不惜一切代价都要掩护你们过江。跟我走。"

在丁宝和君华的带领下,这支特殊的难民队伍撤出了日本兵的火力范围,他们找到了另一条通往崖子口的路,火速前进。

一路上,君华牵着玉蓉的手,跟着队伍前进。玉蓉感觉到脸上还是火辣辣的,刚才被那个人一巴掌重重地打在脸上时,她感到脑子里嗡嗡地响。这一路上,她的脑子都是迷迷糊糊的,只管跟在君华后面走。

"没事吧,玉蓉?"君华关心地问。

"有点疼,但不要紧。"玉蓉说。

"我希望我能帮上忙,想为大家做点事。我在角头沙时,妈妈说……哦……我姨妈……对,我应该叫姨妈了,我姨妈说,我们要对天底下的穷苦人好,日后才能过上好日子。"玉蓉第一次对君华说了这么多话。

"你说得对!"君华听玉蓉这么说,心里涌上一股暖流,从玉蓉的话里,君华听出来,玉蓉已经在接受她了,但这还需要一个过程。

枪声越来越远,直至听不见了,丁宝才让二炮通知大家就地休息。丁宝走到队伍的后面,看向东北方向,也不知道周良丰和大麻他们是否安全撤离出来。

"玉蓉、小七,来,坐这里!"君华从布包里拿出一件衣服铺在地上。

"也不知道我师父他们怎么样了。"小七担心地说。

"别担心,不会有事的。"君华安慰小七。

玉蓉紧挨着君华坐下,她在尝试着感受身边这个女人给她的安全感,也许那种安全感就是母爱吧!她现在还无法叫她一声妈妈。君华似乎猜到玉蓉在想什么,她的心里一定在做激烈的斗争,那个斗争一定和自己有关,但她希望玉蓉能尽快过这一关,她不想玉蓉活在这种煎熬的日子里。

"玉蓉,和我说说,这些年你和姨妈在湛江的日子是怎么过的?也许我没有资格这样问,或者说我不该说她是你姨妈。"君华希望能和玉蓉做一次交心的谈话。

"但事实呢,你确实是我生的。"君华补充了一句。

"我已经习惯了那里的生活,我想我可能还会回去。角头沙,多美的名字。"玉蓉的头依在君华的怀里，不一会儿就睡着了。

这是这几日以来，玉蓉睡得最踏实的一回，她感觉身上开始有了温度，不再像之前那样冰冷了，她甚至做了一个梦，梦还没有结束，她就被小七喊醒了，又要出发了。她看见君华在清点人数。

队伍重新编队成形，君华和丁宝走在队伍的前面，他们边走边说话，好像是发生了什么事。玉蓉和小七搭伴前进，他们加快脚步跟上了君华，这才知道刚才队伍里跑散了六个人。

玉蓉无心再关心别的事情，她努力回忆着刚才梦中发生的事情。在梦里，她看见她住的那个小屋里，有一个女人背着渔网回来了，往常这样的情形，回来的都是母亲，不，现在应该说是姨妈。而这次玉蓉在梦里看见的女人并不是她的姨妈，而是君华。她清晰地看着梦中君华的面孔，她好像受伤了，脸上都是血痕，渔网在她的背上捆住了她，越捆越紧，捆得她喘不过气来。玉蓉想起村里老人说的话，这是海怪在作怪。她从床上下来，拿起钢叉，刚想去帮助君华，就被小七弄醒了。醒来后，她失去了梦中很多的记忆，怎么也想不起来。

"玉蓉，玉蓉！"

"小七，叫我吗？"

"我看你还是没睡醒，你差点滑倒了。"

玉蓉这才注意到队伍已经走过太古码头很远的距离了，她朝前看去，正是通往崖子口的那条路，她还有点印象，上次她和小七去取船，走的就是这条路。

"等我们过江了，我带你去我家一个叫角头沙的海边。"玉蓉对小七说。

"我还没见过大海。"

"角头沙是个很美的海湾，我经常光着脚丫踩在柔软洁白的细沙上，然后海水会冲上来，当海水退下去的时候，就会看见很多奇形怪状的贝壳，五颜六色的，很好看。我还会挖海螺，我要带你去海边挖海螺。"玉蓉拉着小七的手说。

玉蓉这一番话，让小七充满了好奇，她想象不出玉蓉在那个所谓的角头沙生活的场景,但此刻她很向往。如果有机会,她真想和玉蓉一起去角头沙过着无忧无虑的生活。

队伍停下来。周良丰和大麻带着几个士兵从另一个方向追上来,大麻和一个士兵都受伤了,他们的胸口都被白布包裹着,白布上已渗满了鲜血。队伍暂时休整,玉蓉和小七开始给大麻和受伤的士兵处理伤口。玉蓉是第一次近距离面对这样的伤口,刚开始她很想吐,但看到小七非常熟练地给他们包扎伤口时,玉蓉也不再害怕了。

十分钟后,队伍继续前进。

刚走没多远,有几个体弱的难民昏倒在路上。由于两天来队伍里很多人没有吃任何东西,饥饿让他们偶尔出现昏迷状态,这给队伍行动起来增添了很大的困难。大麻安排身强力壮的男人背着他们走。大麻意识到,再没有东西充饥,会有更多的人连走路的力气都没有了。大麻马上和周良丰商量,这个问题必须马上解决。前进的脚步耽误一分钟,就可能会造成更大的流血牺牲。

"如果实在不行,我倒有个主意。"丁宝说。

"这个时候了,别卖关子,快说!"周良丰有些迫不及待。

"刚刚我们经过了一片农田,你们没注意到?"

"你是说……我想起来了,果子田,对,我们派几个人去挖些果子(荸荠),至少比什么都没有强。"周良丰这才想起来,就在二十分钟前,他们经过了一大片果子田。

"也只能这样了,日后我们再偿还给老乡们。"

大麻很快从难民队伍里挑选了五个人去挖果子,其他人继续前进。

果子田里结了厚厚的一层冰,要先把冰块敲碎,再把手一直插到泥水的深处,手指在零下的温度里从泥土中把果子抠上来,冰冷的泥水把人的皮肉冻得通红,手便失去了知觉。在这样寒冷的天气里,挖果子来充饥也是迫不得已的办法。大麻带着几个人往果子田的方向去了。

周良丰让丁宝和君华带着队伍按照原定的计划向崖子口方向出发,他和一个士兵跟在队伍的最后面,他们是在等大麻他们。这两日他们和小鬼子周旋,他和大麻已经有了同志之情。根据他的观察,大麻和丁宝都是好样的,他为自己能和这样的同志在一起并肩作战而感到自豪。如果有过江的办法,他希望大麻和丁宝能带着所有人安全撤离。

几天前,周良丰已经搞到一部电台,他用第二套电码秘密向上级请示过,他要继续留在芜湖,利用一切手段潜伏到芜湖的日伪内部。如果条件成熟,他会把跟他一起的几个国民党士兵交给大麻带到山上,他们个个都是条汉子,在上海吴淞口一战中,他们是出生入死的兄弟。

"周连长,我们要不要回去接应一下?"周良丰身旁的士兵问。

"再等等,有大麻兄弟在,应该不会有事。"

周良丰看着队伍渐渐远去的背影,他和士兵加快了脚步。此时的天空越来越昏暗,似乎有一场更猛烈的暴风雪即将来临。周良丰看了看周边的情况,从这个地方走,应该很快就到崖子口了。

十八

周承德和两个船家从草丛里出来时,他们没想到的是,日本兵在临走前,在下庄村放了一把火,很快,下庄村在这场大火中化为灰烬。日本兵在这里没有找到任何有价值的东西,很快就走了。周承德让两个船家开船沿江向西行驶,他估摸着儿子周良丰和难民们一定会沿江寻找过江的机会,从这里过去也许能碰上。这个时候,只要往城区的方向,哪里都不安全,现在城里是日本人的天下了。从上海逃回来的周承德生意上的朋友说起,日本人简直比野兽还要凶残,他们在上海时见过日本人杀中国老百姓的场景。

周承德这时倒是想起了君华,他很想再次见到她,不管她是死是活,他都想亲眼见到她。周承德一想到君华有可能会遭到日本兵的毒手,胸口就隐隐疼得慌。周承德迎着寒风坐在船头,他心里有些烦躁,都一大把年纪了,还要出来逞强。本来是可以在家中和他喜欢的女人、宝贝女儿好好过日子,这一出门,还不知道能不能活着回去。他越想越伤心,竟然坐在船头小声地呜呜哭起来。他心里开始骂他那不孝的儿子,他甚至发誓,等他见到儿子了,一定狠狠地揍儿子一顿解解气。

这个时候的长江两岸,看不到一丝灯光。黑暗中,除了日军的巡逻船经过时发动机的声音,江面上剩下的就是一片寂静。

两个船家一人一边,用长长的竹竿很费劲地撑船前行,竹竿蹚水的声音细细的、滑滑的,似一种美妙的节奏从安静的江面上钻进了周承德的耳朵里。那种声音,很容易让人忘记眼前随时可能来临的危险。

"周老板,依我说,我们还是回去吧。"船停了,一个船家从船尾走过来。

"是啊,周老板,这黑漆漆的,搞不好会要人命的。"另一个船家也跟过来。

"来之前你们咋说的?忘了?"

"那时也没想太多,现在又见不到人,说不定他们早就过江了。"

"两个大小伙子还不如我一个老头?孬了?万一他们正在到处找船呢?要回去也行,你们先把我扔江里,然后你们走。你俩孙子就是怕死。"周承德一听他们要回去,来了火。刚才正好一肚子火没地方去处,这下子可好,周承德劈头盖脸骂起来。

"周老板,小点声,你也不怕招来日本兵?"

"现在回去,还没到江中心,也得死在日本兵手里,你们也愿意看那几十号人都死在这里?"

"那我们再找找吧。"

两个船家拿着竹竿又去撑船了,船顺着平静的江水慢慢地向前移动着。

"周老板,那边有枪声。"

"你仔细听听,枪声还远呢,肯定是日本兵在城里杀人。"

"听说驻守在芜湖城的国民党兵都撤了。"一个船家说。

"周老板,你儿子也是国民党兵吧?"另一个船家问。

"我儿子是在国民党军队中,但他是好人。"周承德发现前方的岸边有动静,"别说话,停下。"

由于江面上一片漆黑,只要船停止不动,岸上的人就不会轻易发现。周承德和两个船家屏住呼吸仔细地听着前方岸边的动静,听出来应该是几个学生尖叫的声音,这时又有些叽里呱啦的说话声,周承德猜想一定是日本兵追几个学生追到了江边。接下来,是几声枪响,再接下来,是一阵姑娘的尖叫声和哭喊声。周承德和两个船家听不懂那些叽里呱啦的声音说的是什么,也看不见那里到底发生了什么,但他们知道那几个姑娘一定正在经历着一种生与死的折磨。周承德感到一阵钻心的疼痛,他甚至想打开木箱子,把枪拿出来与日本兵拼个你死我活,可此时他的身体就好像被死死地摁在船上一样动弹不了。两个船家早已吓得躲在船尾大气不敢出,他们这会儿倒是老实了。大约过了半个时辰,前方的岸边有了卡车的声音,从那几个姑娘撕心裂肺的哭喊声里,她们应该在拼命地抗争,很快,卡车开走了,前方又恢复了平静。

周承德让船家把船靠在岸边,他们摸着黑来到刚才枪响的地方。周承德打开手电筒,在黑暗中找到三具男孩的尸体,大概都只有十五六岁的样子。

"周老板,刚才我们明明听到是女娃的声音。"一个船家问。

"日本兵开枪打死了这三个男娃,女娃一定被日本兵带走了。"周承德说。

"遭殃了,这家的女娃真是命苦。"

"你们说,要是刚才的女娃是你们的家人,你们还吵着要回去吗?"周承德把手电筒的光照在一个船家的脸上,问他。

"我们哥儿俩就是那么一说。"

他们把三个男孩的尸体抬到船上,要找个地方让他们入土为安。船继续缓缓前进。周承德脑子里不断地响着刚才几个姑娘的惨叫声,他的心里很不安,因为还有秀莲和良萍在家中等他。如果自己死在这里,她俩怎么办?

这个时候在新桥村,李寡妇和周良萍的日子也不好过,村里人不断地找她们的麻烦,说是她们带回来的这些难民会给村里带来灾难。这一天下午,村里几个长辈相约来到周良萍家,他们从窗户外朝难民居住的屋里看了看,然后,他们把李寡妇和周良萍叫到院门口,说村里几个长辈商量了一下,打算明天上午召集全村人去祠堂里商议,如果有一半以上的村民同意这些难民留在村里,这几个长辈就去做其他人的思想工作。由于这两天村里人闹得凶,来避难的难民中就有人说要离开这个村子,他们不想给两个恩人带来麻烦。这天夜里,等周良萍的屋里熄了灯,这些难民偷偷地离开了新桥村。第二天,去祠堂里议事的安排自然也就取消了。

避难的难民离开村子后,村里又像往常一样祥和起来。老人们的习惯是一大早相约一起去街上喝茶、吃美味的早点,他们更想从茶馆里听到日本兵打到哪里了,一旦日本兵打到了江北,他们也好早做准备。

李寡妇从家里出来,她沿着村后老坟茔旁边的一条小路向前走,很快来到下泊山的南山腰。她钻进一片林子,再往前走不到两百米的地方,就是她死去的男人的坟。李寡妇从篮子里拿出一只粗边大瓷碗放在坟头,又从篮子里拿出两个煮熟的鸡蛋和半瓶烧酒。

"水生,我也不瞒你了,我这后半辈子就交给承德了,你也别怪我不守你三年,我再不找个男人,这后面的日子咋过啊!"李寡妇跪在坟前一边说着,一边烧着纸钱。她这次算是给她死去的男人一个交代了。

李寡妇男人死后的一天夜里,还是周承德将本来留给自己的棺材抬了出来,这也算是周承德为李寡妇真心做的第一件事。李寡妇在下泊山南山腰找了个安静的地方把她男人埋了,没有葬礼,没有披麻戴孝,也没有刻碑,只有一个给她男人引路的布帆在这片林子里特别显眼。她从林子出去的时候,有几只经过的山鸟从她头顶飞过,引起一阵鸟鸣在林子里回荡。那些惊起的鸟儿飞走了,林子的上空少了往日的喧嚣。喜鹊、麻雀还在林子里飞翔,它们是这片林子的守护者。在山下的野地里,有几位耕作的农民扛起犁头从地里头走上来,然后拖着沉重的步子往回走。阳光穿过果子田,照耀着迷茫的大地,田间的小生灵们静静地待在有阳光的地方。在李寡妇走过的地方,留下一连串消瘦的身影。这是李寡妇第四次给她的男人上坟。

从二坝码头回来的人给李寡妇和周良萍捎了口信,李寡妇才得知周承德已经带着两个船家过江了,这一去,只能看命了。

这回,李寡妇想好了,等周承德一回来,她就嫁给他,她不想再等了。她打算去县城里裁些布料回来,先给周承德做两身衣服,顺便再打探一下江那边的情况。

李寡妇还没到县城门口,就发现对面过来很多人,他们提着大包小包的,有牛车,有拉板车的,有老人手里牵着娃的,看样子他们是逃难的百姓。

"你们这是去哪儿?"李寡妇拦下一个人问。

"逃命。日本兵快来了,听说日本兵正在过江。"这个逃难的人说。

"还能进城吗?"李寡妇急忙又问。

"很快要封城了。"

李寡妇只好跟着逃难的百姓往襄安方向走,等她回到村里时,已接近晚饭时间。她先去找周良萍,一进屋,她就开始哭。

"婶,这是怎么了?"周良萍从屋里出来。

"恐怕我再也见不到你父亲了,呜呜呜……"李寡妇蹲在地上哭。

"我父亲咋了?"周良萍一听李寡妇这样说,吓得不知所措。

"日本兵都要打到县城了,呜呜呜……"

"婶,我要去找我父亲,婶,呜呜呜……"

两个女人在院子里抱头大哭。

"良萍,是我害了你父亲,我不该让他去芜湖,是我害了他。"

李寡妇和周良萍在院子里这么一哭,刚好被从大门外路过的村民听见,很快,村里都在传,说是周承德去芜湖找儿子,儿子没见到,却被日本兵砍了头,头就挂在江边的码头上。

在后来的几天里,周承德的头被日本兵挂在码头上这事传到了附近的几个村子和镇上,传来传去,连李寡妇都认为周承德是真的死了。

周承德确实经历了一次死里逃生。船沿着江边缓缓行至太古码头时,周承德看见那边有一个房子里有亮光,他本来以为这里住着老百姓,他想过去打听一下。他从船上下来,上了码头,走近了些,才发现那里原来是一个大仓库。他从窗户往里看,里面有几个日本兵正在生火,在火堆旁边,捆着四个姑娘,也就十四五岁。周承德肯定她们就是刚才在江边被日本兵抓走的那几个姑娘。这叫把周承德吓得不轻,他缩回了脑袋,轻手轻脚地退回来,却不小心一脚踢到了什么东西,发出哐哐的声响。周承德惊出一身冷汗,他拔腿就跑。仓库里的日本兵听到外面有动静,立刻从刚才的兴奋中清醒过来,他们拿起枪进入了战斗状态。这几个日本兵出了仓库才发现有一个人已经跑到码头那头了。周承德算是捡了一条命。日本兵在他身后一边追一边开枪,由于天黑,他未被子弹击中,但他能听到子弹从耳边飞过去的声音。等他上了船,一屁股坐到船舱里,觉得胸口快要炸裂了。

"快,撑船!"周承德喘着气对船家说。

江面上太黑,无法了解具体情况,当眼前的那只船在黑暗中渐渐远去时,码头上的日本兵只向江里开了几枪,又回到了仓库。等他们进入仓库时,发现那几个中国姑娘不见了。他们意识到了危险,匆匆拿起装备出了门,开着卡车消失在黑暗中。

周承德这一次遇险,两个船家吓破了胆。这一回,两个船家坚持要回去,他们不想也遇到这样的危险,任凭周承德如何劝说他们,都不管用。船停在距离江岸几十米的地方,他们三人在船舱里差点动起了手。最后,周承德被两个船家绑起来。船头开始掉转方向,向对岸缓缓驶去。

周承德一想到可能永远也见不到儿子了,他心中的悲愤和思念瞬间交织在一起,老泪纵横。

十九

这次和周良丰交上火,伊藤正雄并没有占到什么便宜。在地形上伊藤正雄有优势,他事先也做了较为完善的战斗部署,但他遇到的对手毕竟是周良丰,在交火的那一刻,没想到那几个中国士兵的作战手法彻底打乱了他的阵脚,让他的三名日本兵受了伤。

伊藤正雄让小分队停止前进,因为师团长为了尽快"肃清"难民队伍中的共产党人,给伊藤正雄增派了五名日本兵和一辆军用卡车。按照电报上的时间,增派的士兵和卡车应该快要到了。

一支部队从前方经过这里,在不远处就地休整,这支部队是刚从繁昌获港执行完任务回来。伊藤正雄从队伍中看到了他的同学山田,他已经好久没见到家乡的同伴了,这让他有些兴奋。

"山田君。"伊藤正雄在路边向山田招手。

"伊藤君,能在这里看见你,是我的荣幸。"山田君站起来,他看见了他的同学伊藤正雄,他朝伊藤正雄走过来。

他们在一处空地上坐下来,相互说着来中国的经历。山田向伊藤正雄说起他们的部队在获港的胜仗后,伊藤正雄羡慕不已。

登陆繁昌获港的日军部队是伊藤正雄原来所在的联队。部队到达获港后,很快消灭掉从芜湖城撤离出来的小股中国士兵。就在部队完成任务往回撤的途中,山田所在的小队搜捕到躲藏在青山寺逃难的百姓,他们把逃难的百姓集中到寺院广场上,架起机枪开始扫射。山田说,那是他来到中国战场上，第一次感到了胜利的喜悦。

在伊藤正雄的记忆中，那时在学校里，山田是一个很柔弱的男生，有几次女同学向山田表白，他都被吓得躲进了厕所。来到中国短短的几个月，他已经完全变了一个人，变得杀人如麻。

山田跟着部队回城了，伊藤正雄在他的身后挥手告别。

此时日军在大小赭山、裕溪口等多处建了刑场，专门用来屠杀中国军民。

五名士兵和军用卡车已经到了，车上有一些食物和水，还有防寒的棉衣。伊藤正雄清点人数后，做了行动计划的安排，还好受伤的士兵伤势不严重，不会影响小分队前进。等到村上次郎把新来的五名士兵登记在册后，小分队按照伊藤正雄计划的路线开始追击周良丰带领的难民队伍。

"少佐，抓到几个中国人。"先头的三个士兵押着几个中国老百姓来到伊藤正雄面前。

这几个中国老百姓正是在周良丰、大麻和伊藤正雄的小分队交火时跑散的难民。他们在与难民队伍分开后，迷失了方向，本想着从这条路再找到难民队伍，不料遇上了日本兵。

伊藤正雄让士兵把这几个中国人绑在菜园地旁边的大树上，他要把他们当作战利品奖赏给小分队里的赢者。伊藤正雄对士兵们说，他要进行一项比赛，从小分队里选出六名士兵，赢者将会得到他的嘉奖，然后他让士兵们开始报名。

士兵们听说赢者会得到伊藤正雄的嘉奖，都积极想参加这个比赛，只是伊藤正雄规定了只选出六名士兵。六名士兵选好后，伊藤正雄让村上次郎用医用的包扎带把这六名士兵的眼睛蒙住，然后他宣布了比赛的规则，每名士兵面前有一个敌人，第一个让敌人倒下的士兵将成为小分队里的赢者。六名士兵分别从三八大盖上取下刺刀，戴好胶手套，等着伊藤正雄下命令。

这时伊藤正雄注意到最左边的大树绑着一个中国妇女，他走过去，站在她面前。

"请你把头抬起来。"伊藤正雄用很绅士的语气说。

"呸,畜生!"

"你是……黄先生?"

"小鬼子,你们就是畜生。"这个中国妇女咬着牙,满眼怒火直视伊藤正雄。

伊藤正雄这才看清,眼前的这个中国妇女是那一年美子在芜湖学习黄梅戏时的老师,他记得那时他们称呼她黄先生。他还记得黄先生的家住在电影院附近,那时他和美子就住在黄先生家里。黄先生教美子黄梅戏的第一曲目是《双合镜》,这是美子最喜爱的一个曲目。

"我记得你,黄先生,我是伊藤正雄,我的未婚妻叫美子,您曾教过她黄梅戏。"伊藤正雄很客气地对她说。

"呸,禽兽,我们死了做鬼也不放过你!"

伊藤正雄看了她几秒钟,然后转身走到一旁。

六具尸体被日本兵扔在菜园地里。伊藤正雄又让士兵们捡来一些干柴,他亲自点上火,他认为这是给黄先生的最为崇高的礼遇。

伊藤正雄给这六个日本士兵举行了简单的庆祝仪式,他把从老家带来的一把刻有"武"字的短刀送给获胜者。

小分队出发了,卡车在冰冻的土路上行驶得很慢,路两边是一片荒凉的农田,有几只野鸟在远处自由地飞翔,发出啾啾啾的叫声。

卡车发动机的声音在这荒凉的乡路上渐渐远去,直到看不见卡车的影子时,才从路边干涸的水沟里爬上来一个人,他很小心地看了看周围,发现确实没有日本兵了,他才回过头说:

"大麻哥,安全了。"

"看仔细了。"

"看仔细了,上来吧。"

这时,从水沟里爬上来几个人,是大麻和几个挖果子的兄弟。

"快,把她们拉上来。"

"我们要赶快找到队伍。背着果子,搞得身上都是泥水,结冰了,冷得很。还有，这几个姑娘穿得太单薄了，再这么冻下去，我们都会扛不住的。"大麻又说，一行人匆匆地赶路去了。

大麻带着几个难民兄弟挖了一些果子后，本来想尽快跟上队伍，他们就找到一条通往崖子口的近路。他们路过一片废墟时，看到几个日本兵在追几个人，由于天黑看不清楚，听声音好像都是些孩子，大麻就决定跟在他们后面。如果不是在码头上有一个人把几个日本兵引开，他们绝对不可能把这几个姑娘从仓库里救出来，这个时候，估计她们也就不在人世了。这几个姑娘很清楚，跟着这几个人，是她们活命的唯一机会，她们忘记了寒冷，忘记了恐惧，拼命地跟在这几个男人后面向前跑。

"有情况。"大麻立刻让大家停下来，他仔细听着前方的声音，不错，是卡车发动机的声音。

"快跑，小鬼子又回来了。"

路的左边有一片不大的林子，大麻带着大家钻进去。在撤离中，有一个姑娘受到惊吓，她刚进入林子，突然一声大叫，转身又往回跑。这时，日本兵的卡车已经从前方开过来，从车上下来几个日本兵，日本兵很快把这个姑娘围起来。

大麻让其他人顺着林子里的一条小路一直往前跑，然后到了江的西边就是去崖子口的方向。大麻从腰间拔出手枪，他隐蔽在一棵大树后面，看到那个姑娘已被日本兵拉上了卡车。日本兵似乎已经发现林子里有情况，他们很快做好了战斗准备，有几个日本兵向这边走过来，他们开始向林子里开枪，子弹擦着树皮飞过来。

大麻一边举枪还击，一边向后撤退。日本兵的进攻速度很快，他们很快从两边夹击，子弹打在树上砰砰响。

大麻很快被日本兵的火力封住退路，他拿出一颗手榴弹，做好了与日本兵同归于尽的打算。此时，从林子的另一边传来枪声，日本兵突然遭到袭击，掉转枪头，开始向对面还击。

"大麻，快撤！"周良丰出现在他身后。

"你小子来得够及时。"看到周良丰，大麻来劲了，他检查着枪膛里的子弹,跟着周良丰撤退。

"我们在路上救了几个姑娘,可惜有一个姑娘又落到小鬼子手里了。"

"我们现在不能和小鬼子硬碰硬。"

"我让几个兄弟带着姑娘们先撤离了。"大麻说。

"我们来时遇上了,我已经安排人接应他们了。"

林子那边的枪声越来越远,小鬼子应该被引开了,周良丰和大麻迅速离开了这片林子,他们向崖子口的方向走去。

"我们要不要去接应一下那几个兄弟?"大麻问。

"放心吧,不出一个时辰,你就能见到他们,我们就在这里等。"周良丰笑着说。

果然,不到一个时辰,刚才负责引开日本兵的几个士兵回来了,他们一见到周良丰和大麻就兴奋地说:

"小鬼子现在还在那边瞎转呢。"

"你们有没有受伤?"

"没有,小鬼子没占到便宜,真想解决了他们。"

"有的是机会,撤!"

在一个破庙里,队伍暂作休整临时待命,从这里距离崖子口大约不足一个时辰的路程。有两个士兵奉命去侦察,如果从这里去崖子口的路上遭遇日本兵,再想撤退就要付出巨大的代价了。所有人都在做最后的准备,保存体力,吃果子来充饥。这次去挖果子,有一个安庆的老乡冻死在果子田里。为了不暴露目标,大家分散开挖果子,当大麻找到他时,他已经倒在果子田里,两只手深深地插在泥土中,已经断了气,当时正遇到日本兵在四处"扫荡",连给他收尸的机会都没有。大麻决定给他起坟,他带了两个人,在破庙的后面挖了一个坟坑,把那位安庆老乡的遗物埋了。

侦察的士兵很快回来了,他们带回来一个消息,在通往崖子口方向的一个坡口,驻扎了十几个日本士兵,还有一辆军用卡车。大麻立即意识到这一定是他们遇到的那股日军。

"我们要想个办法。"大麻在庙外找到周良丰。

"情况我知道了,这一定是伊藤正雄的小分队,这帮小鬼子,很不好对付。"周良丰坐在一块石头上,递给大麻一支香烟,点上。

"这里人太多,很容易暴露目标,我们要商量一下怎么走。"

"去把丁宝和君华叫过来。"周良丰对一个士兵说。

大麻提议由他负责再去找船,这个提议很快就遭到丁宝的反对,目前这个时刻,江面上根本没有船了,而且日本兵在四处"扫荡"。站在一旁的君华沉默了片刻,然后她走过来,看着大麻说:

"除非对面有船过来。"

君华这一句话无意间说出口,却给在场的每个人带来了希望。

"对,说不定会有对面的船过来,倒是可以试试。"丁宝突然兴奋地说。

"现在江面上每天都有日军的巡逻船来回巡航,再说,日军很快就会在长江沿线布防,即使有船过来,落入日本人手里的概率会比较大。"周良丰接着说。

"等到天黑时,我出去看看。"大麻坚定地说。

这时候,玉蓉急匆匆地跑过来找君华,原来是大麻救出来的几个姑娘一直在哭。君华跟着玉蓉走进了庙里。

"女的都是麻烦。"周良丰看着君华的背影说。

"听说这几个姑娘都是萃文书院的学生,还有几个男学生昨夜在江边被小鬼子打死了,她们可能是受到了惊吓。"

大麻说完后,清点了一下子弹,又向丁宝要了两颗手榴弹,他看了看丁宝,异常严肃地对丁宝说了一句:

"要是我回不来,我徒弟小七就交给你了,帮我照顾好她。"

大麻转身握住周良丰的手,久久没有说话。他要想掩护同志们脱离危险,就必须想办法搞到船。

"无论如何,要不惜一切代价护送这几位同志过江,当然,还有这些老百姓。"

"放心吧,大麻兄弟!"

难民队伍里依然存在严重的缺吃少喝的问题,虽然有了一些果子分给大家,但是这里的果子只是一种凉性的水质农作物,只能临时充饥。很多人忍受着饥饿和寒冷,他们唯一的希望就是过江。连日来日军飞机的轰炸声更加剧了人们内心的恐惧。队伍里有几个妇女惊恐地缩到角落里,外面的一点响动,都让她们胆战心惊。

丁宝和二炮给所有人发出警告,任何人不允许再议论扰乱民心的事情,违者一律以违法乱纪处置。他和二炮举起枪,站在人群中间。

二十

芜湖城沦陷,成为日军在皖南地区发动侵略战争的重要基地,城内外分别驻有日军步、骑、炮、工兵万余人。日本空军百余架飞机驻扎湾里机场,另有伪军的部队驻防芜湖城。芜湖地区的人民时刻面临着死亡的威胁,挣扎在日军的刺刀和铁蹄之下。日军进占芜湖后,立刻向驻守在芜湖周边地区的国民党军队发起猛烈进攻。国民党军队先后在白马山、三山、横山桥、荻港等地进行顽强抵抗,与日军展开激战。当日军完全控制了芜湖这个皖南的门户后,整个皖南地区就完全敞开在日军的面前,形势十分危急。这两日,城内外有大批日军在集结,消息传来,日军要有大动作,难怪一路上经常遇到日本兵。

这一天,外面的枪声不断,搞得人心惶惶。所有人已经困在寺庙里一整天了,眼看天已经黑了,大麻出去找船还没有回来。

君华和玉蓉坐在寺庙院子里的一个小柴房门口,相互依靠着。她们受不了里面有些人精神失常的样子,坐在这里,还能感觉到自己是活着的。此时天刚黑下来不久,所有人又开始盼望着一个崭新的早晨的到来。这个寺庙不远处有一条小河,叫清陵河,清陵河的另一头连接着长江,日本兵的巡逻船经过清陵河和长江连接口时,总会来清陵河做个象征性的巡航,所以,即使在这个寺庙里,依然能听见日本兵巡逻船发动机的声音,声音有些微弱。周良丰和二炮摸着黑走过来,不知道他们在哪里找来一个木桶,周良丰说他和二炮去清陵河边抓几条鱼回来,哪怕给大伙喝上口热乎乎的鱼汤也好。

"我也去,看能不能帮上忙。"君华起身想跟着他们。

"这种事,是大老爷们的事,你还是和丁宝照顾好这些难民吧!"周良丰说。他的脸在黑暗中变得很模糊,只能看到一个轮廓。

"别忘了,也有我们女人能做的事,你们大老爷们是做不到的。"君华把他们送到门口,她柔美的声音在夜晚的微风中轻轻飘荡着。

"他们都是让人敬佩的中国人。"君华说。

"我父亲是一个什么样的人?"玉蓉问。

"他也是个了不起的人。"

玉蓉没有说话,她迎着寒风抬起头,这里的天空除了一片漆黑,什么都看不到。她想起在湛江的每个夜晚,在角头沙那个地方,冬天的夜空里,到处都是星星。

"你父亲原来是个教员。在你出生前,他跟随他的同乡去了山东学做生意。后来,听说他在山东做生意遇了难,欠了人家很多钱,再后来,就一直没有他的消息了。"

这是玉蓉第一次听到关于她父亲的一些事情,她的脑子里开始勾画着父亲的形象,一定是高大威猛,他的手里也一定握着钢枪。此刻,她是如此渴望见到自己的父亲。当玉蓉还沉浸在一种幻想中时,一阵寒风袭来,让她从虚幻中回到了现实。这里是一江相隔,生死两茫茫,而不是那个在冬夜里天空布满星星的角头沙。

自从玉蓉踏上了皖南这片土地,也是第一次真正领略到长江和大海的不同,长江凶猛,大海反而显得更温柔。玉蓉在海边生长,她一直觉得有水的地方一定会和大海一样,会令人陶醉,可事实是,这样的夜晚,长江露出了凶悍的一面,能够让人活,也能让人死。

周良丰和二炮提着木桶回来了,木桶里有几条很大的江鱼,这是玉蓉在角头沙没见过的,和她在海边见到的鱼完全不一样。这将会是一顿丰盛的美餐。君华和玉蓉在寺庙后院里找到一只大铁锅,他们把大铁锅架在火堆上,有人开始去找水,有几个人从柴房里抱来几大捆干柴。这时人们似乎看到了一种生的希望，很多人兴奋地围在大铁锅周围，他们要亲眼见证这只大铁锅里即将出现的香喷喷的美味的鱼汤，那是多么令人激动啊！

鱼汤终于开锅了，大家都迫不及待地想先喝上一口。几个士兵过来维持秩序，大家排起了队。丁宝找来一个竹筒，用刀砍下一节。丁宝说，大家排好队，每人喝一竹筒。

"周长官，你怎么不进去也喝一口？"君华看到周良丰走了出去，她把手中的竹筒交给玉蓉，来到周良丰身边。

"我等大麻兄弟回来一起喝。"

"大麻，你可得早点回来。"

周良丰嘴里念叨着。

君华让玉蓉把鱼肉分给那些体弱的老人和小孩，每人只能分到一小块，就连汤中最后剩下的鱼渣也被几个人刮得干干净净。半夜里，有一个老奶奶饿死了，她张大了嘴巴，一只老手紧紧地抓住身旁一个小孩的胳膊。这个孩子只有五六岁，他站在老奶奶的身边，两只大眼睛无辜地看着众人，他是这个老奶奶的孙子，但他不知道此刻发生了什么。君华从佛像后面拿来一张草席盖在老奶奶身上，然后把孩子抱起来，这时，孩子似乎意识到了什么，他哇哇大哭起来。老奶奶的尸体被抬走了。

难民队伍里终于有些人熬不住了。就在老奶奶尸体被埋之后，坐在佛像背后的六七个人冲到前面，他们发疯似的四处乱喊，他们说在这里就是等死，一定是那几个当兵的和日本兵串通好了，很快就会把他们交给日本兵，他们还说，他们要出去自己找活路。这几个人这样一闹事，又有其他人站起来跟着吵闹，也要出去找活路。有几个人从后院捡来一些石头开始砸向佛像，有人把香台上的香炉扔到地上，香灰溅起来，洒在旁边人的头上和衣服上，这些人冲上去和扔香炉的人扭打在一起，现场一片混乱。这是难民队伍里发生的最严重的一次内乱，有人被打死了，是被香炉砸破了脑袋，血喷在佛像的肚子上。

周良丰和丁宝正在寺庙周边察看地形，当他们回来的时候，二炮和两个士兵已经把带头闹事者关在了柴房里。这一天夜里，所有人都没有睡觉,个个提心吊胆,他们不知道天亮之后又是一个什么样的未来。君华为了队伍里不再出现混乱,耐心地去安抚每个人。

"大家不要慌,我们正在想办法过江,只是现在外面到处都是小鬼子,谁想走,我不拦着。"周良丰说。

"你们看看躺在地上的,这是血淋淋的教训,他没有死在小鬼子手里,却被自己人打死了。谁再闹事,别怪我手里的家伙不长眼睛。我再说一遍,现在谁想走,我不拦着,留下来的,就要老老实实服从指挥。"

周良丰说完,让两个士兵把尸体抬走了。

经过君华的一番努力,大家不再那么紧张了,气氛缓和了很多。有几个年轻人开始给火堆里添加柴火,玉蓉和小七开始烧水,然后拿来喝鱼汤用过的竹筒给大家分送热水。

后半夜,闹事的几个人找到周良丰,他们说要自己出去找活路。周良丰给了他们一些盘缠,让他们走了。

凌晨时,大麻回来了,他发现在距离这里不远的地方有一艘船,这个地方是积水口,在太古码头和崖子口的中间,大麻发现的这艘船正是周承德他们的船。当时大麻为了碰碰运气,他从寺庙出来后,沿着清陵河一直往前走,到了清陵河与长江接口处,他就拐弯往太古码头的方向沿江寻找,途中两次避开了日本兵巡逻队。大麻到达积水口时,他发现前方有一个黑影在慢慢地移动,他躲在一旁的围栏边,等那个黑影靠近些,他才看清是一艘船。

这时大麻听到船上有人说话。

"我说,别靠岸太近,碰到日本兵就别活了。"

"周老板,我们还是找个地方把孩子埋了吧。"

"到前面再看看,这天杀的小鬼子,连孩子都不放过。"

大麻从船上的人的对话中,听得出不是日本兵的船,他开始小声地向船上喊起来:

"老乡,老乡,我们是逃难的难民,需要船过江。"

原来这两个船家把周承德绑了后,他们在掉转船头向江对岸行驶的途中,还没到江中心,日本兵的巡逻船就哒哒哒地由远处开过来,日本兵巡逻船上的探照灯不停地扫射着江面,两个船家只好又把船撑了回来。后来他们想了想,还是把周承德放了,当兵的爹也不好惹。

大麻上了船,刚进船舱里,坐在麻袋上的人就说话了。

"你真是难民?怎么就你一个人?"

"我是在帮助难民找船,他们再不过江,就会都死在日本人手里。"

"你是……陈冰夫?"

"我是陈冰夫,你是……?"

"我是周承德,你的声音我听出来了。"

"周老板,怎么会在这里碰到你?"

"我是来找儿子的,后来听说这里有很多难民过不了江,我们就来了。"

"日本兵封锁得这么严,你们是怎么过来的?"这是大麻没想到的,真的让他意外地找到了一条船,还是他的老朋友——江北的周老板。

"我有一条秘密水道,是我跑生意时找到的安全通道,在那里很容易避开小鬼子的巡逻船。"周承德说。

船停在清陵河的河尾,大麻带着周承德来到了寺庙。

大麻不光给大家带来了有船的消息,让周良丰意想不到的是,他会在这里见到自己的父亲。周承德站在周良丰面前时,再一次老泪纵横。

"你小子,连你老子都不要了吗?"周承德竟然眼泪一把鼻涕一把的,他绕着周良丰转了一圈,又说,"结实多了,真不愧是我周承德的儿子。"

"父亲,你怎么来这里?"周良丰看了看父亲,又看了看大麻。

"我出去找船,就碰上了,我和周老板还是多年的老朋友。"

"这次我除了给你们带来一条船,还有八支枪和一些子弹。"周承德小声地说。这时他才看见,在人群中,有一个人站了起来,看着他。这个人是君华。

周承德又惊又喜,他不仅找到了儿子,在这里还看见了君华,尽管时隔这么久,他还能从人群中第一眼认出她来。

"这里我还有一个老朋友。"周承德说完就向君华走去。

大麻和周良丰站在门口,周良丰感到不可思议,没想到君华竟然和他父亲相识。君华见周承德向她走来,突然发现多年来的委屈和苦难一下子让她无法控制自己,眼泪顺着眼角流了下来。

"没事就好,没事就好。"周承德仔细地打量着君华。

"要不是您,我早就死在芜湖了。下辈子做牛做马我一定报答您。"

周良丰后来才从君华的口中听到他父亲在芜湖曾救过君华,那是在崖子口的时候。

有了船,也有枪,周良丰和大麻立刻找来丁宝,商议下一步行动计划。

夜晚,气温急剧下降,君华让玉蓉和小七又找来一些干柴,在后院里准备生火,这样的鬼天气何时才能到头?微弱的火苗在凛冽的寒风中轻轻地舞动,借着火光,君华看到后院的最西边有个荒废的园子,她想去看看能不能找到一些可以煮的东西。在最里面的墙角,她发现有个地窖,她把玉蓉和小七喊过来,点上一个火把。君华看到地窖很小,能容纳六七个人的样子,里面有一些土豆和白菜,还有两筐地瓜。

"玉蓉,快去把丁宝叫来。"君华回头对玉蓉说。

"小七,你拿着火把。"君华把火把递给小七,一身厚厚的棉大衣让她的动作变得笨拙起来,她把大衣脱下来,跳进了地窖里。

"我的乖乖,现在这时候,这些都是宝贝。"丁宝过来了,他蹲下身子,看到君华在地窖里正要把土豆搬上来。

"丁宝,这下发财了吧,接着!"

发现地窖的事情,只有小范围的几个人知道,玉蓉和小七开始在后院煮土豆,按照人头算,每人两个。现在这些吃的比黄金都金贵,要精打细算地吃。君华和丁宝找来两个麻袋,把地窖里所有吃的东西都装进麻袋里,暂时存放在地窖里。

这时已接近凌晨,玉蓉和小七开始给大家发煮熟的土豆,每人两个。突然有了吃的,而且还是人人有份,这让很多人感到惊奇,在这荒郊野外的破庙里,别说能吃上土豆,就是出去找些能吃的野菜都难。丁宝再一次把大家集中到一起,向所有人宣布了两个好消息:一是船有了,但由于人多,不能一起上船,具体的安排要统一服从指挥;二是现在找到了一些吃的,每顿将会有专人发给大家,食物不多,每人每顿定量。

"就给老子吃这个,老子在家时,天天有鱼有肉,这个怎么咽得下嘛!"一个胖男人在发牢骚。

"不想吃?玉蓉,下顿别给他发了。"丁宝走到那个胖男人面前,看着他说。

"别、别,兄弟,我是开玩笑呢,我吃。"

"大家记住周长官的话,想走的,随时可以走,留下来的,任何人都不许闹事。我们会想尽一切办法让大家过江,过了江,就安全了。"

"二炮,和哥出去抽根烟。"丁宝招呼着二炮。

"来了,丁宝哥。"

在柴房门口,丁宝给二炮点上烟。二炮是他在警察局唯一的好兄弟,适当的时候,他会把二炮交给过江的几个同志,他不希望二炮命丧芜湖。寒气像针一样刺进他们的皮肤里,让人疼得浑身发抖,但此刻,二炮愿意这样陪在丁宝身边。

二十一

大麻和周承德来到船上,大麻让两个船家跟着周承德去寺庙里烤火取暖,他留下来看船。两个船家说他们身体硬朗,扛得住,他们已经习惯了睡在船里。这时,一个船家走出船舱探探水,他发现,清陵河的河水正在结冰。

"看来,河水很快就结冰了,往年这河里结冰都厚得很。"大麻说。

"那就不好办了。结了冰,这船就走不了了。"周承德有些着急。

他们摸着黑路匆匆地回到庙里,把这一情况告诉了周良丰和丁宝。河水结冰倒没有让周良丰和丁宝感到意外,对于这一带一年四季的情况,丁宝可算是了如指掌,警察局几乎每年都要来这一带巡逻或者抓犯人,这里的每一个角落丁宝都熟悉。丁宝刚才在柴房门口抽烟时,其实是用自己的身体测量外面的温度,然后预算出清陵河结冰的大概时间。在周承德和大麻回来之前,丁宝就已经把这个情况告诉了周良丰。眼下真正的麻烦是在通往崖子口的这条路的附近发现了日军,侦察的士兵回来报告,他们听到了日军卡车和坦克的声音。由于天太黑,看不清日军的具体人数。这无疑给难民队伍下一步的行动带来了巨大的困难。

"儿了,你可要想小法让大家过江,需要老子出力的地方,老子也不含糊。"

"父亲,有你儿子在,还轮不到你动手,你老就放心吧!"

"父亲,丁宝怎么喊你叔?"周良丰想了想,他问道。

"你知道他父亲是谁？是你福泉叔。"周承德穿着厚厚的棉袄棉裤，身体又有些发福了，走起路来并不是很灵便。他靠着周良丰的身边坐下，他好久没和儿子这样坐在一起了。

"就是给你跑船的福泉叔？"周良丰有些印象了，他记得父亲在江上跑船时，有一个老伙计，跟了父亲十几年，后来有一次跑船时，在江上遇到了强盗，福泉叔被强盗用石头沉了江。那时周良丰听父亲说过，福泉叔还有一个孩子。

"你们俩在聊什么呢？来，暖暖手！"君华走过来，给周承德一块烧热的石头。

"我爷儿俩聊聊家常，我就说吧，我儿子在部队里当大官了。"周承德每次提到自己的儿子，都兴奋不已。

"周长官，要不要给你也来一块？"君华第一次这样微笑着问周良丰。

"叫什么周长官，就叫他良丰。"周承德立马接上话。

"不用了，谢谢！"

君华转身走的时候，周良丰看着她离开的背影，觉得这个女人也有让人同情和可爱的一面，她也是一个愿意为劳苦大众牺牲的人。

夜很深了，外面一点风都没有，安静得让人有些害怕。这座寺庙坐落在清陵河河尾，寺庙的周围是一片稀稀落落的林子，寂静中更让人感到寺庙的阴森和恐怖。后院的火光映在墙壁上，忽明忽暗，让人看着总觉得像老人们说的鬼隐身一样。

周良丰带着两个侦察兵出门时，天开始下雪，他们绕到寺庙后面，从一条隐蔽的小路向崖子口方向探路。周良丰之所以选择去崖子口，还有一个原因，就是从那里登船过江，路线最短，隐蔽性最好，很容易避开日本兵的巡逻船。周良丰按照侦察兵探回来的消息，很快找到了日军的临时宿营地，是在一个废弃的村庄里，日本兵正在生火取暖。周良丰和侦察兵观察了周边的情况，日军的宿营地距离去崖子口的这条路不足一公里，每隔十分钟日军的巡逻车就会穿过这条路巡查一次，周良丰和侦察兵隐蔽在一个土坡后面，仔细地观察日军巡逻兵活动的规律。

雪下得大起来，雪花飘进脖子里很快就融化了，雪水顺着脖子往下流，一股寒流不禁让人打了个寒战。两个侦察兵卧在土坡两侧，以夜色为掩护，从这里，也能更好地看到日本兵营地的活动情况。因为寒冷，他们的手脚逐渐冻得麻木，他们丝毫未动，三双眼睛穿破黑暗，死盯着前方的日本兵。

很快，身上已经是厚厚的一层雪，周良丰努力地活动着手指，他感觉握枪的手的皮肤几乎和枪粘在了一起，一阵钻心的疼。

"赶快活动一下身子。"周良丰对身边的侦察兵说。

"周连长，我们还扛得住，就是手不听话了。"一个士兵说。

"把手放怀里暖和一下，我的手也是，拿枪都不行了。"周良丰叮嘱他们。

日军的巡逻车从右方开过来，在灯光的照射下，地上洁白的雪格外刺眼，雪花在灯光下尽情地舞动着，就像是一群美丽的白色蝴蝶在跳舞。

"这些日本兵不是伊藤正雄小分队。"周良丰得出判断。

"那我们现在是前有这些日本兵，后有伊藤正雄。周连长，如果老百姓都上船了，我们就能和伊藤正雄好好地干一场。"一个士兵说。

"这个伊藤正雄很狡猾，可不好对付。你俩盯住了，我去那边看看。"

周良丰从这个土坡的侧面绕到日本兵营地的北边，那里有一个C形壕沟，他借着壕沟边上的雪滑下去。在夜色中，他紧贴着壕沟的底部摸着前行，根据他的经验，这里应该是以前留下的战壕，壕沟的底部是一道安全的防空暗道。

天亮之前，周良丰和两个侦察兵回到了寺庙，他们直奔后院的火堆旁取暖，这时才感觉到手脚是自己的。此时，地上的雪已经盖过了小腿。

周良丰见父亲已经倒在一旁的稻草上睡着了，他蹲在父亲的身旁，想好好地看看父亲。在昏暗的光线中，他看到了父亲的苍老。他把大衣脱下来盖在父亲身上，觉得心里很愧疚，本来父亲是不必要受这个罪的，但为了见他，父亲不顾生死，在这个寒冷的雪天里睡破庙，忍受着饥饿和严寒。周良丰在心里想着，如果他能活下来，以后一定要好好孝顺父亲。

目前队伍的行动受阻,困在这里,要想办法出去才行。丁宝和君华已经把难民分成了两组,第一组的老人、妇女、小孩和一些伤病员、体弱者先登船过江,剩下的还有十来个人第二批登船。丁宝把每个人登记在册,并把人员名册放在君华手里,他让君华在登船时一定要按照上面的这些人名清点上船人数。君华在这个名册上,看到了自己的名字。

"我跟第二船走。"君华对丁宝说。

"女人要在第一船走,再说,哪里有第二船?"丁宝闷头抽着烟。

"那你们怎么办?"

"别管我们,我们都是站在悬崖上的人,随时做好跳下去的准备。等到天亮,我跟你们上船,护送到崖子口,然后你们从那里过江。"

随后,丁宝找到周良丰。

"一船坐不下,如果按照原计划登船,我们的几位同志也上不了船。"

"那只能再想办法,先让老百姓过江。"

天一亮,丁宝和君华安排第一批人上船,由于河面结冰,只能一边破冰一边行驶。按照设定的路线,船先要到达崖子口,再从那里过江。

剩下的人,由周良丰和大麻带队,从寺庙后面向崖子口方向前进,但途中要避开日军的巡逻车。

这天清晨,日军开始派兵驻守芜湖长江沿线。日军进入芜湖城后,四处烧杀抢掠,打砸破坏,并很快占领了城区许多高层建筑,在铁路、江边、太古码头等重要地段开始构筑工事。日军为了控制整个长江沿线,从城区抓了大量劳工到江边日夜抢修工事,这些劳工中,有当地的难民,也有被俘的中国士兵。

伊藤正雄的小分队刚到积水口时,负责驻守积水口的部队也到了,还有一批修筑工事的难民由日本士兵押送到了积水口。伊藤正雄给小分队补充了给养,然后继续前进,前方就是清陵河和长江的接口处,伊藤正雄从地形图上的标志看到,要想顺利通行,他们必须从前面绕过清陵河河尾,再经过一个寺庙。但此时,大雪封路,行进起来非常困难,卡车无法再继续行驶,伊藤正雄只好命令小分队全体士兵步行出发。一路上,士兵们都在为刚才听到的消息而振奋。

　　刚才在给小分队补充给养时,他们从一些驻守积水口的士兵那里听到令人无法平静的消息,大部队已经全线进入了南京城。他们还听说,南京城有个叫秦淮河的地方,有很多姑娘就像画中的美人一样,有很多士兵都在秦淮河享乐,听说还有很多漂亮的女学生留在城内。士兵们刚开始时还越谈论越兴奋,但渐渐地意识到,有很多日本士兵在南京城里享受花姑娘,而他们还在这冰天雪地里漫无目的地前进。就这样,小分队里开始有人发牢骚。

　　"传令下去,如果发现花姑娘,奖赏给这些士兵。"伊藤正雄对村上次郎说。

　　伊藤正雄的这个奖赏也许是目前最好的良药,它能鼓舞士气,很快提起了士兵们的战斗精神,一路上,士兵们高唱《樱花》前进。

　　伊藤正雄非常爱他的未婚妻美子,收到美子的来信当然是令他最高兴的事。但是刚才在给小分队补充弹药时,驻守积水口部队的通信兵带来一封信,是美子写给伊藤正雄的。这次美子的来信让他开始担忧,美子第一次在信中抱怨,她从回国的伤残军人那里听到部队占领上海时,日本士兵奸杀中国少女的一些细节,这让美子感到无比震惊。美子在信中说,这场战争的真实面目并不是当初政府在宣传时说的那样美好,完全是一场杀戮。她在来信中希望伊藤正雄早些回国。但他还没有给家族争得荣誉,没有脸面就这样回去,而且他是一名军人。伊藤正雄放慢脚步,走到小分队的后面,他回头看了一眼白茫茫的大雪,突然心中有了一丝孤独。雪在他的周围肆无忌惮地降落,仿佛要织成一张天网将他与世隔绝。

　　前面有个士兵掉进了捕捉猎物的陷阱,还好陷阱不深,在村上次郎的帮助下,他很快爬了上来,但他的左腿受了严重的伤。村上次郎扶着他一瘸一拐地前进,但这个士兵还是掉队了,他甚至落在伊藤正雄的身后。伊藤正雄停下来,等这个士兵走近了,他摆摆手支开村上次郎,然后一脚踢在这个士兵的肚子上。

　　士兵艰难地直起身子,站在那里。

伊藤正雄跟上了小分队,不久,村上次郎从后面追上了他。

"伊藤君,小林的腿伤势加重,无法跟上队伍。"

伊藤正雄让村上次郎紧跟队伍,他转身往回走,找到了受伤的士兵小林,他看到这个士兵倒在了雪地里正向前方爬行。伊藤正雄看了他大约半分钟,然后走了。

这两日,联队已经发来两封加急电报,询问出现在这一带的中国兵和几个将要渡江的地下党人员的最新情报。尽快消灭他们,会对日本军队控制整个皖南地区起到至关重要的作用,一旦让共产党到达江北重新起动情报网络,会对整个战局造成严重的破坏。伊藤正雄感觉到联队长对他的不满,他下令小分队加速前进,要赶在天黑之前到达下一个宿营的部队,在那里,小分队能得到充分的休整,也能取暖,还有充足的食物。

风雪挡住了远方的视线,无法看清周围的环境,伊藤正雄只知道在他的左边是长江,前方是白茫茫的一片,他无法判断从这里到长江与清陵河的交汇还有多远。他的双腿深深地陷进雪中,艰难地一步一步向前挪。村上次郎跟在伊藤正雄的身后,他无法理解伊藤正雄竟然为了立功心切而放弃了小林君。他猜想,小林君一定死在了雪地里,这是多么可怕的一件事,如果在行军的路上,自己受伤了,也许会和小林君的下场一样。村上次郎第一次感到伊藤正雄的残忍。

村上次郎手里紧握着一个用子弹壳做成的樱花,这是他们跟着部队刚进芜湖城时,小林君送给他的礼物。在他们的交流中,村上次郎得知他比小林君大两个月。可是这样好的朋友和战友,会被他的长官抛弃在异国他乡的雪地里。

对于小分队里非战斗减员一个士兵,除了村上次郎,其他的士兵毫无察觉,他们还沉浸在伊藤正雄许诺过的花姑娘这件事上,这也许是目前能推动他们继续行军的唯一动力。由于大雪连续在下,除了伊藤正雄这个小分队在缓慢地移动着,周围其他的东西都是静止的,都被洁白的雪覆盖着,让人很难辨认方向。路上,伊藤正雄和士兵们说他要成为真正的武士,希望所有的士兵都要像他一样。伊藤正雄还告诉了大家一个消息,这是有一次他和联队长去司令部时无意中听到的,师团长很快会在芜湖城里设立慰安所,那里除了有中国的花姑娘,日本国内也会来很多美貌的女子。士兵们兴奋极了,他们都希望尽快完成这次任务,早日回到城里享用在那里等待着他们的姑娘。村上次郎一言不发,他很清楚那将是一场罪恶的游戏。对于他来说,他宁愿早日回到国内和家人在一起。

"伊藤君,我想早日回到家乡和家人在一起。"村上次郎说。

"村上君,我们不做胆小鬼,我们是军人,军人就要冲锋杀敌。"

二十二

　　距离第一组人员上船还有半个钟头,周承德早已到了船上,他和两个船家做好了出船前的各项准备。河面结了冰,到时候只能有人在船头一边破冰一边行船。丁宝早已派人把地窖里的食物运上了船,还在船舱里放了一些稻草和麻袋用来避寒。他把船上其他的东西都扔到了江里,这样就可以减轻船身的重量,多上几个人。外面下着大雪,君华在寺庙的柴房里生火,大家出发时,她要给每个人煮些吃的东西带上,这一路上,谁也不能预料到底会发生什么事情。君华让玉蓉和小七来帮忙,尽可能多地煮些地瓜和土豆,肚子里有东西了,身上才会暖和点。

　　君华从布包里拿出一些衣物,她给玉蓉和小七都围上了围脖,看着玉蓉冻得通红的脸和手,君华不禁有些心疼,她把玉蓉的双手放进自己的怀里,看着玉蓉,她满眼都是担心和不安。在小七提着木桶去给大家分食物时,君华让小七把两件厚点的衣服拿去给其他人穿上。小七出门的那一刻,君华紧紧地搂住了玉蓉。

　　"希望你能喊我一声妈。"君华把玉蓉搂在怀里,她尝试着让玉蓉更进一步接受自己。

　　在这间温暖的柴房里,玉蓉就这样让君华搂着,直到小七推门进来,君华才松开玉蓉。小七满脸的疑惑站在门口,她刚想说什么,君华先开口了:

　　"小七,玉蓉是我女儿,先不要和别人说。"

　　"哦,我……知道了。"小七还是一脸疑惑的表情,她在玉蓉的身边坐下。

"玉蓉,那个女人是你妈妈?"等君华出去时,小七低声地问玉蓉。

"不管她。"玉蓉用一根木棍拨动着火灰。

"我刚才去送吃的,看见他们在发枪。"

"发枪?"

"是的,那个周老板带来的,这次上不了船的,有几个男的发到了枪。"

"要打仗了吗?"玉蓉有些紧张。

"不知道,他们好像在商量什么事。"小七把那边的情况向玉蓉说了一番。

"快,把火灭了,马上要上船了。"君华匆匆忙忙地进来。

按照预定的时间,第一组人员很快就要上船,丁宝和君华清点了上船的人员名单后,检查了所有人携带的物品,为了保证船上所有人的安全,凡是重的物品一律不许上船。君华走到一个老人身边,她把自己的帽子取下来给他戴上,又用一根带子把老人衣领口系起来。

"这里要系紧些,风才不会钻进去。"

"好了吗?要抓紧上船。"周良丰在门口喊着。

"可以出发了。"君华一边给一个妇女整理着头巾,一边说。

丁宝和君华开始带着大家出发。外面的雪还在下,大家行动起来比较缓慢,尤其是老人和体弱的,需要其他人搀扶才能上路。从这里到清陵河边,要经过一个下坡,坡下有一座只有两人宽的木桥,过了桥再往前走几百米,再向右方向经过两道田埂就到了。这一段路很不好走,此时,风雪依然在狂哮。

所有的路都被大雪覆盖着,如果对这一带不熟悉,外人根本出不去。这里常有老农捕捉猎物的陷阱,一不小心,路人就会受伤,甚至丢掉性命。为了大家的安全,丁宝让二炮在前面探路,他带着其他人按照二炮留下的标记前进。

二炮在前方探路时,发现在小木桥这头有一个人倒在雪地里,这个人就是在寺庙里带头闹事的那个男人。二炮发现他时,他已经被冻得全身僵硬,呼吸很微弱。君华让二炮把他背到旁边一个避风的地方,她解开自己的上衣,然后把他的上半身紧贴着她的胸口,她用这样的方式给他取暖。

"玉蓉,你跟着大家先走。"君华见玉蓉站在她身旁,有些吃力地说,风雪拍打在她的脸上。

"我等你一起走。"玉蓉没有挪动脚步。

"丁宝,丁宝!"君华大声地喊着。

"我在这里。"丁宝迈着深深的脚步费力地走过来。

"带她走!"君华对丁宝说。

"快走!"丁宝二话没说,拉着玉蓉的手向小木桥的方向走去。

直到看不见大家的身影时,这个男人终于醒了,他发现自己躺在一个女人的怀里,他很吃惊。君华用自己的身体来救他的命,这让他感动不已,他尝试了几次,终于感到身体有知觉了,他挣扎着转过身子,然后跪在雪地里给君华磕头。由于受到风寒,君华浑身不舒服,她没了力气,扶着身边一棵大树才站起来。

所有人到了清陵河边,周承德和二炮立刻负责大家上船。丁宝回头看了看,再往回走过了两道田埂,才看见君华和那个男人的身影,丁宝心里的一块石头总算落地了,他赶忙迎上去。这个男人一见丁宝,就问:

"警官,那些当兵的呢?"

"怎么,你是想找他们拼命呢,还是讨口粮?要是拼命,你就去,要是讨口吃的,我这里就有。"丁宝扶着君华,转头对这个男人说。

"警官误会了,我和一起出来的几个兄弟遇到了小鬼子,他们都被小鬼子打死了,我是拼了命才逃出来的。我想参军,和周长官他们一起打小鬼子,为我的兄弟报仇。"

等他们到了河边,这个男人告别了丁宝和君华,他又返回去追赶周良丰去了。

船舱很小,坐满了人,周承德和两个船家在船尾,他们负责行船。君华坐在玉蓉和小七的中间,船舱里不是很冷,此刻她感到身体舒服了很多。但由于河面的冰结得很厚,破冰并不容易,船头有人拿着铁锤用力在砸冰,船舱里所有人都很紧张,静静地听着一下又一下砸冰的声响。

"叔,记住了,船到了江口,一直往右行驶,看到一个石崖时,就到了崖子口,然后你们从那里过江,但要小心日军的巡逻船。"丁宝穿过人群,去了船尾。

"那你们呢?良丰他们呢?"周承德急切地问。

"我和二炮跟船到崖子口下,然后和良丰会合后,再想办法过江。"

"叔是个明白人,你们都是干大事的。"周承德说完,沿着船沿往前走,去观察河面的情况。

周良丰安排两个士兵护送大家上船,同时侦察清陵河一线的安全情况。第一组人员出发后,周良丰和大麻带着第二组人在寺庙里等着侦察兵的消息。周良丰让大麻把父亲带来的八支枪和子弹抬过来,大麻立刻明白周良丰的意思,他和两个士兵把枪和子弹放在大家面前。剩下的这些难民你看看我,我看看你,他们头一回见到这些能杀人的铁家伙就摆放在眼前。过了好一会儿,周良丰说话了。

"想摸枪?"周良丰问坐在他面前的一个人。

"没有敢说话。"

"来地来。"周良丰说。

"铁的,真家伙!"坐在前面的一个人说。

周良丰站起来,围着大家走了一圈。

"你们想不想要这支枪?"周良丰问大家。

他们听周良丰这么说,都面面相觑,没有一个人说话。

"你们想不想和我一起打鬼子?想,枪和子弹就发给你们;不想,也不勉强。"周良丰说。

"可咱们也不会使这玩意儿。"有人说。

"要想一起打鬼子,他就教你们怎么打枪。"周良丰指了指身后的大麻。

"就咱几个人,和小鬼子打?"

没人说话了,一片沉默。

"我和他们拼了,大不了一死。"有个人站了起来。

很快，大麻把八支枪发完了，由于时间紧迫，大麻把这八个人集中起来，用最快的时间教他们如何上子弹、拉枪栓、扣扳机。剩下的人中，除了几个地下党员之外，只有六七个难民了。周良丰早就瞄好了这几个人，他认为他们都是当兵的料子，有意把他们收进队伍中。

"周长官，我们这算是军人了吧？"他们当中有人问周良丰。

"都记住了，我们都是中国人。"

"连长，我们回来了。果然有小鬼子，距离清陵河和长江交汇处大约四里路。"侦察的士兵回来报告。

"船呢？"大麻抢先一步，急切地问。

"我已经通知丁警官了，船马上出发。"

"归队。全体集合。"周良丰下达了命令。

周良丰带着五个士兵和四个新队员以最快的速度赶到清陵河与长江交汇处，在向前一里的地方迅速找到掩体，有一个士兵在前方几百米开外的地方侦察敌人的动向。半个时辰后，侦察的士兵回来了，他已经看到了伊藤正雄的小分队，周良丰命令所有人子弹上膛，五个士兵也准备好了手榴弹，他们以一处高坡为掩护，把身子埋进雪里，黑洞洞的枪口瞄准了前方。周良丰提醒所有人，在和小鬼子开战之前，要尽量让手指活动起来，这样冰冷的天气，手指很容易被冻伤，就会影响射击的精度。这时，周良丰看到，在漫天飞舞的雪花中，前方出现的日本兵的身影，只是他们行动的速度非常缓慢。

出发之前，周良丰已经和大麻做好分工，他会尽最大可能地拖住伊藤正雄的小分队。大麻带着另外四个新队员护送其他人和等候在清陵河的船向崖子口方向快速撤离。情况危急，船要在最快的时间内通过清陵河到达长江入口，其他没上船的人沿着河岸火速前进。大麻时刻听着前方的动静，只要前方枪声未响，说明一切都还安全。船头有人一边沿途破冰，一边向前驶去，只要到了长江入口，船就能快速通行。

船上的人已经感到危险正一步一步逼近，很多人开始不安起来，他们不停地从舱口向外张望着，议论着，说会不会遇到日本兵的飞机大炮。

"别慌,小鬼子的飞机大炮还远着呢,都保持安静,我们通过这条河就能很快到达崖子口了。"丁宝对大家说。

看到船上的人如此紧张,玉蓉不知不觉地将身子向君华挪动过去,她将自己的身体靠近君华,似乎只有这样才能有点安全感。君华感觉到玉蓉的恐惧,她伸出右臂,搂住玉蓉的肩膀。

"别怕,有我,还有丁宝,还有周长官他们在外面保护我们。"

"你说我们能过江吗?"玉蓉靠着君华坐着,她声音有些颤抖地问君华。她的嘴唇干裂流出了血,她非常不适应这里的气候。她的手紧紧地抓住君华的胳膊,越抓越紧。

"别紧张,穿过这条河,我们就安全了。"君华是在安慰玉蓉,其实她心里很明白,这次过江如果运气不好,船上所有人可能就葬送在这里了。这几年君华见过各色各样的人,也游走在各类达官贵人之间,她已经不再是一个胆小脆弱的女子。但在此刻,一种巨大的恐惧笼罩在她周围,就像魔鬼随时要将她吞灭一样。更何况,船里还有她唯一的女儿。

船在前进中,雪花飘进了船舱里,落在脸上,一阵冰凉。很快,刚被清扫过的船头,又落满了厚厚一层雪。这时,丁宝又叫了两个人去船头轮换破冰。一声声破冰的声音,听得人心里发慌。

"打枪了,打枪了,你们听!"船舱里有人慌张地喊起来。

船舱里所有人都屏住呼吸,竖起耳朵听着从远处隐隐传来的枪声,接着,枪声越来越密集。

"叔,加快速度!"丁宝在船头喊着。

"叔晓得嘞。使劲撑船,加把劲!"周承德对两个船家说。

这是大麻预料之中的事,他估摸着这个时候周良丰与日本兵交火了。他朝船上喊着:

"速度再快点,再快点!"

大麻让四个新队员把子弹上膛,随时做好迎敌准备。

"我们几个也能参战,有枪有子弹。"奉命过江的同志对大麻说。

"不行,你们的任务是安全过江。"大麻一边指挥着大家前进,一边说。

"丁宝,船能不能再快点?"大麻又朝船上喊着。

"快不了,冰太厚了。"

枪声越来越清晰,也越来越密集。还有几声闷响,这是炮弹落在雪地里爆炸的声音。在这样四处空旷的荒野里,枪炮声似乎给这个漫天大雪的冬天又增添了一丝恐怖。

由于风雪太大,挡住了视线,不能很准确地射击敌人,周良丰带着两个士兵从侧面靠近伊藤正雄的迫击炮射击手,他以大雪为掩护,击毙了他们。

周良丰把手里最后一颗手榴弹扔出去的时候,大麻从后面过来。

"良丰,船过清陵河了。"

"所有人,撤!"

有一个新队员头部中弹身亡,他的尸体被另外一个新队员背着向后撤退。摆脱了伊藤正雄的小分队后,周良丰让人在雪地里挖了一个坟坑,把牺牲的新队员埋了。

虽然是在冰天雪地里作战,周良丰通过刚才伊藤正雄的战法,倒吸了一口凉气,这个对手果然麻烦。周良丰查过他的底细,因为伊藤正雄善于搞侦察,也善于打野战,所以日军司令部派他进行围追堵截。周良丰和其他队员这一次能顺利脱险,并不是靠战斗力上的优势,而是他们对这一带的路线比较熟悉,大麻和几个新队员能迅速分辨出老农捕猎陷阱的标记,这为大家在撤退时赢得了宝贵的时间。

二十三

　　偷袭日军警备司令部的案犯终于被抓到，由日伪三十多人的小队荷枪实弹把案犯送到了宪兵队。中午过后，这个案犯和很多人一起上了卡车，三辆载满死囚犯的卡车出了宪兵队大门，从赭山山顶一直往山下开，很快到了刑场。这些被日军定罪为死囚犯的人中，有一些是无辜的百姓，大部分是被日军俘虏的守城的中国士兵，他们被押往一个广场。这里就是日军处死重要犯人的刑场，广场中间有两口大铁锅盛满了水，锅底下的火烧得正旺，广场最前方竖立着十几个圆形高柱，每个高柱上面挂了一个正方形的铁笼子，这是用来装重犯人头的。

　　警备司令部被炸弹袭击一事，让驻守芜湖的日军高层非常恼火，也很恐慌，他们认为这是中国军队隐藏在芜湖地区的捣乱分子，像这样的捣乱分子，在芜湖一定不计其数。这个案犯被处死后，日军高层会议马上做出了全城"清剿"和周边"扫荡"的计划，很快，高品联队、仓桥联队、伪军第七团全体出动。同时，从日军高层发出来的一封电报也到了伊藤正雄手里，电报内容是在限期内未能完成剿杀任务的各级军官，都将受到严厉的处罚，同时，电报里还说，司令部已经在城内设立皇军慰安所，专门用来奖励士兵。同一天，日本国内有些地方政府开始向年轻人大力宣扬爱国精神，鼓励国内的女性到中国战场慰问这些士兵。

　　伊藤正雄收到电报后，第一次感到无比地沮丧，师团长和司令部其他高层无法得知他此次任务的艰巨和对手的厉害，如果不是这场该死的暴风雪,相信在限期内他一定能消灭掉这支难民队伍和他的对手。至于为天皇的勇士们设立的皇军慰安所,他毫无兴趣,因为只有美子才是他生命中唯一的爱人。

这一封电报让伊藤正雄很恼火。就在不久前的一次战斗中,他的两名勇猛的日本士兵被对手周良丰击毙了,这让他大失颜面。他已经做好了全面追击的战斗部署,但由于对这里地形的不熟悉,行动起来很困难,还是没能让那些中国士兵消失在自己的视线里。伊藤正雄让村上次郎传令,小分队加速前进。为了避免士兵再次掉入猎人的陷阱,伊藤正雄命令所有人按照前方的脚印行进,没走多远,脚印就被大雪覆盖了。

伊藤正雄这时才发现,这些脚印都是那些中国士兵设下的圈套,他们迷路了。小分队被困在雪地里,伊藤正雄只好让两名士兵前去侦察,其他士兵留守待命。附近有个小房子,应该是这里的老农用来耕作时休息或是看守田地时用的。伊藤正雄让待命的士兵去小房子里生火取暖,他带着村上次郎在小房子的周边找些野味,小分队带的食物已经所剩无几,前方的情况还不明朗,行军包里的食物要省着吃,如果能在这里找到一些野味是最好了,也让士兵们享用一顿美餐。他们在雪地里转了很久,终于有一只兔子从雪窖里蹿出来找食物,伊藤正雄从村上次郎手里接过枪,"砰——"

"伊藤君,您不愧是神枪手。"村上次郎跑过去把兔子捡起来。

"让我们的士兵也尝尝中国的兔子。"

侦察的士兵回来了,他们找到了去江边的路,只要到了江边,往西边前进,就是清陵河的方向,绕过清陵河,就能找到在那里驻守的部队。伊藤正雄做了一次战情分析,他判断周良丰和那支难民队伍一定是向崖子口方向逃离,他在地形图上仔细地研究从清陵河到崖子口的行军路线。所有的士兵享用一顿美餐后,伊藤正雄下达了出发的命令。

小分队由两个侦察兵带路,要经过几道很长的田埂,田埂很窄,只能容纳两个人并排行走,田埂上又覆盖着厚厚的一层雪,稍不小心,就会摔倒在农田里。过了田埂之后,穿过一片不大的林子,这才到达离江不远的官道,小分队开始向西出发。

小林的事件和在这次战斗中战死的两名士兵,让村上次郎的心里感到一阵恐慌,他害怕自己也会死在这荒无人烟的雪地里,害怕会被野狗吞尸。

雪终于停了,天空中很快有了一丝阳光,这样的天气让人的心情舒畅起来。小分队到了清陵河,然后向右一直走,再绕过河尾。

伊藤正雄在这座寺庙里发现了生火烧尽的木灰,地上还有一些用过的残留物。他更相信自己的判断是正确的,他认为很快就能追上他的敌人。他让村上次郎给司令部发电报,报告他追击敌人的情况,电报里也提到他很快就能消灭掉前方这支中国小分队。

"传令下去,全力追击。"

村上次郎传达着伊藤正雄的命令,小分队迅速整理装备,出了寺庙。

为了保存实力掩护难民过江,周良丰和大麻在与日本兵作战时都是采取速战速决的战法,但这次,他们必须要拖住伊藤正雄小分队,让难民们有更多的时间过江。

周良丰早就预料到伊藤正雄会从这条路追击,他和大麻在寺庙后面找到适合打伏击的有利地形设下埋伏,只要伊藤正雄小队在这里一出现,就打他个措手不及。

"良丰,你看那边,一会儿我们就从那里撤退。"大麻指着身后左边一个土沟对周良丰说。这个地方的隐蔽性非常好,不易被察觉。

"等伊藤正雄这小子反应过来,我们早就没影了。"

"我就是这么想的。"

"大麻,咱俩合计一下,我们现在还不能和小鬼子硬着来,我们就扰乱他们,把他们打疼了就撤,只要老百姓和同志们安全脱险了,我们就和伊藤正雄拼个你死我活,你怎么看?"周良丰一边紧盯着前方,一边问大麻。

"就这么办。"大麻迅速调整好最佳的射击位置,他把手榴弹收起来,不到关键时刻,他还是舍不得浪费弹药。

"周连长,小鬼子来了。"侦察兵报告。

一切准备完毕,子弹都已上膛,所有人静静地等待着猎物的到来。周良丰让几个新队员隐蔽在后面,他回头看了看他们,虽然他们没有经过专门的训练,但从他们拿枪的样子就可以看出,他们个个都是胆大的种。有两个新队员一直向周良丰申请把他们的射击位置换到前面去,他们说打死了小鬼子,就能为他们的家人和村里人报仇。周良丰和大麻当场拒绝了他们的请求,大麻还希望将来有机会把这几个年轻的新队员都带到山上,他要给这些年轻人新的生命,给他们希望。

周良丰的对手名单中,伊藤正雄排在第四,周良丰从他的档案中了解到,这个对手非常年轻,来到中国战场的时间很短,但他是个非常厉害的角色。果然,伊藤正雄似乎发现了在他的前方有一种危险,他的小分队停止了前进。周良丰根据目测的结果,伊藤正雄小分队所在的位置应该在火力范围以外。在通往崖子口方向的途中,还驻守着一个日军联队,据侦察兵报告,那里的日军活动很频繁,如果在这里和伊藤正雄僵持太久,可能会遭到两边夹攻。

"我去那边把小鬼子引过来。"大麻带着两个士兵从一侧绕过去。

大麻刚接近预定的位置,对面就传来枪声,子弹击中他身边雪地里冒尖的一块石头,发出清脆的声响,接着,枪声很密集,子弹像雨点一样落在身旁的雪地里。大麻和两个士兵开始还击,这时周良丰也带着其他人从另一侧绕过去,与大麻形成两面夹击态势朝伊藤正雄小分队开火。眼前的这些日本兵个个都是训练有素,他们很快调整战术,形成两个相互呼应又独立的还击小组。从武器装备和战斗力方面,伊藤正雄的小分队有着明显的优势,他们很快从防守变成进攻,又从进攻试图转变成包围的态势,只不过,他对面的这些中国士兵个个都很狡猾,很难在短时间内彻底消灭掉他们。

周良丰一边射击一边判断眼前的战斗形势,再纠缠下去,也讨不到什么便宜,他向大麻发出撤退信号,很快,他们就消失在伊藤正雄的视线里。

这样的战斗让伊藤正雄很恼火,他的对手两次都从他的眼皮底下逃脱,这样的交火方式,也让他的士兵感到很疲惫。伊藤正雄决定向驻守在前面的联队请求支援,进行前后合围,彻底消灭他们。电报发出去之后,很快得到了响应,驻守在前面的部队是山田联队,他们很快派出了一支小分队向附近靠拢进行搜寻。侦察兵在还未融化的雪地里找到了脚印,这些脚印很凌乱,但基本可以判断出这些脚印是刚才和他们交火的那些中国士兵的。伊藤正雄下令按照这些脚印的方向火速追击。

这一带地形很复杂,伊藤正雄在地形图上并不能准确地找到位置,在前面一个岔路口,他让小分队停了下来,追击到这里,原先那些脚印也不见了,伊藤正雄为了安全,不敢贸然前进,只好先派出两个侦察兵前去侦察。侦察兵报告,前面没有发现那些中国士兵逃离的任何痕迹,前方是一条河,没有去路。村上次郎立即向伊藤正雄报告,他刚刚收到山田联队派出的那支小分队的电报,他们发现了敌人。村上次郎打开地形图,给伊藤正雄指出了位置。这让伊藤正雄很兴奋,有了山田联队的支援,他和士兵们的士气非常高昂。顺着身后的一条小道,他们向目的地出发。

太阳出来了,地面上的雪开始融化,雪水从路前方的上坡流下来,这条土路变得更加湿滑。大麻带着其他人迅速通过这条路,周良丰带着一个士兵从另外一个方向引开了在路上碰到的日本兵。让周良丰和大麻没想到的是,刚刚和伊藤正雄小分队结束了战斗,在撤离的路上又碰到其他的日本兵,周良丰仔细观察后,他分析遇到的这些日本兵不是伊藤正雄小分队的,有可能是伊藤正雄请求的增援部队,或者是路过的日军散兵。

大麻和周良丰很快在预定的地点会合,在这一带,他们要想甩开日本兵,那是轻而易举的事,真正让他们担心的是船在去崖子口途中的安全。

"良丰,按照时间来推算,船应该快到崖子口了。"大麻一边跑步前进,一边对周良丰说。

"我们要把伊藤正雄这小子引过来,这小鬼子精着呢,我怕他们会去崖子口。"周良丰担心地说。

"如果我们能搞到一部电台就更好了,现在也没办法和上级取得联系。"

"我们之前在城里有一部电台,但是现在要想拿到电台,可不是容易的事。"

"原地休息,十分钟后出发。"周良丰下达了命令。

在一个空地上,雪刚融化,地面上露出了一些发黄的枯草,周良丰和大麻刚想坐下,看着连日来疲惫不堪的战士们,为了让大家能多睡几分钟,大麻和周良丰担起了警戒任务。

"我们要想办法把小鬼子引过来,决不能让他们去崖子口。"

"明白。良丰,要不要我再带两个人去那边放几枪?"

"不用,你就放心吧,我保证小鬼子一会儿乖乖过来。"

果然不出所料,周良丰话音刚落,就看见伊藤正雄小分队远远地朝这边过来。

"准备战斗!"周良丰掏出手枪,隐蔽在掩体后面。

"良丰,还真被你说中了。"

"伊藤正雄这小子善于侦察沿途我们留下的痕迹,我就安排人一路上做了记号。"

大麻安排两个士兵带着其他几名同志和难民撤退。不久,枪声响起了。在周良丰的配合下,大麻这次采用虚实交叉的作战手法打乱伊藤正雄的战斗部署,这是他在山上打游击时常用的手段。

有了前两次追击失败的教训,伊藤正雄这次改变了战斗策略,他认为他终于有了咬住目标的机会,他从对方的火力布置点找到了可乘之机,立刻下令机枪手对准左前方的那个目标狠狠地射击,同时也派出六名士兵从侧面摸过去准备一举歼灭。但他没想到的是,那个目标很快就不见了,转眼间就消失得无影无踪,让他错失了正面追击敌人的最佳时机。这是大麻故意迷惑伊藤正雄的一次游戏,他打一枪换一个地方来分散小鬼子的注意力,更有效拖延了伊藤正雄正面进攻的时间,只是在这次阻击战中,有两个新队员受了轻伤。在伊藤正雄的援军到达之前,大麻早已带着大家撤出了敌人的火力范围。在他们的背后,小鬼子的枪声越来越远了。

二十四

　　日军占领芜湖,在切断南京与武汉、重庆联系的同时,开始密谋操纵芜湖的粮、盐、油、布、烟等买卖,达到垄断市场的目的,这是日军在芜湖采取"以华制华"政策的第一步。驻守芜湖的日军在实行各项"清剿"计划时,日军的高层也开始策划要在芜湖建立维持会、清乡筹备委员会、警察局、自卫团、绥靖队等各类组织,以此来加强对当地老百姓的控制,搜集有关政治、军事、经济等情报,后来经常以"查户口""通匪"等各种理由抓人。饱受苦难的芜湖人民寻求各种办法逃往外地,一些逃不出去的百姓和其他地区流离到芜湖的难民时刻都面临着死亡的威胁。由于难民太多,美国教会收容所、弋矶山医院、凤凰山萃文书院和太古码头圣母院等难民收容所无法再收容更多的难民。这些流离失所的难民只能逃散在城区各个角落,很多不幸的难民被日伪军堵截,遭到枪杀或砍下手臂、挑断脚筋。弋矶山医院部分医护人员开始去街上寻找受伤的百姓,然后把他们抬回去医治。已经死在日伪军刀枪下的百姓和难民,很多尸体都被丢弃在大街小巷无人认领,芜湖民间收尸队便在夜里把尸体偷走,用板车拉到偏僻的地方埋了。在此期间,城内所有做殡葬生意的棺材和其他木料全部用尽。这些店铺很快就遭到日军的封查,为了防止隐藏在城区的中国士兵和地下党员用这些木料过江逃生。

　　进入芜湖的日军第十八师团一方面在制定长期霸占芜湖的阴谋计划,另一方面为了配合其他军队实现对华的军事打击意图,开始对隐藏在城内的中国士兵和地下党员进行全面"剿杀"。为了阻止这些中国士兵和地下党员从江面上逃脱,日军对长江一线实行空中飞机和江上巡逻船双向巡航防线。从这一天开始,江面上除了有巡逻船发动机的声音,空中也不断传来飞机的轰鸣声。无为一带的大小渔船也纷纷躲藏起来。

周良萍见父亲一直没有回来,非常担心,她就让李寡妇陪她一起一大早赶往二坝码头。此时二坝码头仅停有三只商船,周良萍一到码头,就看见自家的马和板车。她问商船里的人,才知道父亲和两个人已经去了芜湖,还没有回来。这时,有一个女人在船舱里哭,她一听说周承德的女儿来了,立刻从船舱里出来,哭着找周良萍要人。

"都是你父亲害的,我家男人到现在都没回来,他要是死在芜湖了,我咋办?呜呜呜……"这个女人抓住周良萍的衣领哭得更凶了。

"你这人怎么回事啊?你家男人去了芜湖,和她有什么关系?再说,一个大活人有腿有脚的,总不会是我家周承德把他绑去的吧?"李寡妇掰开这个女人的手,把周良萍拉到身后。

"先别哭了,我们再等等,说不定很快就回来了。"旁边船上的人说。

这个女人一看周良萍身边还有帮手,旁边也有人在劝她,渐渐地,不再像刚才那么激动了,她抹了抹眼泪,转身回到了船上。李寡妇和周良萍也跟着她进了船舱,坐在她对面。船舱里有一些废铁和空木桶,再有就是一张木板,木板上铺满了稻草,还有两床棉被。李寡妇从随身带的包裹里拿出两个饭团递给这个女人,她面黄肌瘦,嘴唇干裂,看样子她应该有几顿没吃东西了,头发散落下来,她看人的眼神都显得那么无力。

"一天都没吃东西了吧?来,吃点吧!"李寡妇把饭团塞进她手里。

这个女人接过了饭团,然后慢慢地抬起头看了李寡妇和周良萍一眼,狼吞虎咽地吃起来。

"我家男人是被周老板骗去芜湖的,我往后的日子咋过啊?"这个女人一边吃着饭团,一边自言自语地说。

"放心吧,他们会回来的。"

"你们都是骗子,都是骗子。"

日军飞机的轰鸣声由远而近,这是今天日军飞机第四次在江面上巡航,由东向西,再由西向东。飞机的声音让眼前的这个女人紧张起来,她冲出舱门,站在船头看着江面,她大概是在看江面上有没有她男人的影子。

　　早上还是大雪纷飞,下午这个时候已是艳阳高照,风也停了。尽管雪在融化时有些寒冷,但今天的阳光照在人的身上,让人感到了一丝暖意。船头的雪很快化成了水,随着船帮流进了江里,这意味着寒冬很快就要过去。其他两艘船里的人也走到船头晒晒太阳,大家坐在船头闲谈着今天日军飞机和巡逻船巡航的事情,后来实在没有什么可以谈论的,他们又把各自在江上跑船的经历说了一遍。

　　船停靠在码头旁边的一个避风港口,这里比较安全,日本兵的巡逻船不容易发现,从这里也可以看到江面的情况。李寡妇和周良萍从船舱里出来,去找喂马的地方。

　　一直等不到周承德的影子,李寡妇有些焦急不安,她看着江面上空飞过的日本飞机,似乎对周承德回来一事已经无望。她站在江堤的坟包上看着江面,除了日本兵的巡逻船,再也看不见其他的船在江面上行驶。但她心里明白一件事,如果周承德真的回不来了,她一定要保护好周良萍的安全,甚至用自己的命去换她的命。她从江堤上下来,对周良萍说:

　　"回去吧!"

　　"嗯?我父亲和我哥呢?"周良萍急忙问。

　　"先回去,说不定晚上他们就回家了。"李寡妇把板车套在马脖子上,牵着马就向堤上走。

　　"你们不能走,我家男人还没回来,你们要是走了,我就死给你们看!"

　　这个女人的举动让李寡妇和周良萍一时不知所措,她跑过来挡在李寡妇面前,脖子上架着一把生锈的剪刀。其他船上的人怎么劝她都不管用,周良萍只好又把马车牵回去,拴在之前的那个木桩上。

　　"大家快来看,有船过来了。"

　　突然,有人喊了一声。所有人都朝江堤上跑去,他们看到江面上有一艘小船很快到了江中心。

"他们回来了。"这个女人似乎看到了希望,她的脸上充满了万分喜悦,她快步跑到江边,等着她的男人。

"看那边,日本人的巡逻船。"又有人喊了一声。

所有人都朝着那个人手指的方向看去,这时,只见日本兵的巡逻船由西向东行驶,很快,日本兵的巡逻船靠近了那艘小船。

"突突突……"一阵机枪的扫射,那艘小船在江中心停止了前进,当日本兵的巡逻船离去的时候,小船很快被大火吞没。

"强子,你要活着回来!"那个女人一看江中的小船遭到日本兵的袭击,撕心裂肺地喊着她男人的名字。

"婶,我父亲和我哥会不会……"周良萍哭起来。

"不会,不会,没事的!"李寡妇把周良萍搂在怀里。

刚才江面上那艘小船的遇难,让岸上的所有人都绷紧了神经,大家好久才回过神来,有人嘴里在默念着菩萨保佑。李寡妇紧搂着周良萍,她感到自己的身子有点颤抖。她的心里在祈祷着周承德父子一切平安,如果周承德真的遇难了,她下半辈子也就没个活头了。

所有人都聚集在这个女人的船舱里,他们围坐在一起,沉默着,冰冷的空气在这个小小的空间凝固起来,他们不知道在这里还要等多久。李寡妇让周良萍把带来的所有食物都分给大家,然后她和周良萍坐到这个女人的身边,李寡妇也是女人,她理解这个女人心里的苦。

岸上,从东边过来一支长长的队伍,有老人孩子,多为中年男人和女人,他们有的背着大小包袱,有的挑着柳条筐和木桶,小孩的手里拿着各式各样的小玩意儿。这是一支逃难的队伍,只不过他们是逃向自己的家乡——无为。这些中年男女都是无为地区各地的商贩,早几年他们都过江去了芜湖做生意,本想今后都在芜湖安居乐业,可好日子还没过上,就遇到了日本兵攻城。他们是在日本兵攻城的前一天晚上从城里逃出来的,他们一直沿江往繁昌方向逃离,后来过江到了荻港,再从荻港一路上走到了二坝。他们很多人都是在路上相遇的,一打听才知道都是无为老乡,就结伴而行。

很多人都在这里停下来歇脚,只有少数人继续往前走。李寡妇走过去一打听,得知都是从芜湖回来的老乡,就赶忙带着周良萍在人群中寻找周承德父子,她们从人群头寻到人群尾,都没寻到人。这时,那个女人和其他几个船家也过来了。人多了聚在一起,总要谈论一些事情,这些半路上歇脚的老乡又谈论起他们在芜湖城的所见所闻,说来说去,都是日本兵在城里杀了多少人、日本兵长得如何吓人等一些话题。

"大叔,城里现在还有兵吗?"李寡妇寻了半天没寻到人,问道。

"没兵了,当兵的早就走了,没走的都被日本兵杀了。"

"那杀得可叫个惨,日本兵到现在还在城里杀人,这个时候恐怕连一只老鼠都找不到了。"

李寡妇不再问了,她相信周承德父子还活着,她带着周良萍坐在几个船家旁边。这样的等待让人焦虑,甚至绝望,或许这是一场没有尽头的等待。

等到这些歇脚的老乡都走了,等男人的这个女人感到彻底无望了,她从船舱里拿出镐头和洋锹在岸边一个空地上开始挖起来。几个船家走上前去,问她挖什么,她说,她男人死了,她要挖个坟坑,去找她的男人,然后,一边挖着,一边唱起来,唱什么,除了她自己,谁都听不懂。这里的土质比较松软,她很快挖好了一个大约半米深可以躺下一个人的土坑,她把镐头和洋锹扔到一边,自己躺进去,躺了一会儿,又坐起来用双手梳理头发,理了理衣服,又唱着,然后又躺进去。

所有人都在看着她。最后,这个女人被李寡妇和两个船家从坟坑里拉出来,又连推带拉把她带到船舱里。周良萍从木板上拿来一床被子把她裹起来,只见她两眼呆滞,浑身都在发抖。

这个女人疯了。

如果不是为了周良萍,李寡妇根本不想回村里,她宁愿在这里一直等着周承德,她看不惯村里那些人,周承德出门的两天里,村里总有人想打她的主意。李寡妇在村里算得上是皮肤最白的女人,水嫩水嫩的皮肤,让那些光棍儿汉看着就眼馋。就在前天下午,她提着水桶从大塘的摇衣板上走下来,她把水桶挎在胳膊弯上,水桶紧贴着她细细的腰,她踮着小脚,屁股一扭一扭地向巷子口走去,村里那几个四十好几的光棍儿汉,一见到她,眼睛就贼溜溜地往她的身上瞟。李寡妇最看不惯这些人那副丑陋的嘴脸,平时没有特别的事,她也不会出这个巷子。更让她气愤的是,村里的长辈们也不管管这几个现世报,他们早晚要祸害村里的小妇女。

昨天早上,李寡妇带着新买的布去镇上,她打算找镇上的裁缝给周良萍做一身过年穿的新衣服。在经过镇小学门口时,她看到墙上张贴着一张告示,那里围着好多人,告示上画着玉春堂茶楼肖掌柜侄子的头像,告示上说,肖掌柜的侄子是汉奸,是汉奸就得死。李寡妇从围观的人口中听道,肖掌柜的侄子在上海暗地里帮日本人做事,前一日他刚从上海回到镇上,就被人用枪打破了脑袋死在下泊山脚下。看来,这几日镇上也不得消停了,听说肖掌柜也失踪了。李寡妇在回村的路上听到一个传言,说打死肖掌柜侄子的人是新桥村周老板的儿子。

这些人的话越来越邪乎。这件事传到村里时,有人说周承德在芜湖被日本兵杀了,这次他儿子周良丰回来杀汉奸是为父报仇,就好像有人亲眼看见周良丰杀汉奸一样。村里的长辈们立刻召集全村人去祠堂里商议,长辈们问大家,要是日本兵为了报复,来到村里抓人怎么办?有很多人说,那就让周良萍去抵命。周良萍年龄还小,没见过什么世面,被大家这么一吓唬,闹得她晚上不敢独自在家,天一黑,李寡妇就把周良萍接回家了。

李寡妇仔细想了想这些事情,还是觉得暂时不回村里为好,她打算和周良萍今晚就待在船上了,只要周承德父子一回来,看村里那些人还能说什么。

等待是一种煎熬,是绝望、恐惧、焦虑。李寡妇要把这个日子记下来,今天是丁丑年农历十一月十二,这一天对于她有着特殊的含义,因为她突然觉得自己是那么无助和孤独。她站在船头,一眼望不到头,她看到对岸模糊的建筑和浓烟滚滚的火光,就是看不到江面上有行船的影子。周良萍在船舱里捡了一件破旧的棉袄披在身上,她冻得直打哆嗦,蜷缩着身子靠在李寡妇身边,纤弱的样子让人看着就心疼,此时此地好像是一个无家可归的孤儿，又好像和李寡妇是一对身陷苦难的母女。

邻船的两个船家带着鱼篓开始在江边找食物，他们沿着江边一直向前寻找，不久后，他们回来了，鱼篓里依然是空的，他们很沮丧，今天的晚饭又没指望了。李寡妇从包袱里拿出最后几个饭团，给这个女人和周良萍每人一个，剩下的饭团都给邻船送去了。

"这种日子我受够了，我们还是想办法离开这里吧！再这么等下去，也是个死。"邻船的船家咆哮起来，他把鱼篓重重地摔在船头。

"现在出去会被日本兵炸死，等，还有希望。"李寡妇说。

"要是船被日本兵炸沉了，江水也会把我们冻死。"另一个船家说。

"可是，我受不了了……我不回去，我的妻儿就会饿死，这些货送不到安庆，我就会白白损失一百多块大洋。"

"只要还活着，就有希望。"李寡妇把两个饭团放到他手中。

二十五

  船上所有人都亲眼见证了这一幕惨剧,不知从哪里出来的一艘小船快要行驶到江中心时,小船上的人就被江上的日军巡逻兵打死,那突突突的机枪声就在耳边回荡。日军的巡航飞机又从南边飞过来,在江面上绕了两圈后向南边飞回去。就这样,日军两道江上巡航防线彻底封锁了长江航道。周承德让船家把船停下来,船上所有人屏住呼吸,船舱内的气氛异常紧张。根据现在江面上的情况,白天不宜行船。日本兵已经在江面上加强巡查,白天只要船一出现,就有可能暴露。丁宝和君华商议后,决定临时停在这里,等到天黑后再行动。

  "丁宝哥,你看,日军的巡逻船过来了。"

  丁宝顺着二炮所指的方向看去,日军的巡逻船正在向这边驶来。他朝周承德挥挥手,示意把船停靠到前面的拐口,那里有一个凹进去的弯道,船开进去不宜被发现。

  "君华姐,通知所有人,不要出声。这也许是日军沿着江边例行巡查。"丁宝对君华说。

  "好的。"君华赶紧进了船舱。

  丁宝和二炮已在船头做好随时战斗的准备,他们把手枪子弹上膛,又把所有手榴弹都拿了出来。丁宝告诉二炮,如果日本兵来了,就让船上的人上岸撤离,他们和日本兵决一死战。这时,船舱里的其他几名同志也来到了丁宝身后。

"我们也准备好了,随时可以战斗。"

"不行,如果日本兵再靠近这里,你们和船上的人都要上岸撤离。"

"我们留下,可以更好地拖住小鬼子,这样老百姓才能安全撤离。"

"不行。"

"丁宝同志,我们都是党员,这个时候,只要老百姓安全,我们的牺牲又算得了什么?"一个同志说。

丁宝回头看了看同志们,他们都很年轻,却非常勇敢,可以看出他们都做好了牺牲的准备。

君华已让大家都做好了准备,一旦情况紧急,随时上岸,此刻,最让她放心不下的就是玉蓉。

"我们会死在这里吗?"玉蓉看着君华,问她。

"不会的,我们都能安全过江。"君华努力地克制着内心的不安,她强忍着紧张的情绪,一边安慰玉蓉,一边把小七拉过来,又说:

"如果日本兵来了,不管这里发生什么情况,你俩都要一起跟着大家跑,不要分开。"

"那你呢?"玉蓉急切地问。

"别担心我,我会和你们在一起的。"

"放心吧,我会照顾好玉蓉。"小七点了点头。

在船上等待的时刻,君华做出一个决定,她打算告诉玉蓉关于她父亲的事情,她担心再不说就没机会说了。现在的情况很紧急,芜湖城区和周边地区到处都是日本兵,即使大家都上岸了,也很难逃出去。但她又怕玉蓉承受不住这样的打击,她刚想开口,远处传来一阵激烈的枪声。

"丁宝,怎么了?"君华冲到舱门口问丁宝。

"让大家别害怕,小鬼子让人咬住了。"丁宝说。

一听到枪声,船舱里的人都慌张起来,他们都往船头挤,争着要上岸,有几个人差点掉到江里。君华一边使劲地把他们往船舱里拉,一边告诉他们日本兵离这里还很远。二炮、玉蓉、小七三人也过来帮忙。有几个人跪在船舱里又拜天又拜神的,后来有个老头哭起来,他说他的老伴一个人在家,等着他回去照顾,现在他就要死了,可怜老伴了。老头这么一哭,有几个人也跟着情绪激动起来,他们说要死也不要死在江里,上岸也许还有活路。

"大家听我说,现在外面到处都是日本兵,上去了也许就再也没有机会上船了。"君华说。

"那我们也不想死在江里。"这个老头一边哭一边说。

"日本兵还没来,我们现在必须团结起来,听从丁宝的指挥,才有可能过江。"君华不断地劝说着大家。

君华说得一点都没错,现在不止芜湖城,周边地区到处都是日本兵,要想活命,过江是唯一的机会。君华相信丁宝和周良丰,她也想做一回像他们这样的人。

周承德看了岸边,融化的雪水从岸上流下来,使岸边的地面又湿又滑,很难快速上岸。周承德让船家调整了船身的位置,他要找一个容易上岸的地方把船头靠过去,但冬天的江水水位很低,很难把船直接靠到岸边。周承德看到前面的江滩上露出一些碎石块,这是上岸的最佳位置,也不容易被江面上日军的巡逻船发现,他让船家把船靠了过去。

那边的枪声依然很激烈,枪声越来越近,又似乎越来越远,让人坐立不安。船上的人都期待着丁宝下达上岸的命令,但他们又害怕上岸,说不定一上岸就会碰到日本兵。而此刻,他们只能静静地坐在船舱里等,时间在一分一秒地过去,船舱里安静得让人有点害怕。

"我有一件事要告诉你。"君华对玉蓉说。

玉蓉看着她的脸,沉默着。玉蓉盯着她的眼睛看,她的眼角有些湿润,一滴泪珠滚落而下。

"你父亲死了。"君华有些伤心地说。

"我父亲……我父亲……死了?"玉蓉浑身一颤,她不敢相信听到的话,她站起身来。

"我父亲死了? 我还没见过我父亲呢。"玉蓉往后退了一步,差点摔倒,被小七从身后扶住。

"上个月有人给我捎信,你父亲在宛平城被日本人炸死了。"

"我还没见过父亲。"

君华从手腕上取下手镯给玉蓉戴上,这是玉蓉的父亲给她留下的唯一一件东西,是他们认识的那天,他送给她的定情信物。

"呜呜呜……"

"别哭,你还有我。"君华用力地搂住玉蓉。

玉蓉就这样依偎在君华的怀里很久,她此时很希望就这样一直让眼前这个她不愿意叫妈妈的女人抱着,玉蓉生怕她一松手,她的整个世界就会轰然倒塌。尽管那边的枪声未停,尽管船舱里让人压抑得不行,可现在这一切都和她无关。

枪声持续了很久。一阵机枪声过后,又响起了炮弹的轰炸声,远处的火光把天空映得通红。炮弹是从日本兵的巡逻船上发射的,落在岸上的草堆旁。坐在船尾处的人开始往船舱里传话,说日本兵与岸上的某支部队交上火了。

"我们不能再这么等下去了。"有人说。

"我也要回家。"玉蓉对君华说。

"我知道,别担心,妈妈会带你回家。"君华说这话时,她的心里一阵发酸,她哪里有一个真正的家?

其实看着玉蓉如此担惊受怕的样子,君华心里比谁都难过,但现在这个时候,日本兵的巡逻船随时都有可能向这边驶来。她让小七把从寺庙里带来的食物分给大家,又给大家讲了一些她在莺花坊里的所见所闻来分散大家的注意力。对于君华讲莺花坊里的这些风流事,那些男人听着听着就更兴奋了,他们竟然追着君华再给他们讲几段。君华也就毫不避讳,又给那些男人讲了几段,船舱里的气氛终于没有原先那么紧张了。

"你说的这些都是真的吗?"玉蓉问君华。

"哪是真的,妈哄他们呢。"君华说。

这时,丁宝走进船舱里,他对周承德说:

"叔,那边应该是良丰和大麻他们在引开小鬼子,我们立刻出发,离开这里。"

"大家不要慌,都坐稳了。"丁宝对船舱里的其他人说。

船起航了,两个船家用力地撑船,船向崖子口方向驶去。

这时船舱里所有人都为周良丰和大麻他们担心起来,要是他们再遇上那一支日军小分队,想脱身就没那么容易了。有几个人打开舱门探出头去,想看看外面的情况,又被一阵枪声吓得赶紧又坐回了原地。江面上起了大风,随着波浪,船身开始摇晃,有些人是第一次坐船,发出一声又一声的尖叫。

周良丰和大麻这支小队前往崖子口,途中大麻发现日本兵的巡逻船正从后面沿着江边向崖子口方向驶去,大麻测算了一下日本兵巡逻船前进的速度,估计还有十分钟的时间,日本兵就会发现难民们乘坐的船。周良丰和大麻当即决定,他们要拖住这艘日本兵的巡逻船。

周良丰给士兵们和新队员下达了命令,他们从岸上下来,大家以江边的树木和沟道做掩护,等日本兵的巡逻船再近些,再向船上的日本兵开火。同时,大麻和一个新队员在岸上警戒,防止伊藤正雄的小分队追上来从后面偷袭。

船上日本兵的火力很猛烈,他们在船上架设了迫击炮,还有两挺机枪,日本兵一阵机枪扫射后,又开始向这边投弹,有一个士兵和一个新队员不幸中弹身亡。为了吸引船上日本兵的注意,周良丰向江边扔出去两颗手榴弹,同时让士兵们全力向日本兵的巡逻船开火。

"良丰,发现了伊藤正雄的小分队。"大麻火速从岸上下来,他冒着日本兵的炮火来到周良丰身边。

"咱们这一闹腾也差不多了,撤,撤!"周良丰向所有人下达了撤退的命令。

按照大麻事先计划好的撤退路线,等伊藤正雄小分队赶到刚才枪响的地方,他们早已无影无踪了。

"咱们的船应该脱离危险了吧?"周良丰问大麻。

"应该没问题了,这仗打得过瘾。"大麻很兴奋地说。

"可惜咱们牺牲了两个兄弟。"

一路上，大家都沉浸在刚才和日本兵交战的兴奋中，虽然这一战并没能击毙日本兵，却成功地让难民船脱离了危险，这让新加入队伍的队员更有了杀敌的信心，小鬼子也没什么可怕的。

但谁也没料到，此刻，日军对崖子口的左右夹击态势正在慢慢形成。伊藤正雄根据前方的侦察和这两日以来与周良丰的较量，已经确定了周良丰这支队伍逃离的方向。有了山田小队的协助，伊藤正雄更有信心能在最短时间内消灭掉他的对手。可在追击的路途中，雪水导致土路更加湿滑和泥泞，这让小分队无法火速赶到崖子口。

小分队一路火速追击，但这样的路让他们人人感到筋疲力尽。伊藤正雄让小分队原地休息十分钟，他想在这十分钟内让村上次郎再给司令部发一份紧急电报，请求江上的巡逻船和巡航飞机协助封锁长江崖子口一带，他要让他的对手和那些中国士兵插翅难飞。

"伊藤君，发报机中弹了，需要更换电池，现在无法发报。"村上次郎准备发报时，发现发报机的电池被子弹击穿了，他立即向伊藤正雄汇报。

"浑蛋！"

司令部不断地在给各级军官施压，要求尽快消灭掉芜湖城区及周边地区的中国军队和地下党人员。可自己的对手多次从眼皮底下顺利逃脱，这让伊藤正雄感到非常焦虑，甚至有些烦躁。他一直认为自己的内心非常强大，可一想到曾经给过美子的诺言，他就十分不安。他记得离开家的那一天，在码头，他向美子承诺，他要用在中国战场上争得的荣誉来迎娶她。可现实让他有些担心，这场战争太残酷，他也渐渐地发现，司令部那些高层在利用像他们这样的军人来换取战争的果实。就连早上他向司令部请求江上的巡逻船进行支援时，都遭到司令部的拒绝。

"伊藤君，司令部说长江防线太长，江上巡逻船无法配合我们，那我们接下来怎么办？"村上次郎问。

"这都是司令部的鬼话，我们只能靠自己，只有尽快赶到崖子口，消灭掉他们，才是最重要的。"伊藤正雄用很坚定的语气对村上次郎说。

"我们要尽快与山田小队形成合围,只有这样,那些中国士兵和地下党才能插翅也难飞。"

"村上君,通知下去,加速前进。"

小林的死终于引起了小分队里有些士兵的不满,村上次郎将他发现的这一情况报告给了伊藤正雄。村上次郎了解到,昨天夜里小分队在途中遇到的那支运输队,在宿营时运输队里有士兵在谈论他们在雪地里发现了小林。当时小分队里就有一个士兵说小林是被伊藤正雄害死的。伊藤正雄听到村上次郎报告的这件事,脸色极其地难看,也许这件事很快会传到司令部,他心里很清楚,一旦司令部查实,他将会受到严厉的惩罚。

伊藤正雄内心其实非常看不惯司令部那些高层的做法,他认为他们都是为了自己的私利而战,并不像誓词中所说的"我等皇国臣民以忠诚之心报君国"。这让伊藤正雄想起了东京大学矢内原忠雄教授今年在《通信》杂志上发表的演说词,其中有一段当时在国内引起了非常大的轰动。

"今天,在虚伪的世道里,我们如此热爱的日本国的理想被埋葬。我欲怒不能,欲哭不行。如果诸位明白了我的讲话内容,为了实现日本的理想,请首先把这个国家埋葬掉。"

一向耿直、一身正气的矢内原忠雄教授从基督教的思想立场出发,他反对日本侵华,又因为有了这一段被当局定为不当言论的演说词,最终,矢内原忠雄被当局逼迫辞去了东京大学教授的职位。

早在札幌时,伊藤正雄就听美子的父亲说过矢内原忠雄这个人,说他敢公开反对日本侵华,敢在杂志上公开批判国内当局错误的做法。当时伊藤正雄还和美子说,矢内原忠雄反对日本侵华,其实他就是一个胆小鬼,现在伊藤正雄才发现当时自己说的话是多么无知。但在国内,又有几个像矢内原忠雄这样的人呢?

二十六

　　船很快到了崖子口,但现在还不是过江的最佳时刻。白天日军的巡逻船和飞机不停地在江上巡航,现在过江很容易暴露。丁宝和君华准备让船上所有人先隐蔽起来,等天黑了再过江。崖子口是一个天然的安全屏障,丁宝让周承德把船靠近前方的石壁,那里有一个石洞,水位高的时候,船可以藏进去,是大家藏身的好地方。由于长江的水位在冬天急剧下降,石壁下面的石洞已显露在外面,船无法进入石洞,周承德只好让船家把船停靠在满是枯树枝的石滩旁,丁宝放好跳板后,带着大家下了船。

　　石洞里已经干涸,越往里面走越宽敞,洞里并不像外面那么冷,这里的空间可以容纳上百人。洞口对着江面,非常隐蔽,所有人进来后,觉得这里是最安全的地方。丁宝和君华安顿好大家后,他让二炮带两个人去寻柴火,洞里虽然不像外面那么冷,但也需要生火取暖。

　　"叔,船停好了吗?"周承德一进来,丁宝就迎上去问。

　　"放心吧,我让船家把船停远些,刚好那里有渔民搭起的围挡,应该没问题。"

　　"您老赶紧找个地方休息,我安顿好了要去上面看看。"丁宝把周承德扶到一旁坐下。

　　洞里很暗,光线非常不好,丁宝摸着黑找到了君华,他让君华守在洞口,不要让人出去,等他回来。丁宝向所有人强调了纪律,告诉大家天一黑就要过江,让所有人都做好准备。

"丁宝,这么好的地方,怎么不早来?"

"洞里现在虽然没有水,可一旦江水回潮,水会涌进洞里,也不是最安全的地方。"

"你什么时候发现这个石洞的?"君华又问。

"这是我有一次追逃犯时,追到这里发现的。这个崖子口不知道出于哪位工匠之手,只听说当年太平军打过来时,太平军为了修建长江防御工事,在这里修建的。"

丁宝从腰间拔出手枪,给弹夹里上满了子弹,出了洞口去了岸上。

周承德来到洞口,他坐在君华的身边,望着江水一浪接着一浪拍打在岩石上,这是他最喜欢听的声音,一晃他在江上跑船也有几十年了。从这里到江对岸是最近的距离,在这里过江只能借助发动机,但中间是深水区,又有日本兵的巡逻船。周承德测算了一下距离,从这里过江如果顺利需要二十多分钟的时间。

"世道不好,没想到还能见到你。"周承德看着君华说。她不再是当年那个瘦弱稚嫩的小丫头了。

"要不是你,我早死在大街上了,我一直没忘记你对我的恩情。"君华很感激地对周承德说,其实她一直想去江北找他,但她是从窑子里出来的人,没脸见他。

"都过去了。过了江,你有什么打算?"

"没想好。"

"有一件事我想请你帮忙,跟我的那个姑娘叫玉蓉,是我女儿,我把她托付给你,带她过江。"君华又说。

"那你呢?"

"我和良丰、丁宝一起等下一班船。"其实君华很清楚,根本没有第二班船了,她只是想重新做一回真正的人。她要让玉蓉知道,她的母亲并不只是一个戏子。

"其实你知道,根本不会有第二艘船。"周承德说。

"我对不起玉蓉,我不想在她的心中,她的母亲就是一个戏子的身份,我希望所有的痛苦都由我来承担,等她过了江,她会幸福的。"

石洞里生起了火,本来干冷的石洞一下子暖和起来。大家围坐在一起谈论着过了江的一些打算,有人在洞口突然激动起来,他指着江对岸兴奋地对大家说:"快看,我家就在那里!"

很多人激动起来,因为从这里到江对岸很近,好像一抬脚就能跨过去一样,竟然有人激动得一边哭,一边跪在地上祈求上天保佑。

君华让玉蓉和小七把剩下的地瓜和土豆都拿出来,要在上船之前烤好了分给大家。这是剩下的最后的食物了,等过了江,有家的回家,没家的只能各自去寻找活路了。

日本兵的巡逻船和飞机还是照常在江面上来回巡航,船的发动机声和飞机的轰鸣声已不再让人像之前那样畏惧了。有几个人坐在洞口,看着天上飞过的日本飞机,他们很是好奇,但他们只能猫在洞口看着,当飞机从崖子口的上方飞过的时候,他们想出去看飞机,却被君华拦住了。

"回去!不要命了啊?"君华不客气地说。

"老子要有枪,非把小鬼子的大铁鸟打下来不可!"有个人说。

"就你?你忘了在清陵河时,一听到小鬼子来了,你都吓得尿裤子了,哈哈哈……"后面的人群中有人笑起来。

"那是因为老子手里没枪。"

丁宝很快从外面进来,这时洞里的所有人也都安静了,大家都在等着丁宝发号过江的命令,他们把一切希望都寄托在丁宝身上。很多人已经改变了对丁宝的看法,他们甚至有些崇拜他了,之前在他们眼中的那个窝囊警察,其实是个敢和日本兵拼命的人。人群中也有人在议论,说丁宝是中国共产党地下党员。

丁宝把周承德和君华召集到一起,他开始做过江前的安排。丁宝说,按照预定的计划,周良丰和大麻应该很快就到,他们那里还有几个老乡,到时候一起上船。丁宝详细地观察了江面的情况和风向,那几个老乡上船,应该不是什么问题。

"日本兵有两艘巡逻船来回巡航,巡逻船经过这里时,大约需要三十分钟,我们的船从这里过江大约需要二十分钟,中途还不能出现任何差错。"丁宝说。

"天黑了,日军的飞机不巡航,我们只要卡住这个时间躲过日本兵的巡逻船,就没问题。"

"丁宝,万一被日本兵发现了怎么办?"周承德有些担心地问。

"叔,没有万一,这是大家过江的最后一次机会。对了,我亮叔现在在哪里?"

"我已经让一个老乡安排好了。"

"君华,你负责带着大家上船。"丁宝似乎看出了君华的心思,他再一次提醒她。

一切安排妥当,大家都在等着天黑,等着最后的命令。此刻,时间过得如此之慢,每个人都在焦急和期盼中守在石洞里,外面的天色迟迟没有暗下来,好像一切都静止了。

为防止上船时出现意外,君华开始给上船的人编号,按照事先的安排,老人、女人和孩子先上船。她把玉蓉和小七交给周承德后,又把先上船的人安排到石洞口。突然,石洞里面发生了骚动,听说很快要上船,里面的几个男人开始挤往石洞口,接着,其他人也跟在他们身后拥过来。

"凭什么他们先上船?我们的命不是命吗?"有人喊起来。

"我们也要先上船!"

君华试图安抚他们,但未能成功,她和玉蓉被他们挤到洞口的石板上,眼看玉蓉就要被人挤下去,君华一把抱住玉蓉的腰,用力把她拉回来,自己却从洞口的石板上摔下去。

"啊!"玉蓉一声尖叫。

"死人了,死人了!"挤到前面的人喊起来,大家都伸出头往下面看,只见君华躺在洞口下面的石滩上,头部开始流血。

玉蓉不顾危险地跳下去,这时,周承德和小七也跟着出了洞口,一起把君华抬进了石洞里。君华的头部只是轻伤,她很快苏醒过来,见身旁的玉蓉哭得如此伤心,她笑了。

"放心，我死不了。"君华摸着玉蓉的脸，微笑着说。

玉蓉止住了哭，她第一次有一种害怕失去的感觉，眼前这个女人就是她的亲生母亲，可相逢偏偏在乱世。尽管还有人在一旁说风凉话，可周承德和小七不再理会他们，赶忙给君华包扎伤口。

"窑子里出来的，死了就死了，有什么可惜的？"一个女人的声音。

"就是，和这样的女人在一起，真觉得恶心。"又一个女人在说。

直到丁宝和二炮回来了，洞里才安静下来，似乎什么也没发生一样。

"天很快就要黑了，我最后说一遍，闹事者休想上船。"丁宝给大家提出了严重警告，他和二炮守在洞口，这时，刚才闹事的几个人也老老实实地排在后面了。

天渐渐暗下来，这让人既兴奋又紧张。不久，石洞里所有人面临的将是怎样的命运？恐怕只有天知道。这时江面上也起了一层薄薄的雾，丁宝心头一阵惊喜，这正是老天眷顾这些受苦受难的百姓，这是过江最好的机会。他让周承德带着船家去备船，只要天一黑，大家立刻登船。

"玉蓉，扶我起来。"

在玉蓉和小七的搀扶下，君华来到洞口，她对丁宝说："丁宝，良丰他们还没到，还有几个老乡，要不要再等等？"

"等不了了，时间紧迫，现在江上起雾，错过这个时机，危险更大。"

丁宝决定在天黑前都上船。大家出了石洞，在君华的带领下开始登船。丁宝和二炮在不远处警戒，他们蹲在一个土包后面，黑洞洞的枪口对着黑暗中的前方。

二十七

  由于这里的水位较低,船身无法靠岸,所有人只能通过只有一人宽的跳板上船。他们都记得刚才在石洞里丁宝说的那句"闹事者休想上船",所以每个人都很自觉地排队上船。

  如果在天黑时,周良丰和大麻他们还没有到崖子口,其他几个难民将无法上船,君华焦急地等待着。眼看天就要黑了,周承德和两个船家已经做好了发船的准备,可这时,君华还没上船,这让周承德和玉蓉非常着急。船上开始有人在吵着赶紧发船,也有人在喊让君华赶快上船,玉蓉从船舱里走出来。

  "快回舱里去,听话!"君华对玉蓉说。

  "我拉你上来!"玉蓉伸出了手。

  "玉蓉,和我进舱里!"周承德也从船舱里走出来,他拉住玉蓉的胳膊。

  "玉蓉,进去!"

  这时,有枪声传来,枪声越来越近,这让船上所有人的心都提到了嗓子眼,有人在船舱里喊着君华。日本兵已经到了眼前,君华感觉有子弹从她的头顶飞过去。

  "君华,快开船!"丁宝在岸上朝君华挥手。

  "玉蓉,记住,过了江,你跟着周伯伯走。"君华说完,使出浑身的力气,把跳板推到了江里。

  "妈……"

玉蓉这一声撕心裂肺的喊声,把君华的整颗心都喊碎了。君华转过身,看着玉蓉。君华笑了,玉蓉终于认她这个母亲了,君华为了这一天,等了十几年。

　　当船消失在茫茫的黑暗中时,君华冒着危险上了岸,她来到丁宝身边。

　　"你怎么没走?"丁宝问。

　　"我要重新做回人。给我一支枪。"

　　江面上的雾开始浓起来,天空也是一片黑暗,伸手不见五指。两个船家只好凭着感觉往前行船。周承德卧在船头,他竖起耳朵听着日本兵巡逻船发动机的声音。

　　"停船,停船!"

　　"周老板,怎么了?怎么不走了?"船舱里的气氛一下子紧张起来。

　　"要死了,我说这船不能上吧。"船上的人开始浮躁起来,有人在发牢骚。

　　日本兵巡逻船发动机的声音越来越清晰,周承德让两个船家开始掉转船头。此刻,船上没人再敢说话。在这片漆黑的江面上,每个人都被恐惧包围着,感觉死神会随时要他们的命。

　　船停下来。这里距离崖子口很近,岸上的枪声不断传来,一颗炮弹在江边开了花。而在此时,周承德又隐隐约约看见了前方日本兵巡逻船探照灯的亮光,亮光越来越清晰。

　　"周老板,那是不是日本人来了?我可不想死在这里……呜呜呜……"一个女人哭起来。

　　"不想死就别出声!"周承德对着船舱说。

　　"都这时候了,哭有什么用?别出声!"小七来到这个女人身边,稳住了她的情绪。

　　日本兵巡逻船的探照灯在周围不停地扫射,在灯光很快就要照到船的时候,日本兵巡逻船发动机的声音又慢慢地远去了。周承德终于松了一口气,他让船家掉转船头加速前进。

　　玉蓉打开舱帘,听着身后的枪声,她在心里默念着:

"妈,我在江那边等你。"

船行至江中心时,江面起了大风,波浪打在船身上,冰凉的江水顺着船沿流到船舱里。船身摇晃起来,玉蓉一不小心,狠狠地撞到对面的舱板上,脚下的水使船板湿滑起来,她又重重地摔倒了。船身失去了平衡,船舱里的人也都东倒西歪,乱作一团。有一个船家没来得及抓住舱沿,不幸掉入了冰冷的水中。

周承德和另一个船家都是在江上行船的好手,他们很快控制住了船,但风依然没有减弱的迹象,这让船行驶起来困难。风很快吹散了江中的雾气,斜对岸点点的灯光忽隐忽现,刚刚遭遇惊险的人们开始变得喜悦,这是他们在绝望中看到的希望之光。但在雾气散去之后,周承德看到了远处日本兵巡逻船的探照灯。

"不好,日本兵的巡逻船又过来了,快点!"周承德对船家说。

大风阻止了行船的速度,周承德使出了浑身的力气握紧船舵,船在逆风中缓缓前进。

"你说我们能到对岸吗?"玉蓉紧紧地抓住小七的手,她不是害怕这江水,而是害怕黑暗。

"我们不会死的,别怕!"小七在安慰玉蓉的同时,感觉到自己的胸口像是被一块沉重的石头压住一般。此刻,她担心的是师父的生死。

"那边好像还在打枪,不知道……我妈怎么样了?"玉蓉第一次在外人面前这样称呼君华,如果时间回到天黑之前,她会陪在母亲身边。

这样的夜晚,风声和日本兵巡逻船发动机的声音交杂在一起,把这个本是平静的黑夜撞得粉碎,让所有人都赤裸裸地暴露在危险之中,连仅有的一些安全感都被黑暗无情地吞噬。玉蓉和小七这两个原本不相干的女娃此刻紧紧地搂在一起相依为命。船舱里,除了能听见人们的呼吸声,什么也看不见。

由于江上风大,船的速度慢了下来,周承德也无法看清岸边的情况,船只能朝着对岸有亮光的方向前进。日本兵巡逻船发动机的声音越来越近,突然,一束光照在船尾,这是日本兵的探照灯。

"快,快!"日本兵的巡逻船已向这边驶来,周承德慌忙喊起来。

船底被东西卡住,周承德和船家这才发现船已到了岸边。船舱里的人开始向船头拥挤着,在黑暗中都争抢着下船。可这地方并不是码头,是一个浅水滩,下了船,须蹚水上岸,这里的水深到人的大腿处,冰凉的江水刺痛着人的皮肉。

日本兵开始朝这边开枪,子弹击中船身和舱板,发出清脆的砰砰砰声,玉蓉听到身后一声惨叫,这是有人中弹了。大家看不清脚下的路,只能连跑带爬地上了岸。这时,日本兵的巡逻船开过来了,一阵机枪扫射,接着,日本兵放火烧了难民船。

玉蓉爬上岸的时候,她的胳膊在黑暗中被一只大手使劲地抓住,那只大手把她往一个方向拉,她拼命地挣扎着,但未能成功。有一个黑影从玉蓉的左前方蹿过来,重重地给抓住玉蓉的那个人一拳,玉蓉这才得以逃脱。

"是玉蓉吗?"是周承德的声音。

"是我。"

玉蓉跟着周承德往前走,这里很黑,周围没有一点光亮,只能一脚一脚摸着夜路行走。

"小七呢?"玉蓉问。

"管不了那么多,先管好自己。"

"我要找到小七。"

"那边有个码头,我们先过,好像我们走错路了。"周承德隐隐约约看到身边有一些房子,他意识到走错了方向,又带着玉蓉往回走。

玉蓉紧紧地抓住周承德的手,跟在他的后面,她不敢松手,生怕一松手自己就会掉入黑暗的深渊。玉蓉感到头晕,她除了能看见对岸的火光,身边的一切多都是无光的。她的脑袋有些发涨,好像有一股热气在脑袋里要爆出来一样。

前面有说话的声音,周承德听出来他们是刚才船上的人,应该都迷路了,周承德向那些声音走过去。

"你们都找不到路了?"周承德问。

"是周老板吗?"

"是我。这附近有个码头,大家跟着我,先去码头那里歇歇脚。"

"周老板,我们跟着你。"

"小七,小七!"玉蓉在人群中喊着。

"玉蓉,我在这里。"小七顺着声音找到了玉蓉。

天蒙蒙亮时,周承德带着大家找到了二坝码头。周良萍一见到父亲回来了,从船上跑下来抱住周承德大哭起来。李寡妇站在船上,笑着向周承德挥手。

周承德看见还有几艘船守在这里,他把过江来的一些难民安排到船上避寒,又把玉蓉交给了李寡妇,然后他带着两个人赶着自家的马车,匆匆到了昨夜下船的地方。江边的土坡上躺着几具尸体,这是昨夜被日本兵枪杀的难民,周承德他们把尸体抬上马车回到了二坝码头。

"就在那边埋了吧。"周承德对那两个人说。

这时,大部分难民都已经陆陆续续走了,他们要去无为城讨活路。只有少数人还在这里等待,他们不知道自己该去哪里,都坐在船上,看着周承德他们在埋尸体。

李寡妇让周良萍准备好马车在路边等着,她去喊周承德回家,一个女人从船舱里出来,拦在李寡妇面前,一边哭着一边大喊:

"还我男人,你还我男人。"她抓住李寡妇的衣服不松手。

"强子死了,二嫂,跟我回去。"一个船家把她拉回到船上。

周承德给坟头添完土后,跟着李寡妇回到了马车旁,他看见小七正在和玉蓉道别,转身对李寡妇说:

"让那个娃也坐上来。"

"你要带她回去?"李寡妇问。

"我是受人之托。"周承德牵着马,上了长江大堤。东边的天空中,一轮太阳正冉冉升起。

这是一个让人非常不安的早晨。对岸的枪声停了,这让还在二坝码头等待的人们心里更担心,他们不知道昨夜一场战斗之后,救他们的那些士兵和参加战斗的老乡们是否还活着。

二十八

战斗一直持续到凌晨,这是第四次打退伊藤正雄小分队的进攻。昨夜受到伊藤正雄和他的援兵的前后夹击,周良丰和士兵们很难脱身,好歹也算是牵制住了小鬼子,这才让难民们顺利登船。周良丰趁着小鬼子休整的机会,带着两个士兵把阵亡弟兄们的尸体抢了回来。这一仗下来,损失很惨重,周良丰看着活下来的几个兄弟,强忍着胳膊上伤口的疼痛,笑着问他们:

"打这一仗怕不怕?"

"不怕,大不了一死。"

"趁现在小鬼子还没来,都养好精神,一会儿狠狠地打。"

周良丰把君华叫过来,给她一颗手榴弹,周良丰让她把这颗手榴弹留到最后。这是崖子口后面的一个壕沟,周良丰和两个士兵、三个新队员隐蔽在那里,他让君华躲在石洞里,小鬼子很快就要进攻了,这可能是最后一战了。从昨天晚上一直到现在,伤亡惨重,弹药几乎耗尽,所有人把子弹拿出来进行分配,每个人也不过才分到三五颗。

昨天夜里,在前面的林子口一战,周良丰遭遇支援伊藤正雄的日本兵的围击,他被困在日本兵的包围圈里,若不是大麻和丁宝及时从侧面营救,恐怕早就成了小鬼子的枪下鬼。临撤退时,大麻的胸口不幸中弹,丁宝把大麻背回石洞里时,大麻已经断了气。丁宝和君华就在江边找了个地方把大麻的尸体埋了。

"我要和你们一起打小鬼子。"君华把手榴弹握在手里,站在丁宝面前。

"不行,你在这里不要出去。"丁宝说完,转身离开了石洞。

丁宝来到壕沟的时候,君华后脚就跟了过来。她卧在周良丰和丁宝的身后,一直在请求参加战斗。她是如此坚定,尽管她也怕死,不会打枪,但她觉得,她要做一回真正的、勇敢的女人。

"有女人就是麻烦,快回去,小鬼子马上就要进攻了,我们没时间照顾你。"周良丰向君华下了最后命令。

"我死也要死在这里。"

"丁宝,看来这是我们最后一战了,伊藤正雄的援兵也到了。"周良丰对身边的丁宝说。

"也不知道他们是不是都安全过江了。"丁宝看着江面说。

"这就要看他们的造化了。"

"要不,你给大伙唱一个吧。"周良丰对君华说。

君华很清楚目前的处境,丁宝和她说过,这个地方易守难攻,又加上伤亡过大,弹药也所剩无几,只要日本兵再次发起进攻,这里的所有人将会面临着全军覆没的危险。君华想着可能今后再也没机会唱了,她站起来,用手指梳理着头发,然后把头发盘得高高的,她要把自己最美丽的一面呈现在大家面前。清晨的阳光照在她的脸上,她依然是那么美。

"为了寻找爱人的坟墓,天涯海角我都走遍,但我只有伤心地哭泣,我亲爱的你在哪里?但我只有伤心地哭泣,我亲爱的你在哪里?丛林中间有一株蔷薇,朝霞般地放光辉,我激动地问那蔷薇,我的爱人可是你……"

"没想到你除了会唱黄梅戏,还能唱这个,真小瞧你了。"周良丰用一种很欣赏的眼光看着君华。

所有人还沉浸在君华这般美妙的歌声里时,被周良丰这么一说,大家才回过神来。在旁边的士兵和新队员也靠过来,这是他们听过的最美好的歌声。

"这首歌叫《苏丽珂》,听说是斯大林最喜欢的歌,是一个叫阿卡基耶·蔡瑞泰里的外国人写的。有一天莺花坊来了一个苏联商人,这个苏联人为了讨我欢心,就是想上我的床,然后他就非要教我唱这首歌,我就托人将歌词翻译成了中文。"君华说。

"这首歌很好听,我听过。当时日军还没有攻打上海,有一次我去上海执行任务,我和国民党一个长官去一家俄国人开的餐厅,当时一个俄国女人边弹钢琴边唱了这首歌,我还请那个女人跳了一支舞。"周良丰笑着对大家说。

"你还会跳舞?真看不出来。"丁宝好奇地问。

"为了更好地在敌人内部执行任务,喝酒、抽烟、跳舞,什么都要会,但我非常不喜欢洋酒的味道。"

"这是老娘最后给你唱的一曲,以后就没机会了。"君华有些伤感地说。

"君华,你不能死,你还要给我们收尸呢,我们可不想在这里喂野狗。"丁宝说。

君华只好回到了石洞里,因为丁宝和周良丰给了她一个托付,如果大家这次都战死了,君华要给他们收尸。君华心里想,如果他们都战死了,不能连一个收尸的人都没有。君华坐在石洞口,竖起耳朵听着崖子口后面的声音,她害怕听到枪声。

阳光照射在江面,也照到石洞口,这个早晨暖和了许多。君华一眼看到江对岸的房子、树木,她也好想过去。当她放弃上船的那一刻,她并没有后悔,她这么做,只希望在玉蓉的心中做一个有骨气有良知的母亲。此刻她心里挂念的是最亲爱的女儿,也许今世就这样生死别离了。她想起在玉蓉登船的那刻,玉蓉终于喊她一声妈,这让她觉得即使死在这里,也没有遗憾了。君华还记得当初和玉蓉分开的时候,玉蓉那么小,还是一个怀中以乳为食的婴儿,当她把玉蓉交给表姐时,玉蓉的小眼睛一直看着她,还冲她笑着。这一切,君华至今都无法忘记。

君华从外面找了一些树枝和杂草遮住洞口,石洞里很阴冷,君华又在石洞的最里面生起火。火光把石洞里照得通亮,似乎暖和了许多,君华坐在火堆旁,感觉不再那么害怕了。她从包袱里拿出最后一个地瓜放在火上烤。

君华紫色的大衣上沾了很多血,这些血是昨夜牺牲的士兵和新队员的,昨夜她从阵地上把尸体背下来时,就是穿着这件大衣,她也只有这一件保暖的大衣了。在这样的冬天,如果不靠生火来取暖,君华感觉自己一定会冻死在这里。生火用的柴火很快就要烧完了,君华打算出去再找些,她刚走到洞口,崖子口后面的枪声就响了,枪声比昨夜的还要猛烈。

君华趴在洞口,她从树枝和杂草中扒开一条缝隙向外面看去,此刻,她希望正在战斗的七名同胞都能活下来。枪声一直没有停止。君华出了洞口,她沿着石壁下面的陡坡向后面的壕沟慢慢地绕过去,她看见了他们。日本兵的子弹从头顶上方嗖嗖嗖飞过,打在身后的石壁上,发出猛烈的碰撞声。君华看见一个士兵中弹倒下,她想过去把他背下来,可是日本兵的火力太猛,君华无法前进。

"我要活着。"君华心里默念着,因为她答应了周良丰和丁宝,女儿也还在江北。

枪声停止了。周良丰和丁宝相视一笑,他们已经没有子弹了,他们躺在壕沟里,从腰间拔出尖刀,准备和日本兵进行最后一搏。有两个队员努力地爬到丁宝身边,他们都受了不同程度的枪伤。

"丁宝,我们没有子弹了。"

"把这个拿着。"丁宝把最后两颗手榴弹交给他们。

"现在只有咱们四个人,看来今天我们出不去了。"周良丰艰难地转过身,手里握住尖刀,他看见伊藤正雄和几个日本兵已经开始向这边逼近。周良丰让所有人做好迎敌准备,他打算和伊藤正雄来一场肉搏战。

君华躲在一块石头后面,这里距离前方的阵地很近,她看了看手中的手榴弹,她想过去给他们帮忙,刚想跨过前面一块荒地进入壕沟,日本兵就开始进攻了,一阵机枪扫射后,有两颗炮弹落在了壕沟里,君华看见壕沟里的人被炮弹炸飞起来,然后又重重地摔在地上。地上的石土随着炸弹的气浪飞向了天空,就像一颗烟花一样在君华眼前绽放。

君华看见周良丰被埋在土里,她把他从土里拖出来,他还有微弱的气息,君华背上他就往石洞的方向跑,此刻,她也不知道自己是哪里来的力气。身后又传来几声枪声。君华把周良丰放在刚才那块石头后面隐蔽起来,她看见几个日本兵持枪冲进了壕沟里。日本兵举起刺刀刺向地上的尸体,又朝尸体上开了几枪。

君华费了很大力气才把周良丰背到石洞里,她又在洞口取一些树枝和杂草进到洞里重新生了火,这时,周良丰才慢慢苏醒过来。他感到浑身疼痛,动弹不得,有两片弹片扎进了他的胸口。

"先别动,你伤得很严重。"君华开始给周良丰包扎伤口。

"丁宝呢?其他的兄弟呢?"周良丰试图要坐起来,可他全身无力。

"我给你包扎好了,再出去找他们。"其实君华心里清楚,那些英雄都已经命归黄泉了,但她此刻只能忍住悲痛,不能告诉周良丰。

周良丰躺在火堆旁的石板上,随着火势越来越旺,冰凉的石板也渐渐有了温度,他感到身体有了知觉,但因伤势过重,还不能动弹。他想好好睡一觉,也许睡着了,身上就不会痛了。他闭上眼睛,脑子里只想着身边的火光带给他的温度,想着小时候在老家的镇上能吃到好多可口的点心。

"你不能睡觉,不能睡,坚持住。"君华把剩下的半个地瓜送到周良丰的嘴边。

"他们……他们都……过江了吗?"

"都安全过江了。"

"那就好,我就是……死了也值了。"

石洞外面传来两声枪响,也有日本兵说话的声音,君华把手榴弹紧紧地握在手里。不久过后,外面没有了动静,君华来到洞口,她从杂草的缝隙中看到,有两个日本兵沿着江边的枯石滩一直往前搜索,这应该是在寻找周良丰。

周良丰告诉君华,在他的上衣口袋里有一个小瓶子,里面是消炎粉,他让君华拿出来,又让君华帮他把胸口的弹片拔出来。君华哪有胆子做这些?她的手开始发抖,但在周良丰的一再要求下,君华终于强忍住恐惧,闭着眼睛使出了浑身的力气从周良丰的胸口拔出了弹片。看到弹片拔出之后从伤口处流出的乌黑色的血,君华吓得不知所措,发出一声尖叫。她在慌乱之中从身上撕扯下一块布使劲地压住周良丰的伤口。此时,她已满脸大汗,身体不停地颤抖着。

"别怕,你做得很好。把消炎粉撒在伤口上,然后给我包扎一下。"周良丰咬着牙,忍着疼痛,对君华说。他透过火光仔细地看着君华的脸,她是那么美。

在君华一阵手忙脚乱之后,周良丰的伤口处理好了,他努力地移动着身子,尽量让自己靠近火堆。接连几昼夜与小鬼子周旋,他已经感到太累了,此刻,他真想美美地睡一觉。不知不觉中,他闭上了眼睛,很快进入了梦乡。

周良丰在梦里梦到了母亲离开家的那一年。他和年幼的妹妹在村口看见很多人拿着农具去县里,母亲在人群中向他和妹妹招手,身影很快消失在他的视线里。他和妹妹跑到村后的老坟茔上,却怎么也看不见母亲了,突然,有两个凶煞大汉把他和妹妹捆起来丢进了无底深渊。周良丰在这一刻惊醒了,他嘴里不断地在喊着妹妹的名字,这才发现是一场梦。

周良丰感到伤口处不像之前疼得那么厉害了,但他还不能起身。他转头环顾四周,没有看见君华。他伸出手拿起一根木头拨动着即将被烧尽的木灰,火势瞬间又旺了起来。

这一天下午,小七和其他几名同志在无为见到了党组织负责人,同时,他们和无为负责情报工作的同志迅速启动了新的情报站。同时,小七带来了一份大麻交给组织的绝密情报,日本间谍已经进入了无为县城在秘密活动。组织上决定,无为新的情报站首要任务是挖出在无为的日本间谍,为了完成这个任务,小七和同志们又开始隐蔽在不同的战线上。而此时的周良丰心里开始担忧,无为城和芜湖城仅一江之隔,根据目前的形势,日军攻占芜湖城后,应该很快会对无为地区进行轰炸。

二十九

  君华见周良丰已无生命危险,便出了石洞,准备到崖子口后面的壕沟里给牺牲的士兵和队员们收尸。她在崖子口后面一个荒地边上找了个地方,打算在这里把尸体埋了。君华刚从壕沟里背出丁宝和一个士兵的尸体,她隐约听到远处传来日本兵的声音,很快,有三个日本兵向这边走来。君华躲在暗处,她看见日本兵把壕沟里的尸体放到一起,又在附近找来一些干柴放在尸体上,然后有一个日本兵在尸体上倒了些汽油,点起了火。点火的日本兵看着尸体旁边的干柴烧起来,他扔掉手中的汽油桶,对着地上的尸体放声大笑起来。

  等那三个日本兵走后,君华像发了疯似的跑过去,但她无法扑灭这熊熊大火。她跪在地上开始哭起来。

  "对不起,我答应要给你们收尸的,对不起……"

  大火一直烧到天黑才熄灭。君华只好把丁宝和那个士兵的尸体又背到壕沟里,她要把他们埋在一起,她用周良丰的那把尖刀在壕沟里挖了一个坟坑,把大火烧尽的黑灰和两具尸体埋了。君华回到石洞时,已是下半夜,她浑身都冻僵了,洞里的火已熄灭,她看不清里面,只能慢慢地爬进洞里。

  "君华,是你吗?"周良丰问。

  "是我,是……我。"君华终于摸到了周良丰的身边。

  "你的手冰凉,快找些干柴生火。"周良丰说。

这个夜里,君华和周良丰一夜未睡,君华坐在火堆旁,不断地自责,她说对不起他们。周良丰沉默着,他想起和他一起出生入死的兄弟们,不禁潸然泪下。周良丰当初把他们从上海带出来时,就对他们承诺过,一定要一个不少地把他们带到江北,如今,他们却跟着自己丢了性命,他们还那么小,周良丰记得他们当中最小的士兵还不满十七岁。今夜是如此漫长,一切都安静了下来,仿佛世间的一切生灵都静止了。

"接下来,我们怎么办?"君华无助地问。

"现在外面到处是小鬼子,我们暂时还不能出去。"周良丰说。

"等小鬼子走了,你想办法离开这里。"周良丰又说。

"那你呢?"

"不用管我,我还有任务。"

天亮时,周良丰因为伤口感染发了高烧,这种情况对于君华来说完全束手无策。此时洞里又没有了食物,君华便又出了洞口,她在崖子口后面的林子里挖了些野菜,当她回到洞里时,周良丰已经处于昏迷状态。石洞里除了他们俩和一堆火,其他什么都没有,更别说找个东西煮些食物或烧水,君华只好把挖来的野菜嚼烂后,再放入周良丰的嘴里给他充饥。

君华突然想起当初流落在东流县时,听当地一位先生说起有一种草药能消炎消肿,君华在那里见过那种草药,但时至今日,对那种草药的样子已经有些模糊了。君华努力地回忆那时的情景,她决定试试,或许能管用。她又来到崖子口后面的林子里去找那种草药,她一路寻找,不知不觉已经走了很远一段路程。

君华一口气跑回到山洞里,她觉得心脏都快要跳出来了。她用树枝和杂草把洞口隐蔽好,然后在洞口仔细地听着外面的动静。过了很久,外面安静了,君华才起身往洞里面走。她看见周良丰已经有些清醒,便走过去对他说:

"我去找了些草药,看管不管用。"君华把手里的草药拿给周良丰看。

"外面到处有日本兵……你还出去……"

君华把草药用嘴嚼烂,然后敷在周良丰的伤口上。伤口处积了很多血块,伤口周边的皮肉红肿起来,有些地方开始化脓。如果再得不到救治,可能会有生命危险。

"你再忍一忍,天黑我去一趟城里,找些药来。"君华说。

"你真不要命了。"周良丰忍着疼痛说。

"我去美国人的安全区,那里有我的朋友。"

"不能再搭上你的命。"

周良丰的话音刚落,外面传来一阵突突突的机枪声,枪声持续的时间不长。君华把刚才在外面看见日本兵押送百姓去江边的情况告诉了周良丰。

"这是日本兵在江边屠杀百姓。"周良丰说。

天渐渐黑下来,君华出了石洞,她凭着来崖子口时的记忆沿着一条近道向城区的方向走去。可君华还没走出四五里地,就发现前方已被日本兵封锁,她只好临时找个地方隐蔽起来,等着时机。此时的芜湖城和周边地区,大大小小的水陆交通要道都已被日军封锁,为了防止隐藏在附近的中国残余部队搞破坏,日军也加大了对周边地区的"扫荡"力度。当君华趁着黑夜躲藏在一个坟包后面时,正好有一支日军部队从她眼前经过。君华在坟包后面一直等到下半夜,她都未能找到机会通过前方的那个路口,她又尝试着去找其他的路口,但每个路口都有日本兵在把守。

君华只好先回崖子口,然后再做打算。来时的近道有日本兵在巡逻,已经不安全了,她在黑暗中摸到另一条小路往崖子口方向跑。她看不见小路两边的东西,只顾拼命地跑,手背上一阵钻心的疼痛,是荆棘刺伤了她的皮肤,她感觉到血顺着手背往下流。眼前一片黑暗,君华分不清方向,她只顾往前跑。身后传来了日本兵的声音,也传来几声枪声,子弹嗖嗖嗖地从君华的头顶飞过,日本兵发现了她。君华的两腿已经不听使唤了,她的两只脚好像被什么东西捆住一样迈不开步伐,她的呼吸越来越困难,喘不过气来。突然,有东西绊住了她的左脚,她在黑暗中滚落到路边的土沟里。

君华东转西转一直到天亮时才到了崖子口,她也不知道是怎么甩掉日本兵的。她进了石洞,发现石洞里除了周良丰还有两个人,君华认识他们,当初在清陵河边的寺庙里,闹事的难民中就有他们。周良丰还在发烧,他的伤口由于感染一直隐隐作痛,在这里伤口处不能消毒也得不到医治,这样的情况不能再拖了。其实周良丰很清楚他的伤口再不医治很快就能让他毙命。

"良丰,好些了吗?"君华蹲在周良丰的身边。

"我没事,你们赶紧想办法离开这里,小鬼子很快就会发现这个石洞。"周良丰说。

"那也不能丢下你。"君华坐在火堆旁取暖,她取下腰带把受伤的手包起来,她这时才感到非常疲乏,这一夜间,她都在黑暗中奔跑。她希望能有办法让周良丰活下来,哪怕是用她的性命来换取他活下来的机会。当初流落到芜湖,要是没有他的父亲周承德相救,如今也没有她。

"你们俩怎么也到了这里?"君华问。

"我们从寺庙里走了之后,本以为出去能找到活路,哪想到在路上被日本兵抓了。日本兵要在江边枪杀我们,在日本兵开枪时,我们俩跳到了江里,才有幸活了下来。"

"良丰,外面各个路口都有日本兵。"君华说。

"看来是走不了了。"周良丰想了想说。

"那些在江边被日本兵杀害的百姓的尸体都没收呢。"君华低声地说道。

眼下的情况,城里是去不了了。君华便和这两个难民商议,他们不能眼睁睁地看着这些百姓的尸体弃于荒滩,等附近的日本兵走了,他们要给这些不幸的百姓收尸。

君华从林子里采了些草药回来,便给周良丰换药,但这种草药对这样的伤口并不是很有效,又没有其他更好的办法,君华只能试一试。

"周长官恐怕不行了。"一个难民说。

"那也要救他。"君华仍然不放弃,她把嚼烂的草药敷在周良丰的伤口上。

一个难民从外面回来,他打探了周边的情况,附近没有发现日本兵。

被枪杀的百姓的尸体距离这个石洞不过六七百米,收尸容易,埋尸却成了问题,挖埋尸的坟坑的工具都没有,仅有的一把尖刀也被君华丢在了野外。君华说,只能先把百姓的尸体抬到石洞里。君华和两个难民去江边收尸时,已是傍晚时分。在君华刚出洞口时,她看见有十几个日本兵正朝江边走去。日本兵发现两个难民在江边抬尸体,开枪打死了他们。

"外面发生……什么事了?"周良丰慢慢地转过头,他看着君华,用微弱的声音问道。

"外面来了很多日本兵,两个难民被打死了,日本兵在四处搜查。"君华慌张地说。

"我去……引开小鬼子……"周良丰试图起身,他刚坐起来,却又倒下了。

"我出去引开日本兵。"君华沉默了一会儿,然后对周良丰说。

"不行……"

"不管我能不能回来,你一定要活着出去。"君华又说。然后她带上手榴弹出去了。

"回来,回来……"周良丰看着君华的背影,无力地喊着。

在君华离开石洞后的第二天下午,长期隐蔽在芜湖城内的两名地下党员在崖子口找到了周良丰,此时周良丰已经昏迷不醒,命悬一线。他们随后通过秘密交通站把周良丰送到了江北。周良丰后来从护送他的同志那里得知,当初有个叫君华的女子去了萃文书院寻求帮助,说她们正在帮助一些难民去崖子口渡江逃难。当时萃文书院里就有我党地下党员,后来我党芜湖情报站的同志查到掩护那些难民去崖子口渡江的是周良丰、大麻、丁宝等同志,周良丰这才获救。周良丰痊愈后,在上级党组织的安排下,留在了无为从事江南和江北之间的情报工作。

就在这一天,日军驻芜湖第十八师团指挥官牛岛贞雄正在赭山山顶欣赏芜湖的美景时,他收到了柳川平助司令官的一封密电,柳川平助司令官让他立刻制定一份长期控制芜湖的秘密计划。自从牛岛贞雄的第十八师团和第六师团、第一一四师团归属柳川平助司令官指挥后,全体士兵们的战斗士气日渐大增，都在宣誓为了天皇而战。牛岛贞雄记得部队从杭州湾登陆时，柳川平助司令官曾对他说过，他是天皇最值得骄傲的一位军人，也是司令官最值得骄傲的一位士兵。牛岛贞雄为了不辜负天皇和柳川平助司令官对他的信任，率领部队从杭州湾直击中国军队的后背，又从广德一直打到了芜湖。牛岛贞雄为了完成柳川平助司令官交给他的任务，制定更完善的"以华制华"计划，想起了柳川平助司令官和他探讨过的12月14日，日本在北平是如何扶植汉奸王克敏、王揖唐成立了伪政权。他决定利用在芜湖活动的汉奸地痞。而此时，汉奸地痞为了进一步效忠日军，便在芜湖城内和周边地区大力发展亲日组织，扩张反抗日势力，甘当日军的鹰犬，并利用一切手段为牛岛贞雄搜集抗日情报，也毫无人性地残杀了大量的抗日军民。

这两日，牛岛贞雄得到情报，共产党的地下党组织正在建立江南和江北的情报网络，一旦这个情报网络正式启动，将会对他的"以华制华"计划造成不可估量的破坏。牛岛贞雄决定让伊藤正雄联合汉奸地痞来捣毁共产党的情报网络。在伊藤正雄回城领命之前，汉奸地痞已经开始行动，他们在华盛街的药铺、吉和街的茶楼及澡堂里，还有弋矶山医院、凤凰山萃文书院等处抓人，所抓之人都以抗日罪论处。

仅仅三天时间，由我党在芜湖开辟的第二条地下交通线再一次遭到汉奸地痞的严重破坏，在汉奸地痞交给牛岛贞雄的抓捕名单中，就有周良丰和君华。为了尽快抓捕到名单中的可疑分子，牛岛贞雄给各个联队下达了紧急命令，这一天，芜湖城内外众多来不及撤离的百姓惨遭日伪的杀害。

牛岛贞雄在电报里大加赞赏伊藤正雄小分队此次出兵大获全胜，并说要给所有的士兵嘉奖。但在回城的路上，伊藤正雄的心里一直有些遗憾，他没能找到他的对手周良丰。因此，小分队里有士兵在背后嘲笑他，说他其实是个懦夫。伊藤正雄忍受着这种耻辱，还是把司令部要嘉奖的消息通报给了小分队的全体士兵，但无人为此兴奋。

三十

伊藤正雄回到联队时,还没来得及去牛岛贞雄师团长那里接受嘉奖,就发生了两件事:一是有人向联队长举报他,关于日本士兵小林的屈死和这次出兵伊藤正雄谎报战果;二是联队长的亲弟弟在太古码头被杀。联队长勃然大怒,下令全面搜查凶手。刚好伊藤正雄被人举报,联队长就拿他来出气,他要和伊藤正雄以武士的身份单独比武,最后联队长的军刀砍伤了伊藤正雄的左臂。伊藤正雄被人举报一事自然也很快传到了牛岛贞雄师团长的耳朵里,牛岛贞雄师团长当即取消了对伊藤正雄小分队的嘉奖,也给了伊藤正雄严厉的处分,并让他戴罪立功。

这样的事情让伊藤正雄精神崩溃,这件事如果传到家乡,他无法面对美子和家人的,他甚至想到了用剖腹自杀来解除这样的痛苦。他把自己关在屋子里,砸烂了屋里所有的东西,觉得还不解恨,他又痛痛快快地一口气喝了一壶中国的烧酒。一天下午,村上次郎给伊藤正雄送来一封信,是他的未婚妻美子从札幌寄来的,信是今天中午到的。在信中,美子说,她日夜思念他,还要来中国与他见面,美子还说她在她的同学当中一直夸赞他在中国打了胜仗,还说他很快会回国娶她,这让她的好多同学都羡慕不已。信中还提到了他的祖父在询问他是否一直在坚持为了叶隐武士道精神而战,祖父还问他是否坚持在读山本常朝的《叶隐闻书》。这一夜,伊藤正雄双手捧着信号啕大哭,他想回到美子的身边。他一个人在黑暗的屋子里坐到天亮,他在思考到底为什么要来中国打仗。

"伊藤君,我们还有更重要的任务。"村上次郎手里拿着一个文件袋走了进来,这是联队长下达的摧毁共产党情报网的作战任务。

"传达下去,随时待命。"伊藤正雄努力让自己的情绪稳定下来,他站在镜子前像往常一样整理着军装,对村上次郎说。

伊藤正雄再次站在小分队面前时,精神抖擞,丝毫看不出来昨夜他号啕大哭。对于是谁举报了他,他也不想再去调查,他只想在这次任务中挽回失去的颜面。

伊藤正雄很早就听说司令部为了嘉奖日本士兵,要在城里设立军人专用的慰安所,他让村上次郎去联队里了解情况,伊藤正雄想在出发前,让小分队的士兵们先去享乐一番,也好鼓舞士气。

村上次郎很乐意去做这样的事情,他在联队里有几个非常好的朋友,都是一起从长崎来的同乡,他们都很有办法最快获得司令部类似于这样的福利或嘉奖。村上次郎出去不到两个钟头,就搞清了情况。伊藤正雄决定,完成任务归来,他就带着小分队去慰安所。

这是昭和十二年十二月下旬,日本天皇电告全国,要求各地政府动员起来,为了前线打胜仗做好一切后勤保障。随后,札幌地方政府贴出了告示,为了慰问在中国战场上的士兵们,地方当局决定派出慰问团前往中国前线慰劳奋战在一线的日本士兵。慰问团的成员都是年轻的女性,大多是札幌本地的学生。美子经过多方面打听,得知跟着慰问团到了中国就能见到日夜思念的未婚夫伊藤正雄,她在那天早晨也报了名。慰问团从札幌的外港小樽登上了运兵船,船上有一个身穿军装的女军人负责给这些未见过外面世界的姑娘讲解大日本在中国开辟理想之国的梦想,又给她们灌输了许多日本本国知识青年女性也要为天皇勇于牺牲的理念,这让很多姑娘为之兴奋,她们甚至在船上高喊着要为天皇陛下尽忠尽义。经过在船上几天的思想教育后,这些姑娘都说,只要能为家庭争得荣誉,她们愿意付出一切,甚至是"献身战争"。她们认为能为军队服务是一种高尚的做法,认为能有机会"献身战争"也是自己的荣耀。而美子和她们的想法不一样,她只想能在中国见到伊藤正雄。运兵船在中国上海登陆后,慰问团的所有人被分成两路，一路去了南京，一路去了芜湖。

从日本国内来了女学生慰问这件事，很快就传遍了各个联队。伊藤正雄是在执行任务回来的途中听说的，他为了兑现当初自己的承诺，立刻把这个好消息告诉了小分队的全体士兵。但他要先去一趟宪兵队，在这次执行任务的过程中，小分队共抓获了七名可疑人员，其中有三个女人被宪兵队一辆卡车带走。这三个女人都是伊藤正雄小分队在清陵河附近废弃的寺庙里发现的，君华就在其中，当时，她为了引开日本兵，一直往清陵河的方向跑，追击她的就是伊藤正雄小分队。

君华从崖子口到达清陵河附近的寺庙，她花了整整两个晚上的时间，一路上，她几次身陷日本兵围追堵截的险境，最终在那个寺庙里被日本兵抓住。她在日本兵的刺刀下走出寺庙大门时，看着天空中刺眼的阳光，她的脸上露出了一丝微笑。她悬着的心终于放下来了，至少她保住了周良丰的安全。

她们走在日本兵的前面，沿着江边的官道一直走到太古码头，然后和另外四个被抓的男人一起上了一辆卡车，卡车向城区驶去。君华从车篷的缝隙中看到，前方路边经过的地方就是她熟悉的莺花坊，此时莺花坊已是大门紧闭，右上角的门楼已被炸弹炸成废墟。卡车穿过几条马路，到了赭山脚下，然后一直开到赭山中学门口，那里有日本兵在把守，接着，她们三个女人被日本兵推上了另外一辆卡车。

卡车一路疾驰而过。现在的芜湖城已不是君华眼中的那个美丽江城了，映在她眼前的是一片废墟与狼藉，到处散发着刺鼻的硝烟的味道，几乎是每隔一条街，就能看见路边无人认领的尸体。

卡车在芜湖城区下二街一个楼房前停下，这是一栋两层中式古典风格的砖木结构建筑，上下两层共有八个房间，每层四个，每个房间大约有十平方米，一楼靠左边一个房间是监房，其他七个都是慰安妇的房间。房间里面陈设十分简单，只有一张木板床、一张桌子和一把椅子，每个房间的木门上都写着一个编号，并挂一个写有慰安妇姓名的牌子。每个房间的木墙上都开了一扇约三十厘米高、二十厘米宽的小木窗，木窗上嵌着一块玻璃，玻璃内侧挂有一块白布挡住，外面不能轻易窥探屋内的情况。司令部为了让在这里享乐的日本籍官兵感到安宁，特地在慰安所里设立了神龛让他们参拜。

君华对这里的印象很深刻。这里原来是一个江北人开的小茶楼，君华和哑巴每个月都要来几回，她来这里并不是喝茶聊天，而是她喜欢这个茶楼里的点心。听说这里做的点心是江北一个叫黄姑闸的小镇上几百年的传统美食，很受人喜爱，做点心的人是一个五十多岁的妇人，听说前些日子这个妇人被汉奸以通共罪名处死了。可如今，这里已经被日本兵占领，一楼的过道里还有两个日本兵在站岗。君华被关进了一楼监房隔壁的小房间里，另外两个女人被一个日本兵带去了二楼。从这一刻开始，她们只能从木墙上的小窗户看到外面的世界。

后半夜时分，君华听到外面有卡车的声音，她掀起小木窗的白布向外看去，有一辆卡车停在门口，从车上下来了几个姑娘，映着门口的灯光看去，她们的年纪都还小。有一个身穿白色长裙的姑娘被安排在君华右边的屋子，虽然看不清她的脸，但从体形和走路的姿态可以看出，她一定是一个很美的姑娘。只是君华不知道，日本兵在每个屋子里都关押着一个女子，他们到底要干什么？这一夜，君华无法入睡，她有一种不祥的预感，也许在天明之后，迎接她的将会是一场噩梦。她靠在小木窗旁边，一抬头刚好看见天上的月亮，今夜的月亮很美，洁白的月光穿透窗户上的玻璃直射进屋子里，这样的月亮和她在家乡见到的月亮一样美。君华又想起了女儿玉蓉，此刻，玉蓉是否也和她一样无法入睡呢？或许玉蓉也在想她。君华下意识地用手摸了摸口袋，如果这时能抽上一口哈德门，该有多惬意啊！

楼上传来一阵阵哐啷哐啷的声音，好像是有人在撞击木门，随后是一个女人的哭声，哭着哭着便发了疯一样地闹起来。接着，楼上又发出一声重重的撞击声后，一切都安静了，有两个日本兵跑上去，过了一会儿，两个日本兵从楼上抬下来一个女人的尸体。

昨夜楼上死的那个女人是和君华一起被抓的中国妇女，这是君华后来才知道的。

君华在这个小屋里终于熬到了天明,在门口看守的日本兵从门缝里送进来一些食物。一大早,这里就陆陆续续来了很多日本军官,他们在门口排成三排,前面有个日本军官在讲话。君华看见最后一排最左边的那个日本军官就是抓她的伊藤正雄。君华已经感到危险很快就要到来,她和小屋里关着的那些姑娘面临的将是这一群禽兽不如的小鬼子。

这个慰安所从这一天开始算是正式营业了。来这里的不管是日军军官还是士兵都要严守纪律,他们必须按照这里的规定有序进入房间。慰安所从礼拜一至礼拜五的上午八点至下午六点为日军士兵开放,礼拜六和礼拜天是日军军官开放日。今天是礼拜天,外面来的这些都是少佐及以上的军官。

在这个慰安所里,年龄最小的是一个十四岁的女学生,她来自日本札幌一所中学,这个女学生还没有完成学业,本来有个幸福美满的家庭,却在札幌当局的欺骗下被送到了中国。年龄最大的就是君华,她已经做好了一切准备,只要有机会,她就会让糟蹋她的日本兵付出生命的代价。听着从隔壁房间里传来那些姑娘的尖叫声,她只为她们感到非常惋惜。

君华隔壁屋里的那个女孩原来是伊藤正雄的未婚妻,她叫美子,这是君华后来才听说的事情。

伊藤正雄是排在最后一个进入他面前这个小屋的。这些天,他的精神压力很大,心情也非常不好,今天一早起床到现在,他的神情都很恍惚,主要是未能给家族和美子争得荣誉,反而还受到司令部和联队长的惩处。他不知道自己是怎样进入到这个屋子的,更没有去关注门口挂着的那个姓名牌子。他原本不想来,因为他心里有美子,但他最终被一个同行的军官说服了,他就当是借这个机会让自己一直处于紧张的心情彻底放松一下。

伊藤正雄不敢看躺在木板床上的女子,他只听说她是从日本国内专程来慰问他们的女学生。伊藤正雄侧面对着木板床,犹豫了一下,然后弯下身子脱掉靴子。

床上的女子转过头时,她看到了站在床边的这个人就是她日日夜夜思念的伊藤正雄,顿时泪流满面,泣不成声。她伸出一只手试图去抓住他。

伊藤正雄被眼前的一幕震住了,他万万没想到,此刻赤裸裸地躺在他眼前的女子竟然是他的未婚妻,他极度惊恐地看着她。

伊藤正雄的双手死死地抓住裤子,他发了疯似的狂喊一声,然后夺门而出。自此以后,伊藤正雄就真的疯了。

日子过得很慢,似乎又过得如此快,一转眼,已是1938年4月了。君华不知道在这个小屋里度过了多少个日日夜夜,她只知道冬天已经过去了。这一天清晨,当她掀开小木窗的布帘时,她欣喜地看到对面的墙角开了一朵红色的小花,花色很美,也很鲜艳,一定也有诱人的花香。但君华不知道它的名字。这么诱人的小花要是开在莺花坊门口,她必定要顺手摘它一朵插在帽檐间,那朵红花的香气也一定招人喜爱。君华趁着日本兵到来之前不想放下布帘,她要多欣赏它一会儿。也许,过了今日,再也没有机会见到它了。

傍晚的时候,有一辆卡车开过来,留守在这里的几个日本兵开始把监房里的东西搬上车。君华看见一个日本兵向这边走来,接着门被打开,这个日本兵用绳子把君华的双手捆在背后,然后把她押上了卡车。卡车沿着这条马路一直开到太古码头,那里有很多帐篷,也有医生和护士,君华和许多妇女被安排在帐篷里等候,君华这时才知道,这些妇女都是慰安妇。君华在人群中看到一个人,就是曾经在她隔壁屋子里的那个日本姑娘,伊藤正雄的未婚妻。

君华是在夜里被一个汉奸和几个日本兵带走的,汉奸告诉君华,她是抓捕名单上通共反日的要犯。君华被押往停在码头的一艘轮船,和她一同被押上船的共有几十人,这些人都是反日重犯。日本兵把他们关在轮船底层的货仓里,到了下半夜,又有一些人被日本兵押上了船。

天亮以后,轮船到了上海,然后一直往北边行驶。

三十一

  勇敢的芜湖人民经过多年的浴血奋战,终于迎来了抗战胜利前的曙光。而在这一年,国际形势也发生了很大的变化。德国法西斯投降了,日军也陷入了埃塞俄比亚孤立的境地,从《波茨坦公告》的发表,再到《对日寇的最后一战》的声明,都是对日军最沉重的打击。在这种情况下,中国人民的一切抗日力量形成了全国规模性的反攻,密切而有效地配合苏联和其他同盟国共同作战。八路军、新四军和其他民间抗日武装,在一切可能的条件下,对一切不愿意投降的侵略者及其走狗实行广泛的进攻,直至最后将其歼灭。从此,抗战进入了全面反攻阶段。

  日军在中国军民的全面反攻和苏联军队的沉重打击下,迅速土崩瓦解。1945年8月15日,日本政府向全世界宣布无条件投降。抗战胜利后,旅顺监狱解体,君华这才被无罪释放。她和一同被释放出来的狱友被安排在旅顺港附近的一个仓库里,等待着救济船送他们回家。有人送来食物,是用陈年的苞谷面掺了豆面、白面做的锅贴饼,每人每顿两个,锅贴饼还热乎的,这是君华出狱后吃的第一顿美食。

  当年在芜湖码头,君华和很多人被日本兵押上轮船后,轮船经过上海,然后一直往北行驶到了旅顺。君华和船上被关押的人全部进了关东刑务所(也就是后来的旅顺监狱),当年在关东刑务所里关押了许多共产党员及大批无辜的百姓,其中大多数为中国人,也有反战的日本人和朝鲜人。君华和他们一样,在关东刑务所里惨遭日本人的酷刑和折磨。君华的下巴留有一道伤疤,那是汉奸用烙铁烫出来的,她用一条丝巾围在脖子上,又把丝巾往上拉,遮住了下巴上的伤疤。早上有通知下来,一个星期后才有救济船去芜湖,集中在这个仓库里等着上船的人都是去上海、南京、芜湖方向的百姓。

这一天,外面的天气很热,炙热的阳光照在仓库前的广场上。君华独自走出仓库,她沿着右手边一条青石板小路向前走着,这是她在旅顺七年以来第一次自由地在阳光下漫步。她停下脚步,抬起头看向天空,眼睛被阳光刺得无法睁开。这七年来,她从来没有享受过阳光,记得她的那间牢房的窗户从来都没有阳光照进来。前方有很多穿着校服的学生,他们手拿彩旗在庆祝抗日战争的全面胜利,一曲《团结就是力量》在人群中响起。君华坐在一个石凳上,远远地看着他们,她笑了,他们就是中华民族的未来。

午饭时分,周良丰回到了家,他一进门就兴奋地说:

"有消息了,后天下午,船能到芜湖码头。"

"消息准确?"

"爸,消息准确。"

"明天一早,你陪玉蓉去芜湖。"周承德一口气干了杯中老酒,他很久没像这样高兴了。

周良丰匆匆地吃过了午饭,起身就要出门,这时,玉蓉才抬起头轻声地说了一句:

"良丰哥,今晚你早点回来,明天一早好走。"

周良丰应了一声,出门了。今天在镇上,周良丰作为人民的代表,要在学校操场公审一个汉奸,当年君华是被这个汉奸押上了去旅顺的船。那一年,周良丰在芜湖获救被送到江北后,一直没忘记要找机会除去这个汉奸。直到抗日战争胜利后,周良丰在西河执行任务时,无意中在一个农户家里抓到了他。

周良丰回到家时,天已大黑,他看见玉蓉屋内的灯还亮着,他在门口站了一会儿,然后走上前去敲了敲门。玉蓉打开了门,从屋内微弱的灯光下,周良丰也能看出她的眼睛有些红肿。周良丰站在她面前,好久都没有说话,他明白玉蓉内心的苦,他不想去触动她内心深处的痛。他们就这样面对面地站着,火光在他们之间忽明忽暗地舞动着。

"你应该高兴,别哭了。"周良丰很想安慰她,但又找不到合适的语言。

"她一定受了很多苦。"玉蓉擦拭着眼泪,她把母亲邮寄给她的信揣进了口袋里。这些日子,她几乎每天晚上都要把母亲的来信看几遍才睡得着。那一天,她得知母亲还活着的时候,她把自己关在屋子里哭了整整一下午。她没有了父亲,不想再失去母亲,她早已不在乎母亲当初在芜湖城时的身份,她只希望能早日见到母亲。

这一夜便是漫长的,是玉蓉二十几年来过得最漫长的一个夜晚。她坐在窗前,却不能静下心来享受这高挂在天空中月亮的美景。几年前在崖子口母亲弃船投身于战火中的背影,一遍遍出现在她的脑子里,挥之不去。她一闭上眼睛,那枪声、轰炸声,接连不断。

天刚蒙蒙亮,玉蓉就做好了出发的准备。她穿上前几日周良萍给她做的新衣服,又在镜子面前仔细地看了看自己的妆容,她想让母亲看见最美的她。周良丰已在客厅里等着玉蓉,他们会从镇上乘坐团部的运输车去无为,再从那里过江到达芜湖。这是玉蓉有生以来最重要的一天,她在屋里坐了很久,内心深处就像当年过江逃命时翻滚的江水一样不能平静,她不知道再次见到母亲时,会是怎样的情景。

周承德带着妻子李秀莲、女儿周良萍把他们一直送到镇上,周承德在学校大门口对面的茶馆里又给他们买了些油炸饺子和米饼在路上吃。他一再叮嘱周良丰,到了芜湖之后,不要跑错了码头,一定要接到君华。

周良丰和玉蓉到达芜湖码头时,已是中午,此时码头上已聚集了很多人,他们都在等待着亲人归来。周良丰和玉蓉好不容易挤到人群中间时,就再也挤不过去了,拥挤的人群像潮水一样来回涌动着,让玉蓉的身体随着人流左右摇晃,无法站立。周良丰为了保护玉蓉的安全,他用两个手臂使劲地为玉蓉撑开了一小块空间。

"抓紧我。"周良丰一边用力地挡住挤过来的人群,一边看着玉蓉说。

"想办法到前面去,我怕到时候我妈找不到我。"玉蓉急切地说。

"别着急,听说今天船要晚点一个钟头才能到。"周良丰一边保护着玉蓉的安全,一边想办法穿过挡在前面的人群。

江面上响起了汽笛声,沉沉的汽笛声越来越近,越来越近,这是多么激动人心的时刻啊!码头上的人欢呼起来,欢呼声一浪高过一浪,他们伸着脖子向缓缓驶来的轮船招手,他们喊着亲人的名字,眼里都充满了幸福的泪水。

君华是最后一个下船的,她看到码头上人都散去的时候,周良丰和玉蓉慢慢地向她走来。君华站住了,她突然不敢上前,她有些紧张地用手把围在下巴上的丝巾往上拉了拉。此刻,玉蓉就站在她面前,微笑着看着她。

"都成大姑娘了。"君华看着玉蓉的脸,满心喜悦地说。她伸出手想去抚摸一下玉蓉的脸,可她又犹豫了,把手缩了回来。

"妈……"玉蓉终于无法控制自己内心的思母之情,一把抱住母亲大哭起来。

这是一个星期之后的事了。

君华带着玉蓉告别了周承德一家,她们又回到了芜湖南道巷,这里已经不是当初的面目了。巷子两边的老房子大多在当年遭受过日军炮火的毁坏,虽然近两年有过修补,但很难再看出当年的样子。只有巷子里这一条青石板路在向人们诉说着过往。君华站在她当初居住的地方,这栋小楼还保存完好,只见门楼上挂着两个牌子,左边的牌子上面写着"同安里八号",右边的牌子上面写着"一楼出租"。君华敲了敲门,不久,一个老妇人从门洞里探出头来。

"你好,我想租房。"

从这一天开始,君华又回到了同安里八号居住,她把"一楼出租"这个牌子换成了"君华缝补店",开启了新的人生。

这天晚饭过后,天气温和,从后窗的空气中飘来一股诱人的花香,君华顿时心生喜悦,她带着玉蓉漫步于南道巷时,在一个拐角处,她看见了许多小叶四季桂。她笑了。

走到南道巷的尽头,君华又想起了这里曾经热闹的景象。